苏西 著

花见花离

与草木同喜

图书在版编目（CIP）数据

花见花离：与草木同喜 / 苏西著 . —南京：江苏凤凰文艺出版社，2019.1
　ISBN 978-7-5594-3073-1

　Ⅰ.①花… Ⅱ.①苏… Ⅲ.①随笔—作品集—中国—当代 Ⅳ.① I267.1

中国版本图书馆 CIP 数据核字（2018）第 255343 号

书　　　名	花见花离：与草木同喜
著　　　者	苏　西
责 任 编 辑	孙建兵
出 版 发 行	江苏凤凰文艺出版社
出版社地址	南京市中央路165号，邮编：210009
出版社网址	http://www.jswenyi.com
印　　　刷	南京华众彩色印刷有限公司
开　　　本	880×1230毫米 1/32
印　　　张	9.25
字　　　数	199千字
版　　　次	2019年1月第1版　2019年1月第1次印刷
标 准 书 号	ISBN 978-7-5594-3073-1
定　　　价	58.00元

（江苏凤凰文艺版图书凡印刷、装订错误可随时向承印厂调换）

花若离枝

序

　　我有几个女性好朋友，全都属于那种半年、一年甚至好几年几乎没什么联系，但是如果有人问起来，随时随地可以眉头动地的点头承认道，是的，她是我最好的朋友。

　　非常坦然，没半句是客套。同时深信不疑，对方也会这样说。苏西就是她们中的一个。相比葛巾、百合（写到这里才发现，我的女朋友们怎么都用花名做了笔名），苏西因为常年住在厦门，我们来往最少，尤其这几年，她结婚生子，不再满世界溜达，我们简直见不着面，唯一的联系变成隔几个月她问我一次，又来一种新茶，寄给你试试？要不然就是我在她的公众号"草木纪"里读到她新新旧旧的文章，看她写闽南的花、树、老风景、旧时光、新岁月。她依然写得很好，只是跟我一样，写的越来越少了。

这几年，年纪渐长，故人四散，人事更迭，我越来越不知道该说什么。看看朋友圈，好像谁的生活都不错，再仔细看看，好像谁都不容易。我人生的大半时间献给工作，在电视剧的起承转合爱恨情仇里托物寄意，剩下一小点，我献给无边沉默的旅途。景色总是新鲜的，人，只得我一个。偶尔在旅途中翻翻苏西的公众号，会惊讶地发现，这地方，她来过，她写过，她也曾经有过跟我一模一样的感慨。她写一棵树，一朵花，也有充沛的感情，那些南国的植物，在她那里永远有热带的生命力，一岁一枯荣，开了败了都是寻常事，再热烈的花朵，萎谢入泥土，仿佛也没什么可惜，毕竟自然法则就是这样安排的，怕什么，再等下一季的春风就好了。

在她笔下，草木从来不是无情的，无情往往是无故攀折枝的人。作为作者，她可能永远不知道身为读者的我在印度的果阿读到她的《凤凰委羽》里写到"凤凰木是深谙季节之道的树木：夏秋二季开花，夏日热烈明艳，秋天清淡安静。盛夏里晴朗的天色下，处处是绿树红花，似燃烧的火焰，如夏阳的炽烈，是青春盛开到极致，不肯错过每一刻照亮自己和别人的机会。这艳丽里有不管不顾、无所顾忌的霸道。于是，再热烈的花朵在凤凰花的对衬下也都要低眉敛首了。倘若台风一来大雨一下，隔日里见破碎的红铺满一地，那真是连哀伤也是华丽张扬，奔放肆意的。骊歌初唱的夏天，如火如荼的凤凰花，是明日又天涯的伤感，是挥手祝福的颜色，所以闽南校园里的凤凰花是离别最好的幕景。开场,落幕,年年上演。但伤感总会归于沉寂。转瞬,离开的人将有新的开始……"时有多么巨大的触动,那时我尚不知我人生里匍匐的怪兽就在不远处等待将我撕碎,只是一个写作者的敏感在本能里提醒,这眼前鲜花着锦烈火烹油般的日子,我三十岁最后的几个月,就犹如苏西笔下的凤凰花一般,很快就要破碎一地。但她又在文章里善良敦厚地安慰我:"植物们总是稳妥守序。我们都应该向它们学习,明白季节规律之不可逆转。过了季节的事,但有不甘不愿的,也不过是凤凰木树冠上的火红碎花,允许着最后回味几日,便要归于静默。然后,等候下一年花期到来。所以,当自长街拐角处遇见还开着花的凤凰木,心下虽有如遇见故知,暗自泛起重逢的微微喜悦——也只是微微的,你看洋紫荆依旧热烈,木芙蓉也还娇艳,三角梅长开不败,属于凤凰花的季节,毕竟已经是终曲。时节自然的流动,也是人世转身的离别,彼此默然,山川无言。再看看凤凰木,结了果,累累挂着长长的豆荚——豆荚颜色从青转到褐,如季节一样渐渐深浓。"如果不是她找我给新书写序,可能我永远也没机会告诉她,在其后的人生每一次离别,她笔下的凤凰花多少次的安慰了我。真的,我这一生,纵然不若漂萍,谈不到矫情的"我亦飘零久",即便只如草木,若能像苏西笔下的这些草木,我也觉得化作春泥是有价值的——花也好,人也好,谁能永远不败不落不萎谢不别离呢?花若离枝时该怎么办?苏西用一整本书告诉我,要学习植物们,安静顺时,用尽全力开花结果，待花事了时，也不枉照亮过春天的角落。

作为苏西许多年的老朋友，我从博客时代就喜欢她的文字。但是相比她激烈冲撞的二十几岁、迷惑流浪的三十几岁，我更喜欢现在成熟丰盈的她写的这些文字。作为一个北方人，我对福建有着难以描绘的奇特感情。我爱过福建人，喜欢福建茶，爱听闽南歌。看苏西写福建的一草一木，对我来说，是享受，也是折磨，记忆里的阳关三叠，晴川历历都在她笔下了。故事再难续写，而回忆永不泯灭。

谢谢她出这本书，也谢谢所有的你们看。

张巍

2018年中元节

张巍，女，北京电影学院文学系副教授、研究生导师，著名编剧。

主要影视作品：编剧《杜拉拉升职记》《女医明妃传》《长大》《班淑传奇》《陆贞传奇》《梅艳芳菲》等二十余部电视剧作品；电影《101次求婚》编剧；参与策划电视剧《翻译官》《择天记》《小别离》等数部影视作品。

出版有《暧昧不起》《一生有你》《太太万岁》《这辈子活得热气腾腾》《当代中国电视剧叙事策略研究丛书：电视剧改编教程》《中国电影专业史：电影编剧卷》《外国电影史》等。

目录 | CONTENTS

序 · 花若离枝 / 1

当时只道是寻常

千山万水映山红 / 4
玉兰的未央歌 / 9
但爱紫薇浸晚霞 / 15
茉莉莫离 / 19
野姜花的温柔与慈悲 / 24
童年的紫茉莉 / 28
迎春花迎得几多春 / 32
沧桑过后七里香 / 36
荷花玉兰的霓裳曲 / 40
那蔷薇啊，只开了一个早晨 / 44
莲的乡愁 / 49

木槿花凋 / 54
梨花惆怅东阑一株雪 / 59
莫问桃花消息 / 64
檫木惊蛰 / 69
疏雨清明泡桐花 / 74

年年岁岁如初见

凤凰委羽 / 80
相忆处，刺桐红 / 85
木棉往事 / 89
浓情火焰木 / 94
会唱歌的鸢尾花 / 98
柚花的召唤 / 102
炮仗花的余欢 / 105
水仙的岁时记 / 108
水鬼蕉的清凉意 / 113
黄花风铃木的春声 / 117
美丽异木棉 / 122
如梦之梦蓝花楹 / 126
朱樱的小团圆 / 130
朝颜 · 夕颜牵牛花 / 134
相思树，流年度 / 138
临水照花木芙蓉 / 143

似曾相识香归来

白兰的心事 / 150

桐花万里路 / 154

关于含笑的永恒 / 158

秋之彼岸花 / 163

归来还看山茶花 / 166

第一个微笑的报春花 / 171

绿山墙上的络石 / 174

萱草赠你忘忧，且以疗愁 / 177

迷幻之花曼陀罗 / 180

一别两宽才合欢 / 185

春山的木香 / 189

尘缘如梦桂花香 / 193

却道海棠依旧 / 199

春兰报得三春晖 / 205

楝花的开场白 / 209

唯有鸡蛋花香如故 / 213

花开总与四时同

满城尽是羊蹄甲 / 220

转角处的夹竹桃 / 225

寂寞扶桑艳 / 228

日日长春日日新 / 233

故园的黄槐 / 236

黄槿四时花 / 240

随遇而安三角梅 / 244

泼泼辣辣马樱丹 / 248

软枝黄蝉的问候 / 251

炮仗竹的祈祷 / 255

岁岁年年旱金莲 / 258

清浅寻常狗牙花 / 261

悬铃花的晨与昏 / 265

栾树，树树秋色里的无限 / 269

龙舟季的龙船花 / 274

如果葱兰有秘密 / 278

后记 · 草木有本心 / 282

映山红

千山万水

又到映山红怒放的季节了。

这几年，城市里以映山红——或者应该说"杜鹃"为绿化植物越来越常见，甚至可以见到大片大片的造景。但看着那些桃红大红的花儿，却总觉得少了点什么。前几日，少时好友返乡，说起这是家乡最美的时候，满山的映山红交错盛开。我这才领悟到，原来我喜爱的是山野之中的映山红，而非城市中人工种植培育的杜鹃，所以我执着地喊它们为"映山红"。又或者是我的思乡情结作祟，以至于看花不是花了。

同样也喜欢映山红的白居易，感叹它们"映得桃李都无色，回看芙蓉不是花"，惋惜它们在深山老去无人赏，便把野花儿从山野请到庭院里。第一次未能成活，他遗憾地赋诗："争奈结根深石底，无因移得到人家。"还写诗戏问："争知司马夫人妒，移到庭前便不开。"后来他把庐山的映山红带到了他调任刺史的忠州，终于移植成活，他再赋诗："忠州洲里今日花，庐山山头去年树。已怜根损斩新栽，还喜

花开依旧数。"

白居易也云此花"本是山中物",所以我更喜它们在山中开放的浪漫无羁。我喜欢在春天的时候回出生的小城。故园春花满山红,这是和春天最特别最美丽的约会了。归乡的路由南向北，从海湾转到溪流，一路绿水淙淙，映山红在山间有清丽的光彩，那是一种沉默的问候啊，"紫陌红尘拂面来，无人不道看花回。"看到山花的刹那间，会突然想起这一句诗来。

也会特意空出时间来，去山间古道走走，赏一山的春花开。少女时与伙伴春游，最喜欢到这样的荒野。那些春天，也总爱上山摘了这红红的花回家，插在瓶子里，以为能留住些什么，却谢得很快。时常还会把花瓣夹到书页间当书签，彼时觉得浪漫又别致。多年以后，偶然翻开旧书，干枯萎黄的花瓣赫然如印记，"楼怕高书怕旧旧书最怕有书签"，我的感慨如同余光中这一句诗，故乡与山野，的确是"好遥好远的春天"。

白居易的诗里写："今日多情唯我到，每年无故看谁开。"当年曾经一起看映山红的少年朋友都不知去了何地。世上何物最易催少年老呢？倘若我们重逢，大概也会一起感叹人世走到一半，脚上沾染的苍苔冷吧？而这满山的大红粉红的映山红，却是山深春晚无人赏。只是啊，我们这漫长的一生辜负的又岂止是一季的春？走到客舟听雨的中年，也就只能遥望一川烟草当作旧时颜色了。

我依然会折两枝花带回山下。一路山路曲折，不时可见春日丰沛的雨水在山涧中形成的小小瀑布，在深山里喧哗，又归于沉寂。千山万水家乡路，走得愈来愈远的不是只有我一个。故乡的春花年年依旧，只是时光与人心不似旧时。当下心里是知道的,每归乡一回,我便离它越来越远——是内心里想要回来,而行动上却在计划远离,可是谁又不是这样的身不由己呢?

那一年走在港大的校园里,想到第一次来香港的19岁的张爱玲。想起她笔下的此地此景——

"春天,满山的杜鹃花在缠绵雨里红着,簌簌落落,落不完地落,红不完地红。……山风,海风,呜呜吹着棕绿色,苍银色的树。"

这是她记忆里的沉香屑,也是我的乡愁。有时候仍会梦见这样的春天:4月的末尾,到闽浙交界的山中看高山杜鹃。山间春雾弥漫,冷寒未尽,埋头于曲折陡峭的山路,努力攀爬,突然一丛高山杜鹃出现在眼前。山顶是宽阔的高山草甸,阳光照耀中群山绵延无尽。杜鹃丛隐藏在坡道林木间的一小丛一小丛,到没有遮挡的灿烂蔓延。

却不知道我那些少年时代的友人是否还怀念那山野中的丛丛嫣红?旧日朋友提及顾贞观的《金缕曲》,想起遥远的少年往事,那一来一回写信的日子,曾写到这个关于友情的故事。如今才是"季子平安否?便归来,平生万事,哪堪回首",也可再叹一句"我亦飘零久",半世为人,与他人与命运搏斗,"总输他,翻云覆雨手"……关于故乡,山长水阔的记忆深处,春天是最想念啊。

遂回忆起自童年始,我还是个爱"吃花"的人,山野里的花儿被我多数尝过,故乡方言叫为"小猫花"的映山红,拔掉花心，扔进嘴里嚼一嚼，酸酸的，最后带有一点点草木的涩味。那大概也是春天的味道吧。而城市里的春天，当然欠缺这样的味道。所以，在不能归乡的春日里，也会寻思着去近处的山林里看花。记得前年的清明，就和友人们在大雨中去泉州乡间的山野寻花。到了目的地，但见雨停风住，传说中的樱花桃花疏疏落落不成气候，并不可喜，反倒是满山绿树间星星点点的映山红，带了热闹的春情春意，这才使我觉得不枉此行。

听说岛外同安的云顶山上，每年春天也有映山红绚烂盛开，但却一直未能去看看。惦记了好几个春天了，不知道在这个我依然不能返乡的春日是否可以成行。

这么一想，也就很感谢为城市绿化工作的人们了，至少让我得以在这些花影之间找到几分山野的趣味和喜悦，也抚慰我的思乡情浓——那么，再看城市许多角落里的杜鹃，则是看花又是花了。

玉兰的未央歌

虽说玉兰望春早，是古书上南人所说的"报春花"，但在厦门春日如火焰般的木棉的对比下，玉兰低调温和多了。偶于某处遇见，看一树绮色佳，花朵清白无瑕，在春风中馨香浮动，花与赏花人各有清澈的心思。倘若逢得一树紫花，紫苞红焰，亦是相见两欢。

每一次与玉兰的相逢，我倒都记得真切。2011年早春在太姥山间，白琳工夫的产地翠郊古民居便遇见它。前院桃李开成一片，它在后院的一口井旁，青石青苔之上，独自开向天空，孤傲而清绝。"春雨霏霏，今我来思"，仿佛我走到这一片寂静里，是为了与它相逢啊。一旁的小屋住着上了年纪的老太太，穿着月白斜襟盘扣衣衫，老式的立式红漆碗柜，八仙桌上有竹编的盖子扣着剩菜，她是被辟为旅游景点的古民居最后的住户了。斯人斯景，恍然如时光倒流。据说她的儿孙或为官或经商，也算富贵之家了，但她因为眷恋老屋，不肯迁走。

2011年晚春还在江西吉安的古村落里遇见玉兰。华屋堂前，流年寂寂，它绽放一树，在白墙黛瓦间真是明媚。不免想起李渔那一句："世无玉树，请以此花当之。"不过这一树珠玉在寂静的乡间，只是寻常草木，乡人不会特别看待，不过触动我这异乡人罢了。

有清亮月色的夜里，倘若可以坐在玉兰树下，与好友把盏言欢，或者与爱人静默相对，那是多美的情景。上个月圆的夜里，我坐在鼓浪屿树兰花脚某幢老宅的天台上，望日光岩的灯光和月色下山影横斜，想起山间那一树我曾邂逅过的玉兰，这一季是否依然盛开着，守护它自己清静悠然的小天地呢？微凉的春日晚风中，隐约似乎有玉兰的香气随清风随月色而来……

玉兰是适合中式庭院的花树，但李渔说作为玉兰的主人，通常只有遗憾，因为老天爷和玉兰有仇，常常是三年里有一两年等不到玉兰全盛便凋谢了。李渔在《闲情偶寄》里写玉兰不耐雨也不耐开，"不叶而花，与梅同致。千千万蕊，尽放一时，殊盛事也。但绝盛之事，有时变为恨事。众花之开，无不忌雨，而此花尤盛。一树好花，只须一宿微雨，尽皆变色……群花开谢以时，谢者既谢，开者犹开，此则一败俱败，半瓣不留。""故值此花一开，便宜急急玩赏，玩得一日是一日，赏得一时是一时。"所以，玉兰花开的意思是莫要辜负了春光啊，花开堪赏直须赏，莫待无花空叹息。

读"玉兰"的名字，有时会错觉念的是旧式婉约女子的名——

它是《楚辞》里的"木兰",是文人自咏的"辛夷",但不知为何也会觉得玉兰的情意如坚贞而骄傲的女子,既已将心付与,不管你要不要,来不来,我就在这里候着,如果你错过我的花期,那我便独自萎谢殆尽。就是这般倔强啊。三毛在《滚滚红尘》的剧本里写到的一个叫"玉兰"的女人,"玉兰穿着短布花袄,宽裤脚黑裤,梳辫子,手中提着一个'布包包',走站在一家人的弄堂房子的后门。"那是女主人公沈韶华小说里的人物。"19岁左右,瘦瘦的,营养不好。乡村里被卖到城里来做丫头的女人。""对于她的际遇,她没有任何抱怨或反抗。她是一种凡事都认命的人。或说,一种对于本身承受的一切,都以'逆来顺受'这种'韧性中国人生观',来对待生活的人。"这样的玉兰,普通得就像是乡下人家最被轻视的女儿了吧,命若玉兰,败得快。

2013年3月末,时隔三年重访我喜欢的古城西安,一路看玉兰花开,在熟悉的唐皇宫门外的青年旅馆院子里,也有一棵。离开前,坐在花树下,喝一杯酒,旧事厉厉如花瓣落下。在汉中看完漫天席地的油菜花,去洋县看珍稀的朱鹮。午间至县城觅食,在小城的广场里发现一座美丽的古塔,原来便是曾在古建筑书中得见的开明寺塔。古塔始建于唐代,南宋庆元元年重修。塔极美,可惜塔顶长了荒草,塔身的砖石掉落,大概这也是当地人习之为常的破败建筑,哪怕它早已是全国重点保护文物,也只是我这个异乡人频频赞叹,而古塔边,一树樱花和几树紫玉兰开得热热闹闹，大概千百年来也只有那荒草树木是古塔恒久的陪伴。又过几日，自地震后重建的北川羌寨出发，夜里行车过李白故里江油境内，黑暗中借着车灯看到"药王谷辛夷花节"的大红条幅，原来这里是世界上最大的古辛夷花林，三月初到四月末正是花季。可惜行旅匆匆，急着在逐渐深浓的夜色中赶路，这番花事只能错过，心下也知短暂的一生里那些擦肩而过的景致几无重逢的可能。

据说山谷中的辛夷花自开自落几百年，近几年才被发现。我很难想象满山紫玉兰同放的盛景，但山中的"辛夷花雨"一定令人惊叹。如果李渔看见这样花落纷纷的境况，不知道会如何埋怨老天爷？不过我想到满山满谷的玉兰倘被过多游人惊扰，若再有人折花毁枝，那更是恨事，我索性不要去凑这种热闹了吧。

陕西四川行游后回到北京，北地的早春还荒寂得很，唯住家楼下几棵并不高大的玉兰不畏倒春寒，已花开朵朵了。那年秋天，我们就卖掉北京的房子，先生离开了他工作生活十年的大城，回到离家乡不远的海边岛城，开始人生的另一途。想起还未应朋友之约去大觉寺看玉兰喝茶，也不知离开后还能否在玉兰花季再来京城，楼下那几树玉兰还有几株西府海棠，恐怕也是北京春天最后的烙印了。

杜甫有诗云"辛夷始开花已落，况我与子非壮年。"玉兰一开即落，人生倏忽而过，沧桑的况味在春日看花时涌来，便又觉得玉兰是四季里的一曲未央歌，几番轮回之中，且等到明

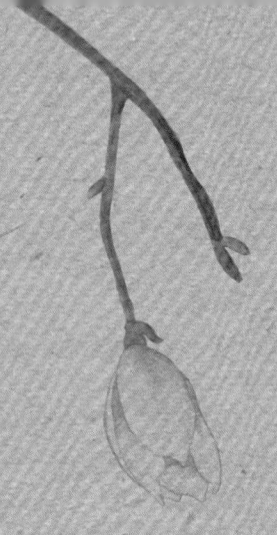

年春日芳菲时再了心愿罢,却只怕花仍开,而人已老。不过张爱玲却说玉兰是贪欢的花,"要什么,就要定了,然而那贪欲之中有嬉笑,所以能够被原谅,如同青春。"

今年春天,在小山城一角的一个幼儿园外,偶然看到一树紫玉兰。和北地玉兰开时绿叶尚无不一样的是,这棵玉兰的新绿已浓,如刚放学的稚童活泼可人。玉兰默默地开,默默地看着这些孩童。"千秋万世,长乐未央",在这刹那,我似乎没有了老杜的沧桑之叹,抱紧怀中一岁多的女儿,想着也许人生还很长呢。

但爱 **紫薇** 浸晚霞

某一日黄昏,在城中央大路一角站立良久,看几树大花紫薇。

天气真的热了。夏季已经在眼前。一路的大花紫薇都开了,渐渐取代了木棉。粉紫粉白粉红,飘落了一地,远远望去,也有几分樱花的情致。

看久了,眼睛里弥漫出一片紫云,心里却涌起一点点的悲伤,想到了白居易写的紫薇花,"丝纶阁下文书静,钟鼓楼中刻漏长。

独坐黄昏谁是伴，紫薇花对紫薇郎。"

紫薇花和我都没有伴。紫薇的对面，正是满街道如火如荼的火焰木和凤凰木。我却有奇异的感觉，是一季花将谢，又似乎是内心里要有告别什么的意愿，投射到眼前的花树上，就在暮色中带起难舍的哀愁来。这冷色调的紫，是给一腔热情兜头泼来的冷水，浪漫归浪漫，然而如何去与火红到霸气的凤凰花和火焰木比艳争宠呢？只好默默收拾自己的心事，站到一边，静待有心人来赏——其实无人来赏又如何？紫薇自有紫薇的孤高和清丽，并不需要有人懂吧。生命到最后，也不过是一场场花事般，轰轰烈烈的、安安静静的，都要零落成泥碾作土；一样的结局罢了，哪有永远的花如海香如故？

以"不占园中最上春"来自誉、人称"杜紫薇"的杜牧，大概也懂得紫薇的花语吧。这样的不争，犹如人之无为，总有他的傲气在心。

从春天开始，紫薇的小花骨朵像一个个攥紧的小拳头，由绿转红，然后迸然开放，在树梢聚成花团锦簇——你若以为这是小花，那便错了。入夏以来直到秋天，正是紫薇的花季。"紫薇花最久，烂熳十旬期，夏日逾秋序，新花续放枝。" 宋代诗人杨万里写花期长长的紫薇："谁道花无红百日，紫薇长放半年花。"这诗句倒是给了紫薇一个"百日红"的俗名。《酉阳杂俎》写紫薇："北人呼为猴郎达树，谓其无皮，猴不能捷也。此花易植，勿事功力。"

厦门最好看的紫薇花路是金榜路。五月一过，一条长街紫薇尽放。厦门街头多种植大花紫薇，偶尔能见到低矮的福建紫薇。紫薇还叫"怕痒树""痒痒花"，因为它年年生表皮却年年脱尽，如果有人去触碰便会枝摇叶动，浑身颤抖。作家阿来因此写紫薇是"敏感的树"，是为给接近它的人警告呢。紫薇花季我总是忍不住去"挠"紫薇树的"痒"，那可真是"花枝乱颤"，有趣得很。

多年前的五月，去福州看望少时好友。夕阳余晖中，她开车带我去看花。榕树的浓荫下，整条白马路一片紫雾，车行过的风还带起紫色的花瓣点点。我一直记得那个黄昏。少年的友人虽然大多时候只能隔着山水隔着生活互相祝福，但彼此的珍惜与温厚也总能给予一些诚恳的抚慰。当时的她踌躇满志要开拓新的天地，如今已经事业有成，也已经有伴，不知道还有没有时间去看这一路紫花开呢？

又有一年的盛夏，跑去龙岩闲游，朋友带着去连城的客家古村芷溪。小村有许多古屋凋敝破败，村里也无甚生气，走进村里的黄氏家庙，倒是清静可喜，令人怀想几分此村曾经的繁荣。家庙池塘前，有一树紫薇正开，艳红的花枝衬着宗祠的飞檐和后山的修竹，"独占芳菲为夏景，不将颜色托春风"，这倒是意外收获的一景，也将午后的溽热退去几分。

紫薇原是居于庙堂之高的花，它曾有政治意义，白居易诗称自己为"紫薇郎"，便是他彼时于被称为"紫薇省"的中书省为官。民间因此唤紫薇花为"官样花"。唐宋以后,"官样花"流落"民间",大概和入仕之人居于江湖之远一样,得经历几番内心挣扎?

我最爱的一首写紫薇的诗来自陆游——

"钟鼓楼前官样花,谁令流落到天涯?
少年妄想今除尽,但爱清樽浸晚霞。"

仕途失意,人身漂流,少年的宏图大志随着一场场花开花谢逝去无踪,而谁说暮年那酒杯里映衬的晚霞没有紫薇的颜色呢?所谓清平心境,是要彻底地放,更要彻底地不抱希望。在一季季紫薇花事面前,一切都很难隐藏。

想起数年前太姥山摩霄峰上的长净法师曾相邀七夕到山上看花,他说因为山上的紫薇农历七月太姥娘娘诞辰前才开花,所以当地人称紫薇为"七夕花"。长净法师说七七太姥山最是热闹,满山香客如潮涌。也许,哪一个七月七我可以践约而去,再上太姥山顶住住,在紫薇花的陪伴下,看流云落日月升月隐……

茉莉 莫离

初夏的时候,路过溪岸路的花市,花五元钱带回了一盆花苞累累的茉莉。当夜,桌前工作时便闻见了茉莉馥郁的香,在午夜的窗台上回萦。这样享受茉莉花香的日子,已有月余。

几乎每一年的夏天,我都会去花市买一盆茉莉,种在书房外的阳台上,让茉莉的清香陪伴深夜清晨,驱走随夏日炎热而来的焦躁,静静等待秋天。古人也和我有一样的逐香爱好吧,比如南宋禁苑的夏天纳凉,"多置茉莉,素馨等花,鼓以风轮,清芬满殿。"

读蒲宁《阿尔谢尼耶夫的青春年华》,读他以他童年、少年和青年时代的生活经历为经纬,所织就的俄罗斯乡村四时之景:自然、故乡、亲情、爱情,以及看待周遭世界的变化,幸福、痛苦、得到、失去……"于是,丽莎在我的心里,永远是同初夏时分的戏水、六月的美景、茉莉和玫瑰的芬芳、餐桌上的草莓、池边的柳树、修长的柳叶和苦涩、暖和的池水以及浮游其中被太阳晒得暖烘烘的水藻联系在一起了……"种种情愫如烟如雾，在蒲宁自己的一生里被时常回忆。原来，茉莉也是他的初夏之忆。

在我的记忆里，茉莉花属于童年的夏天。外婆家附近有许多茉莉花田，每到夏季摘下盛开的茉莉，送到附近的茶厂，也算是乡民们的一笔收入。因为天气太热，外公怕我正午出去玩中暑了，总是把我锁在大宅子里，他们自己去睡午觉。我呢，就从大门下的狗洞爬出去玩儿。午后两三点，茉莉花慢慢地开了，我偷跑到田里，摘了许多，拿倒过来的草帽盛了，又从狗洞里爬回家，把洁白芳香的茉莉铺了一床，躺上去，在满满的花香中，幻想自己是电视里的仙女。可惜茉莉花被我一躺一压，没过多久变黄萎缩。有一回，外婆午睡醒来，发现了我浪费的游戏，拿蒲扇敲了我一记，却又忍不住笑了，说："这孩子……"

外公家也有几分地种了茉莉。傍晚，我拿着外公采的满满一小竹篮的茉莉，送到茶厂收购处去。外公让我拿卖茉莉花的钱买一块新鲜的豆腐回来。有时候我自己去送花，有时候和隔邻的孩子一起。这一路总是十分快乐的。太阳还没有下山，尚有一点热，我戴着草帽，捧着竹篮，要经过两座桥，一条林荫道，以及一片农田环绕的乡路，才能到达茶厂。排队过了秤，拿了钱，就跑去买豆腐，常常偷偷给自己买一根绿豆冰棍——反正外公也摸不准这茉莉花到底有多重，少拿回去一两毛钱，他是不知道的。一路跑一路玩地回家去，时常天都黑了，把外婆急得坐在大门口直摇扇子我才到家，而一块嫩豆腐被我颠成了豆腐脑

似的,也会挨上外公几句说道。

后来去北京读大学,学校附近的廉价餐厅里喝的是廉价的福建茉莉花茶,有种太过了的香味,我不怎么喝,但闻着闻着,也感觉到一点点乡愁的滋味。

有一年夏天住在泉州,街头巷弄总有老妇人拿着串起来的茉莉花在卖,一块钱就能买一长串。泉州也有种茉莉的传统,北宋时候,崇安人叶廷珪在泉州任职时,就写过一首《茉莉》诗。不知道浔埔女那满头的簪花里,是不是也有茉莉的踪影?我会买一两串茉莉,摘一朵插在马尾上,伴着花香散步回家,把剩下的挂在床头,这一夜便可以在茉莉的馨香中睡去——"情味于人最浓处,梦回犹觉鬓边香。"这许裴的诗句,跨越了近千年的时光,也依然很真切地在今生今世里回香。

旅行的时候去到云南,很喜欢的一道菜是茉莉花炒鸡蛋。茉莉花骨朵包裹着鲜嫩的鸡蛋,微香清甜。看到明代冯梦祯《快雪堂漫录》记录的茉莉酒法:"用三白酒,或雪酒色味佳者,不满瓶,上虚二三寸,编竹为十字或井字障瓶口,不令有余不足。新摘茉莉数十朵,线系其蒂,悬竹下令齐,离酒一指许,贴用纸封固,旬日香透矣。"我没喝过茉莉酒,不过会用茉莉花水来泡茶喝。这几年,偶然几次喝到了朋友遵循古法窨制的茉莉绿毫,明前绿茶与盛夏茉莉花相逢的美妙,在一盏茶汤里淋漓尽致,花香茶香如是令人迷醉,我期待这样的重逢,然而据说古法逐渐失传,窨制茉莉花茶非常辛苦,整晚不能睡。窨制花茶的茉莉必须是夏季最热的大暑时节正午采摘,采花工这么辛苦且报酬不高的工作,也逐渐没有人愿意做了。

前两年大暑前后有一日在福州,和几个老茶人喝茶闲聊。说起福州传统的茉莉花茶,有个茶人说这两天远郊盛产茉莉的村子正在采制,可惜我要赶赴下一座城市,没有时间去看一看,想想以后大概也难亲见那样的场景,一直觉得遗憾。

我的家乡闽东和福州一样,一直是茉莉花茶的主产区。可惜这些年经济发展,据说茉莉花种植的产业逐渐移到经济落后的广西横县,但兴许是水土原因,广西所产的茉莉比起福建,产量虽高，香气却弱，茉莉花茶的品质自然也不如福建。

曾经采访过中国茶叶界的泰斗骆少君，她在福州茶厂工作多年，其中一大贡献是改良了福建茉莉花茶的窨花技术。"少数民族都喜欢喝茉莉花茶，放松，舒服，像见到春天一样。茉莉花茶放松神经的效果非常好，安神，治偏头痛，女人怀孕后，能提前一个月一直喝茉莉花茶，百分之百顺产。"她一直非常希望福州复兴茉莉花茶，她说那是永恒的事业……

永恒的，大概只有花香吧？这一晚，我摘下两朵茉莉，放进今春好友寄来的碧螺春里，泡出了一杯清芬的茉莉花茶。台湾女歌手曾淑勤的老歌这么唱："你可以如此猜想我的世界／在茉莉花的神情／安安静静沉淀自己的心事／点点滴滴流泄细微的美丽／我可以如此看待我的生命／在茉莉花的日子／沾着露水流转到你手里／不曲折却不容易忘记……"

这个夏天，经历了一场伤痛的告别。买这盆茉莉的时候，免不了有几分愁思给告别的人。而据说在离别之时赠送茉莉的意思是：送君茉莉，请君莫离。宋人张敏叔的十二花客中，茉莉是远客。我大概也明白了。

像张爱玲笔下那一壶茉莉香片，关于这场告别里决然离世的朋友啊，我想起那茶里的苦，人生的华美但是悲哀，我都不曾淡忘。

茉莉莫离，却终究挽留不住花谢的脚步。茉莉花的夏天，就要过去了。

野姜花
的温柔与慈悲

　　习惯在夏日买一把野姜花回家。

　　花的清芬陪伴数日，炎炎苦夏似乎也可多几分清凉之气。夏季台风暴雨喧哗的长日或长夜里，于幽微花香中读读书，会觉得日子稳妥随性。不问明天，只享受漫天风雨琳琅中屋内沉埋的片刻安宁，也享受风停雨住后的空气清朗，这是野姜花与我共同度过的好时光，自私到无需与他人分享。

　　野姜花与我的时光，还烙印在少年往事的章节里。它们在我心情烦闷时躲起来的秘密山谷中，开得奔放极了。曾经写过关于它的记忆，写自己留守的山谷是心之秘境，无人会来开启，"我在泥土的腥味与野姜花的清香中，静静地坐着，好像可以这么坐到永远，坐完余生。"而我总觉得野姜花代表着一生中所遭逢的那永远接近却永远不能抵达的情感，谨守着夏日的山谷，沉静单纯，懂的人自然懂得，不懂的人也永远不懂。

　　曾有过一份越界的情感，我小心翼翼防守，不敢放肆。隔年，

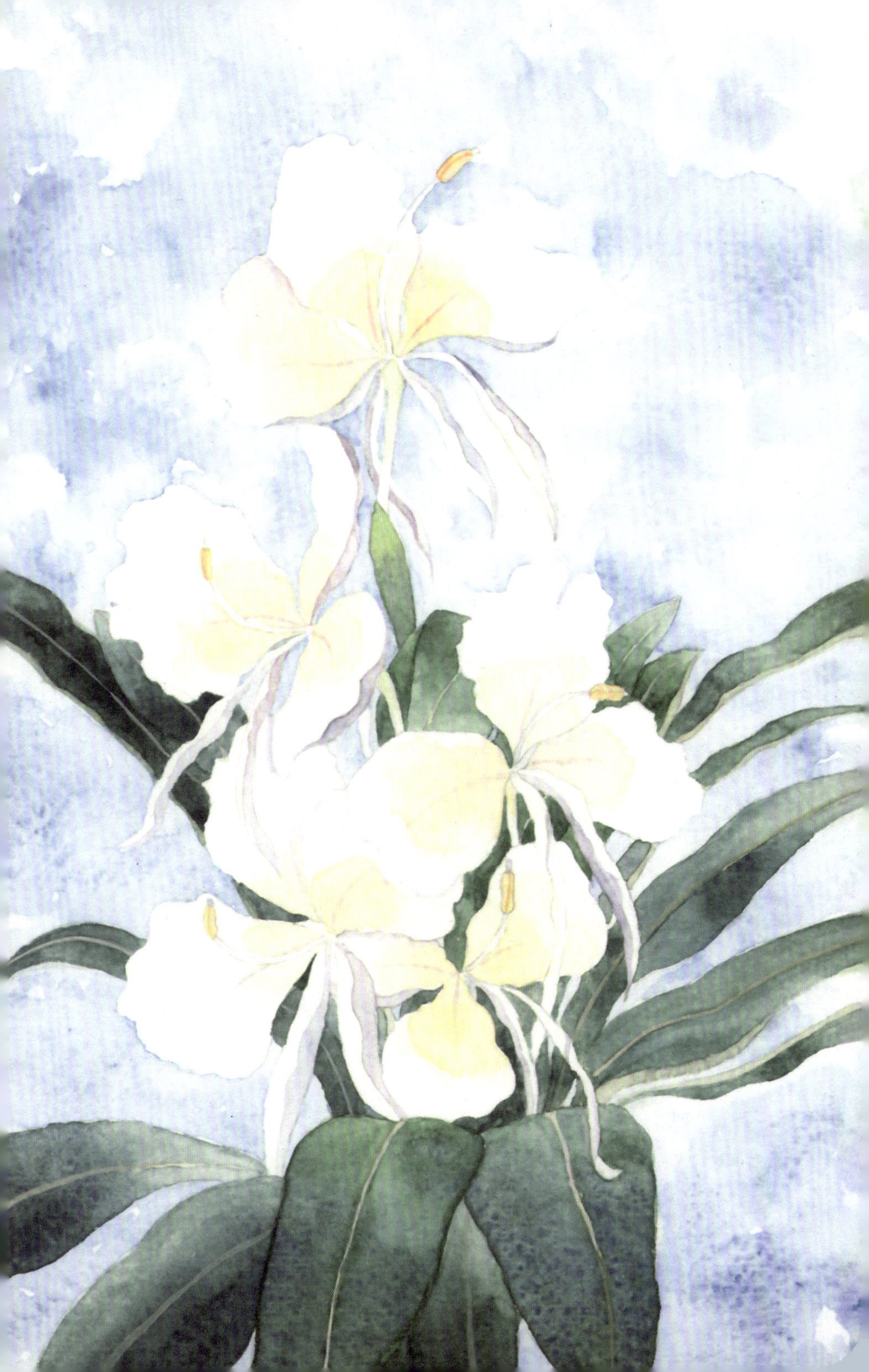

重逢的夏日，对方送了一束野姜花和睡莲给我。它们被放在咖啡馆的木桌上，欲言又止。然而，一切都已经结束了啊，野姜花见证着这平静的重逢平静的聊天，最后平静地互道珍重再见。

在陪我夜读的野姜花那幽微的花香中，觉得日子自得其乐。爱的烦恼与忧愁啊，随花香飘远，知道自己什么也握不住，也就索性放手，记得这一年夏天的花香就好。未来未知的某一日，当我可以放肆地思念，也知道这思念里存在过爱的呼吸，那也是美好的章节吧？

关于野姜花，还有一段美丽的回忆。多年前策划好友的婚礼，我用山上采来的野姜花布置了一幢老别墅，真心为她坚持十七年的爱情祝福。很多年很多年以后，我还记得别墅欧式石柱上白色的花与大红的"囍"字。而远居上海的她，因为想念上海极少的野姜花，说自己一怒之下买了几棵种球种在小区里，现在已经长成一大片了。

前些年总能在市场外或者路上遇到卖姜花的乡人，一担子挑来，价格便宜。远远就能闻见花香，寻香而去，欢欢喜喜买一大把。有时夜间出去散步，遇到卖花人急着回家，就以极便宜的价格把竹筐中剩余的花都卖给我。有一回就这样买了许多，家中各处都插满了，一屋子的香气蓊郁，使得我整日陶陶然醉在花香中。不过这几年，几乎难遇这样的卖花人了，都得跑到花市去买。城市的日益发达，却使得生活失去诸多平常的乐趣，这不得不说是我们的悲哀。

去年盛夏，在一家精品咖啡馆喝到一款名为"野姜花"的咖啡。2016年收获自埃塞俄比亚海拔1750～2000米的咖啡产区，活泼干净的风味，花香果香绕喉，还隐隐有人参的后味，真是惊艳。其实对于嗜好咖啡的我来说，咖啡也是植物给予我的恩慈，它抚慰过头痛的我，精神不济的我，清晨需要真正醒来的我……

去新加坡探望好友，她的居所在著名的新加坡植物园附近，我便几乎每日步行去植物园，流连半日。植物园里有一座"姜园"，里面种满了姜科植物。盛夏六月，我在池边看到了开放的野姜花，洁白亭立，花香暗暗，好似故友重逢，喜悦非常。

端午刚过，第一场台风过境后，去花市买了今夏的第一把野姜花。花店里年轻的男孩担心我回家的路上把花蕊压坏了，非常细心地用报纸包了几层。我突然对他生出好感来，对植物有心的人总有一颗善良善感的心呢。

我抱着一把被细心包好的野姜花，走在回家的路上。雨后的街道清静，怀中的花香弥漫。突然觉得，野姜花的香是一种弥补，安慰着所有不能在恰当的时间里交会过的情感啊。就在这一刹那间，所有的过往——微笑过的、痛哭过的，所有的当下——执迷着的、要放弃的，都一一释怀了。

我想，这是岁月有情的馈赠，也是植物温柔的慈悲。

童年的*紫茉莉*

如果童稚少年的记忆是一座花园,让步入中年的我在偶尔的感伤中回顾缤纷花园里的欢乐,那么,紫茉莉便是这座花园中平凡却不可缺少的花儿。

最初的回忆属于外婆家的院子。外婆家有着现今看来非常奢侈的前后庭院、鱼池假山,那是我漫长寒暑假的乐园。尤其是夏日,当晚风吹拂,烈日退场,我被允许自由玩耍,我可以去村尾的祠堂边看戏,找小伙伴们去野地里采花。草木的气息、老屋中晚餐的香味、祠堂里烟火的焦味……这是乡间最好闻的味道,亲切而熟稔。紫茉莉这时候该开了——它们总得候到太阳下山才开,就在房前屋后"嘟嘟"开着喇叭状的花。白色、黄色、紫红色、红粉色……我总是喜欢摘一朵,拔出长长的花心后当"喇叭"来吹着玩……

玩够了回家,和外公外婆在院子里纳凉,我总是记得外婆的蒲扇,扇子上是满天的星光月色,扇子下是各种昆虫的鸣叫,紫茉莉就在鱼池的一角，开出一丛丛的花，它的香气此时开始散发，幽幽地，如夏日夜晚风中的一支歌，就从它的小喇叭中吹出。可惜这支歌只唱一夜，第二天太阳升起时，它们便收起喇叭谢幕了。

紫茉莉是夏日最热时开得最艳，尤其在大暑节气前后。它们极寻常易见，也极卑微好养，不用太照顾，都能花开灿灿。它们自生自灭，隔年又开出累累花朵。但我喜欢去寻找它们的种子，总是很心急地去看那青白色的果子什么时候变成黑色。我掰下来，也会撒进土里，希望紫茉莉多几株。再长大一些，我就开始把这些种子小心存下，待到第二年春天在我自己房外走廊的花盆里种下。它们从来不辜负我，一定会在夏天到秋天开出花朵来。

紫茉莉大概是许多人心中童年和故乡的符号之一。汪曾祺叫它"晚饭花"，他把他的一本小说集取名为《晚饭花集》，他在序文里写，"我的对于晚饭花还有一点好感，是和我的童年的记忆有关系的。我家的荒废的后园的一个旧花台上长着一丛晚饭花。晚饭以后，我常常到废园里捉蜻蜓，一捉能捉几十只。选两只放在帐子里让它吃蚊子（我没见过蜻蜓吃蚊子，但我相信它是吃的），其余的装在一个大鸟笼里，第二天一早又把它们全放了。我在别的花木枝头捉，也在晚饭花上捉。因此我的眼睛里每天都有晚饭花。看到晚饭花，我就觉得一天的酷暑过去了，凉意暗暗地从草丛里生了出来，身上的痱子也不痒了，很舒服；有时也会想到又过了一天，小小年纪，也感到一点惆怅，很淡很淡的惆怅。而且觉得有点寂寞，白菊花茶一样的寂寞。"

汪曾祺说自己是小说《晚饭花》里的主人公"李小龙"，"晚饭花开得很旺盛，它们使劲地往外开，发疯一样，喊叫着，把自己开在傍晚的空气里。浓绿的，多得不得了的绿叶子，殷红的，胭脂一样的，多得不得了的红花，非常热闹，但又很凄清。没有一点声音，在浓绿浓绿的叶子和乱乱纷纷的红花之前，坐着一个王玉英。这是李小龙的黄昏。要是没有王玉英，黄昏就不成其为黄昏了。"

台湾作家林清玄说紫茉莉是最平凡的野花，它们整片整片的丛生着，貌不惊人，它掐着农家妇女下厨做饭的时间开放，所以被称为"煮饭花"。紫茉莉还有别名"胭脂花"，大概是因为它种子内胚芽研成粉末可做胭脂花粉的原料。记得《红楼梦》第四十四回里，宝玉让平儿理妆，他打开宣窑瓷盒，对平儿道："这不是铅粉，这是紫茉莉花种，研碎了兑上香料制的。""平儿倒在掌上看，果见轻白红香，四样俱美，摊在面上也容易匀净，且能润泽肌肤，不似别的粉青重涩滞。"而叶灵凤的《夏天的花》一文，把紫茉莉叫作"洗澡花"，"小小的紫色洗澡花，总是在傍晚时候才盛开起来的。夏天洗完了澡，赤膊在阶前坐一下，这时往往也正是洗澡花开得最灿烂的时候，我想这大约就是它得名的原因。"

在乡间房前屋后随处可见的紫茉莉，如今我在厦门要看也并不容易，要见也还是在花园苗圃之外。我曾在鼓浪屿的种德宫附近、曾厝垵人家的屋后与它们重逢。想起外婆家院落荒芜，大家星散各地。老屋接着易主，我们都背井离乡，我的下一代更不知乡关何处。父母家的旧屋也经历重建，我那曾经种过紫茉莉和牵牛花的长廊也成为永远的回忆。

六月的微风，花儿的幽芬，孩童迷离的梦境，童稚时期的乐土，是成年后被尘世所遮掩的一个角落。那些我都记得，又似乎已经遗忘。诗人阿多尼斯说："遗忘有一把竖琴，记忆用它弹奏无声的忧伤。你的童年是小村庄，可是，你走不出它的边际，无论你远行到何方。"

但倘若紫茉莉是美好记忆的承载，那么我该感激它始终都在，那花儿不用与沧桑人世赛跑，而每一岁都准时开放，妍丽如初。

迎春花

迎得几多春

"迎春花,春首开花,故名。"明人高濂的《草花谱》如此释义迎春之花名。"纤秾娇小,也解争春早。占得中央颜色好,妆点枝枝新巧。"宋人赵师侠的褒扬却很直接。在作家兼园艺家周瘦鹃的眼里,迎春花是"花中可儿","迎春虽平凡,而开在梅花之先,并且性不畏寒,花时很长,与梅花仿佛。"

迎春花也是我童稚回忆里欢乐的花儿。

外婆家的院子里种有一株,年岁大概比我大,总之自我有记忆起,它就在那里,就在那棵高大的无花果树旁站着。每岁冬末初春,它那圆圆的树冠就垂下娇黄的花朵,密密重重,开成一把"大伞"。我就在"伞"下和老黄狗玩耍,看看无花果树间有没有松鼠来做客,看看那株老葡萄藤又长出几片新叶……这些树木啊老黄狗啊鱼池里的鱼儿啊,都是童年时候的好伙伴,陪伴我被忙于工作的父母托管在外婆家的寂寞时光。

迎春花开的时候,外婆家后园里也有荠菜可以挖了。我总

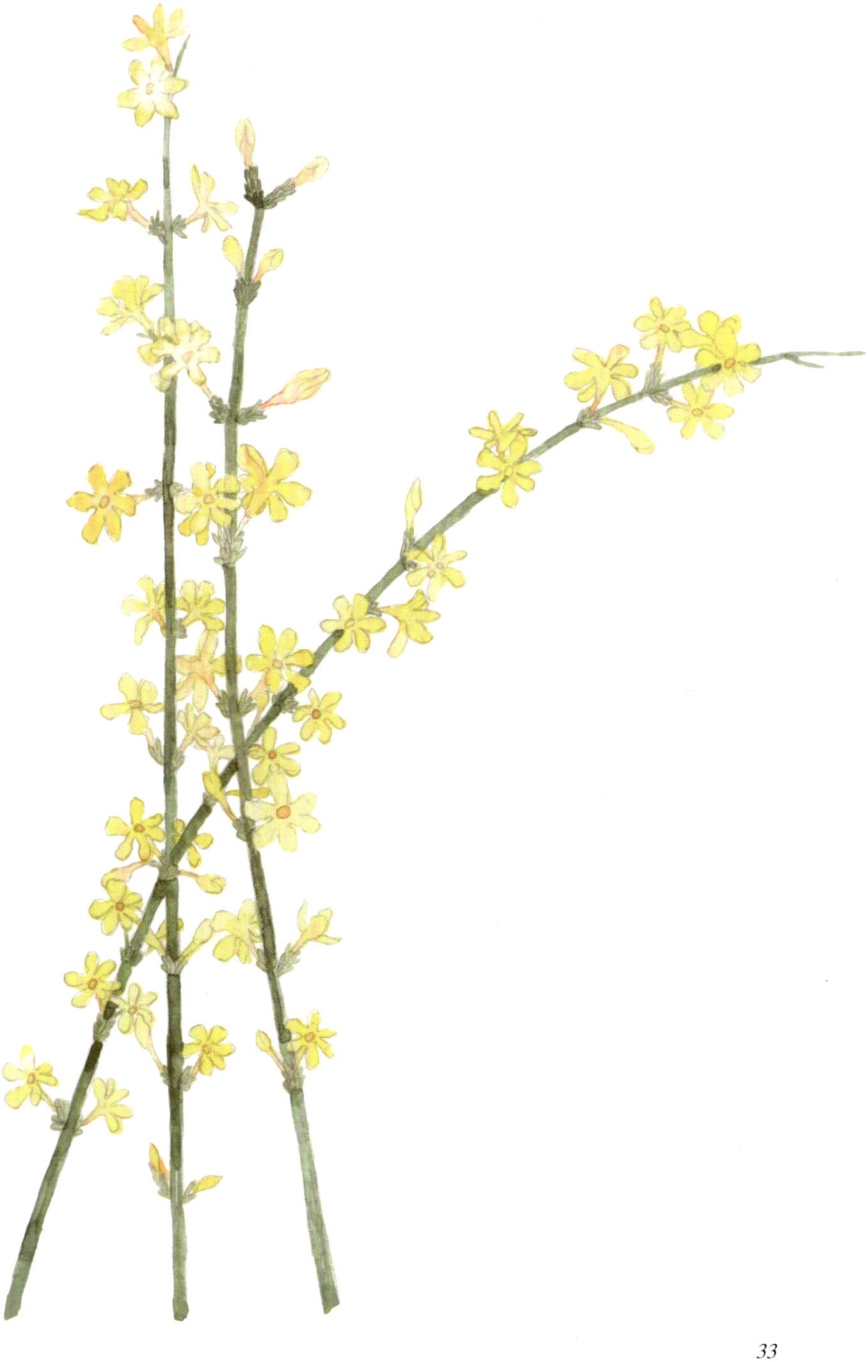

和外婆挎着小竹篮，去挖一些回来包饺子。春节正是大家族的聚会，众多表哥表姐从各地回来，大宅子里闹哄哄的，一扫往日的冷清。二姨家的大儿子不知道为什么取了个姑娘的名，就叫"迎春"，所以我和三姨家的表妹一边拿着一枝树上折下的迎春花，一边喊他——"迎春花表哥"，个性羞涩的他总是红着脸笑笑。迎春花还开着，姨妈、舅舅一家一家接连离开，院子里又归于安静。热闹的辰光得等到下一季迎春花开了。

半个月前去云南贵州一带旅行，为的是追寻云南罗平油菜花的影踪。抵达贵阳的时候，天气还在零度左右，阴冷潮湿，下着冻雨。却在黔灵山公园看到在枯干的树枝间、在瑟瑟的寒风间灿烂开放的迎春花，金英翠萼，楚楚动人。想起张爱玲形容"迎春花强韧的线条开张努合，它对于生命的控制是从容而又霸道的"，虽然寒意袭人，因了这可人的花儿遂觉出几分属于春天的暖意来。越往云南方向走，阳光越煦暖，迎春花开得越来越高兴。在曲靖境内，即使油菜花铺天盖地炫目的黄，也不能掩盖迎春花的风姿。

回到厦门的第二日，去软件园拜访友人。在园中的某处转角，也见到一大丛迎春花，低低矮矮地开着。寒风细雨中，即使感觉今年这反反复复的倒春寒真是难熬啊，可在这一丛花墙前，也感知到春就在临近，伸手便可触及了……

这个春天有新的忙碌。大雨天和画家赵老师去木材市场买原木，他要帮忙设计家具，以及调配颜色。又去他海边的房子喝茶，看他的宝贝。我看他送给我的画册里有我向往的草原与雪野。在车上看拉斐尔前派的画册，看那阴暗的光里仍然有起伏的线条，不过一张看似无表情的脸，柔润的色泽里有隐藏的回旋，像是往事的叙述。那些我钟爱的颜色，或灰绿或明蓝还有迎春花般的黄，在小小的空间里铺陈。去买灯买桌子。就这样一日一日过去。

我也想要静静生活。就如同村上春树在他的游记《远方的大鼓声》中写到，"有没有谁来把我们画进画中呢？我想。远离故乡的三十八岁作家和他的妻子。桌子上有啤酒。庸庸碌碌的人生，在午后的阳光下。"

迎春花还在开着，这是一个新的带着希望的春天。清人顾仲在《养小录》里写迎春花可食，"热水一过，酱、醋拌供"，哪一日且来试试？

七里香

沧桑过后

每年从夏到秋,当我远游归来或深夜返家,家门口那已经繁衍成篱笆墙的七里香,总以强烈的芳香迎我,仿佛是提醒啊,提醒我莫要走得太远,莫要太晚回家。夏日的夜晚,月华灿灿,七里香的叶子被照得深深绿绿,躲藏在浓密叶子中的簇簇小白花静静探出头来,向我致以它独属的问候。我时常俯身嗅闻它,也算是我的回礼。

最初认识七里香,是少年时在席慕容的诗歌里——那个时候,谁不会背诵几首席慕容清丽婉约的诗呢?记得是十五岁的生日吧,表姐自异地来参加我小小的生日宴,朗读了这首诗:"溪水急着要流向海洋/浪潮却渴望重回土地/在绿树白花的篱前/曾那样轻易地挥手道别/而沧桑的二十年后/我们的魂魄却夜夜归来/微风拂过时/便化作满园的郁香"。

十六岁那年,独自离开父母和家乡,客居在省城郊区的部队大院里,整个营区种满了葱茏蓬勃的七里香,一到夏日,那种浓郁的香气伴随着我夜晚散步的孤独长路。在路灯下一圈又一圈地走着,

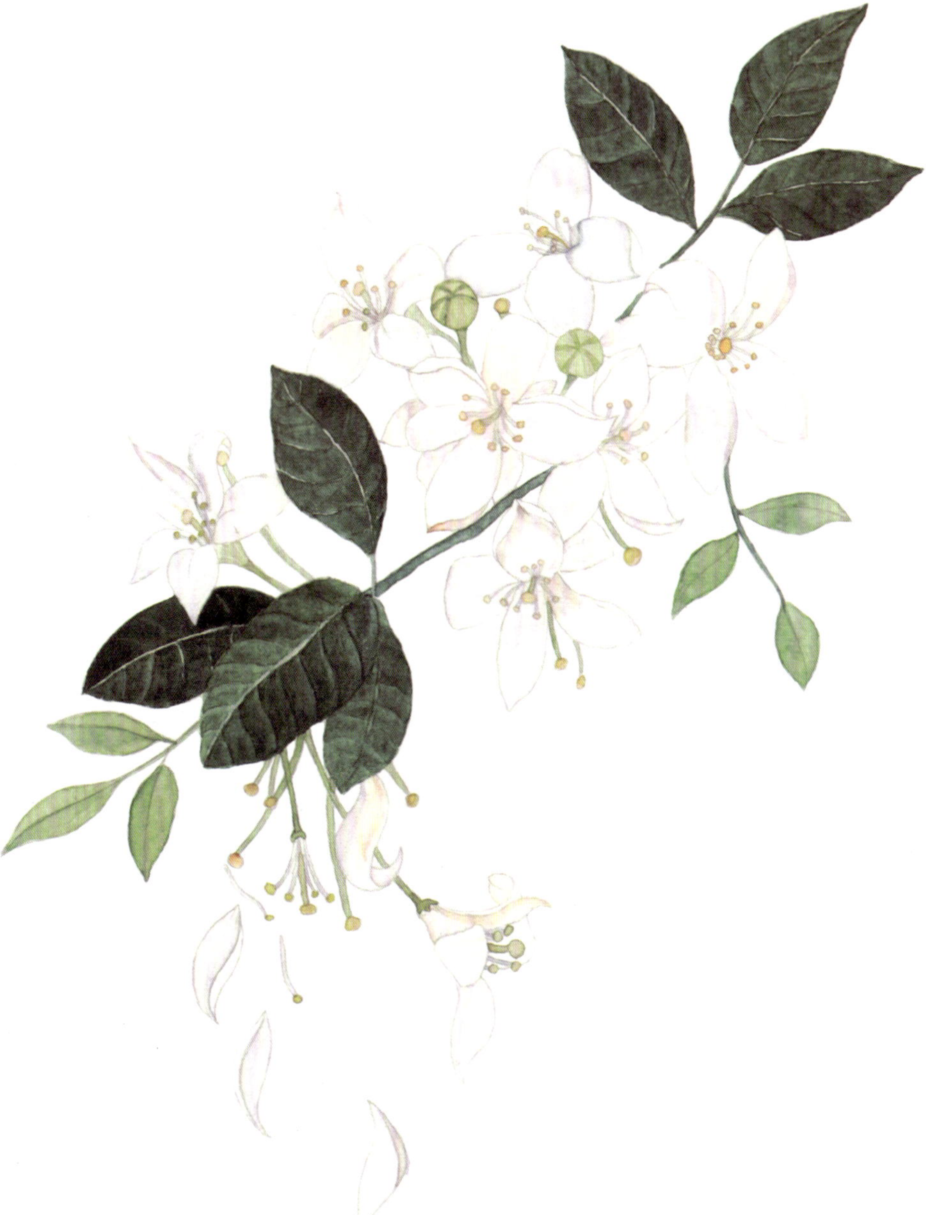

好似整个世界在我眼前铺展，未来有无限可能；在某一瞬间又觉得世界也只是眼前一丛丛的绿树白花，再怎样的葱郁也可能过季即败。

　　从绿叶看到白花，再看到它结果，小小的浆果变红……七里香是植物中我的老朋友了。2006年秋天，上海南京一趟访友行游回厦，夜航班降落后下了出租车，看见路灯下七里香开得芬芳扑鼻，地上落满羊蹄甲的花瓣，楼下的铁门上贴着我的挂号信件通知单。背着大大小小四个包，走上六楼，打开门，见门缝里塞着几张汇款通知单，邮递员在单子上写着"已塞门内，请见谅！"这是我喜欢的城市喜欢的点滴，所以我像诗人兰波说的"我永远都走得不够远"，我眷恋着这个熟悉的城市里熟悉的一切。

　　为什么要走得远呢？像艾米莉·狄金森一样，终生没有离开一个地方，在她的温室花园里终老，"我的植物长势良好"，"我的花草鲜茂"，"蜀葵把衣物扔弃一地，我忙着捡识茎和花蕊"，在冬天来临的时候写信询问朋友，"你的花园还有鲜花吗？"这样不是很好吗？

　　其实人生也是个很有意思的过程。就算跑得够远，但兜来转去，有一天你发现自己又站回原来的那个地方。是宿命注定也好，是机缘巧合也罢，生命的起落承合在一生里都指向同一个地方。绕道躲避无用，忽略看低无用，你要走的那一条路，你要抵达的那一个终点，命运已经给你安排妥当，只看你去往的路程上要经历多少暗礁激流。

那一夜,我翻出寻觅多年的、终于在南京大学外的书店买到的旧书——刚刚去世的柏杨的《旷野》来读,那同样是我少年时代的阅读记忆。时隔二十年后重读,失眠的我不得不承认自己的失望。这本小说早已不如少年时那样吸引我。看过太多精彩的小说,我想这一部其实并不精彩。好比人生经历了许多,待你回头再望,那些当年深爱的人与事,终于风化远去,终于不再留恋,那也是柏杨在小说最末尾写的,"但这世界仍然没有变动,人们依然往人多的地方挤,没有几个人走在旷野里的,除非他自己甘愿。"

是啊,沧桑的二十年后,我们的魂魄夜夜归来。只是归来的时候,这满园的郁香里恐怕更多的是惆怅的况味。旧爱不在,旧情褪色,唯有七里香在风过处,香如故。

荷花玉兰 的霓裳曲

一直到今年初夏，住家附近那两棵荷花玉兰开出硕大的花朵来，我才发现原来它们不是枇杷树！唉，这几年来我的目光都只停留在它们旁边那棵高大的白兰树上，忽略了荷花玉兰的存在。其实只要稍微仔细看一眼，就能分辨出来啊，但我就那么无数次地在白兰树下站一会儿，视若无睹地走过去了……

2010年的冬天，有个我尚未谋面的朋友给我写信，告诉我，她的家乡江西吉安有很美的古村落，我可以去走走。我被照片中那宁静安好远离尘嚣的青砖黛瓦所吸引，在隔年春末夏初的时候，去那个井冈山脚下的小城住了几天。

古村名"渼陂"，有在水之湄的意思，村外当然有绿水萦绕，而村中民风纯实，我在一个祠堂外望见了一棵开着硕大白花的树，散发着隐隐的芬芳。原来这就是广玉兰。但我却喜欢它的另一个因形而来的名，"荷花玉兰"。它是花形本不小的木兰属中花开最大的植物了。

在江南很多地方种植颇广的荷花玉兰，位列好几个城市的市树，它是很好的空气净化树，树长得高，要么远远才能望见花，要么得仔细仰头看——所以我不曾去留意住家附近这两棵树，也有这个原因吧。荷花玉兰树木常绿，也不见落叶，在浓密的、聚成花朵状的叶片里即使花大如碗也容易被忽略。

　　荷花玉兰开花，标志着夏天临近。初夏时分，在武夷山也遇见许多正怒放的荷花玉兰。春末夏初的雨水润泽，荷花玉兰在高高的树上，似乎闪着温润的光，亦有荷的香远益清，它的香气是幽微的,需要静享。我在一个雨水初歇的午后走过树下,望远处丹霞山岩雾气氤氲,仿如仙山般引人入山去。潮湿闷热的雨季,花香夹杂着武夷茶季的茶香,不知道为什么当下却觉得这荷花玉兰是俗世的牵挂和惦念,不言不语的,自有它温柔的劝解。那正是清人沈同所唱咏的——"韵友自知人意好,隔帘轻解白霓裳。"是啊,躲入深山避世又能如何?想来终究是俗人一个,也得臣服于某些规则,安于这世间纷扰。

泉州的开元寺里也种有荷花玉兰,在佛门清静地生发,似乎不染尘俗,有朋友说这是佛祖拈花含笑的那一朵优昙婆罗花。我笑他缺乏植物常识,想科普科普他。他却固执得很,说就当它是优昙婆罗花吧,因为许多人已经把这棵花开当作吉兆了。

带娃的前几个月,住在小山城,极少出门,对物候花事都变得不敏感了。偶尔出门去医院,路过河边的广场,看见河岸边好几树荷花玉兰开着大大的花朵,大雨中却闻不见香气。就想起那一年五月,在江西古村落里的那几棵花树,也怀念一下自由的、四处游走看花的日子。

这个夏日夜归的时候,时常路过那两棵荷花玉兰,见它们在路灯下宁静地伫立,花朵藏在高高的树上密密的叶间,花开如碗,香气轻盈。树绿花白,白与绿交织出最普通却也最好看的植物风华。我有时候还会站在树下,想着等它掉下来一朵,我好捡回家去……可它们几乎不落,就是在树上渐渐枯萎,即使喧哗激烈的雨水击打它们,它们也非常强壮坚韧地守着生发的原乡。开花时,不愿意低下头来,花谢时,不愿意掉进土里,真是有姿态有傲骨的花啊。

龙应台在《目送》里写到,"玉兰的花瓣像一尾汉白玉细细雕出的小舟,也像观音伸出的微凹的手掌心。"荷花玉兰从不会整朵掉落,都是竭力开到最大最大,几乎开成一个平面,再一瓣瓣地落。因此它开到败的时候,掉下来,就尤其有凋萎之意,像一直攒着的力气,一下松弛了,也有无可挽回的决绝。

花开到败,所有的一切,自然也败了。花的姿态,时常和人的心意一样,既已落幕,便不能重来了。

那**蔷薇**啊，只开了一个早晨

    立夏的早晨，出门办事，回家的路上遇到溪边的野蔷薇。如此蓬勃热烈，盛大的夏天真正地来了。

    五月是蔷薇的季节，它们不受人编排，亦无需园丁指点，开在山间。每当此季，总是哼想起一首老歌："一朵美丽的蔷薇带着刺，拒绝所有攀援的手势，一个春天才浪漫一次。"蔷薇花的女子，有的就是这样的骄傲和美丽吧？谁会去追究一朵蔷薇的往事呢？当季节过去，开过无悔，落也无悔，热烈过就是一生。

    我的许多五月，也是蔷薇的五月。我能够记得的，不过是一场场关于蔷薇的花事。

    2006年的五月，在上海。临时起意跑去桐乡。出租车司机说这里是碗大的桐乡市。下午坐公共汽车，去石门镇的丰子恺故居缘缘堂。小镇一个游客也没有，运河在这里拐了个弯，居民们沿河摆摊做小生意，我吃着臭豆腐和烧饼，眯眼看着运河岸上开满了蔷薇花。小街上有许多古旧的店,人们淳朴而友好。路遇的两个小朋友带我去缘缘堂。空无一人的缘缘堂,丰子恺的书房走廊里有个小佛堂。赵朴初有诗"世界缘缘无有尽",但丰子恺自己写的"欢浓之时愁亦重"更与人世亲近。

接着又跑去乌镇。天阴欲雨,在小镇晃了半日,躲开人群,到荒芜的院子里,拍几张照片。羡慕临河人家,那一对老夫妻,坐在窗前,饮茶聊天,无视吵闹游客。有个小店里的姑娘说,乌镇人爱干净,果然见房前门后,空地之间,遍植花草。离开乌镇的时候,看见一处院落的墙头,有一架蔷薇怒放。

初夏的江南,到处有蔷薇的花香。夜色初起的时候,对着小桥流水,突然想起从前读书笔记里记下的卡内蒂的一句话,"他希望拥有一些时刻,它们燃烧得像一支火柴那么长。"我一个人不告而别,独自跑到小镇来,也没能躲避什么,躲得过上海日光倾城,也躲不过蔷薇花的暗示。2008年的深秋,在海拔4200米的理塘的黑暗街道上,空气冷而干燥,有些什么,在高原的星空下向我汹涌袭来,我无力防备。是因为属于那年春天运河边上的蔷薇花的思念,悄然蔓延。虽然我那个时候不过以为,那只是生命中的某一段旅程,我一早便懂得接受分离的命运。但我的忧伤是因为明白在爱上的瞬间,便是永远的失去。在西行的路途中,我眼见荒芜的史前遗迹,经过地壳的剧烈变动,就那样过了一世又一世,便明白这世间永无永恒的可能,但这似乎又是另一种意义的永恒。

还有一年五月的第一天，开了很久的车，去另一座城的乡间。穿过隧道，穿过重重绵延的高山。下车的时候，要走刚刚开出来的黄泥土路。路上还遗留有牛粪，以及昨日一场暴雨带来的泥泞。朋友未来的度假山庄举办溯溪登山活动，人很多，野炊烧烤，仿佛童年时候去郊游。我眼前浮现出家乡小山城的记忆，想起那些春秋佳日，山杜鹃和野百合的样子。十几年的光阴，流逝的速度就如此刻我指间的阳光。树木蓊郁，在阳光下闪烁着油绿的光。我看见了晚春残余的杜鹃。我看见了路边的金樱已经结出了青色的果。我看见野草莓在灌木丛中悄悄成熟。粉色的野蔷薇开成一片，浓郁的青草香弥漫在山野间，那的确是属于夏日的香气。有谁能与我一同闻见，这山间原始清澈的气味？

出行的前一晚，去听马勒的《大地之歌》。《大地之歌》是根据德国人汉斯·贝特格翻译的中国古诗集《中国之笛》写成的，里面有李白、孟浩然、王维的诗。这一年，马勒辞去维也纳宫廷歌剧院指挥的席位，他四岁的爱女夭折，又发现自己患有心脏病，因此心情烦闷。他在阿尔卑斯山下的小村庄里读到《中国之笛》，心有同感，遂写成《大地之歌》。第三乐章《青春》，男高音独唱，唱的是一群青春少年坐在亭子里，观看美景，饮酒吟诗。音乐听似轻快，却有着挥之不去的忧郁，那是鲁迅所写的，"我早先岂不知我的青春已经逝去了？但以为身外的青春固在：星，月光，僵坠的蝴蝶，暗中的花，猫头鹰的不祥之言，杜鹃的啼血，笑的渺茫，爱的翔舞……虽然是悲凉漂渺

的青春罢,然而究竟是青春。"最后一个乐章《告别》,马勒自己写了一部分歌词。一只长笛和一把小提琴带出的低回幽怨,真是催人心肝。

　　山间突然下起雨。躲雨的时候,担忧那些山野的蔷薇,大雨一打,肯定是颓败一地,不能再赏。

　　2012年的五月,在武夷山的闽越王城遗址,空阔无人的山野间单瓣蔷薇将谢，回望旧时王城只剩土堆，忽生人生如远客之感。不过因为空气极干净，真切地闻到野蔷薇的香气弥漫。周瘦鹃写单瓣的野蔷薇最香，可以浸酒窨茶。周的文中还提到中国药店有售野蔷薇露，饮之清火辟暑。"唐代柳宗元得韩愈所寄诗，先以蔷薇露洗了手，方始开读。"这可真是知音的最高待遇了。

读故园风雨前在《幸得诸君慰平生》里写京郊的农家果园，"跟邻居的界篱上怒放着几百簇粉红色单瓣野蔷薇。走了一会儿太阳出来了，野蔷薇好像被晒出了精油，空气马上甜了。我凑上去，停在篱笆凹进去的一个个角落，削尖脑袋往里挤；把身体嵌到野蔷薇花的窝里，闭上眼睛，白白享受着一场香薰。我感觉自己消失了。"

回忆起在北京看到五月的蔷薇，在一条街道的围墙上密密匝匝，盛开在长街的夕照里。热烈蓬勃，真像词人形容的"满架春光艳浓""疏密深浅相间"，美到令人忘言。

蔷薇令我忘言，却又翻涌起我已经淡忘的青春。那个时候的我曾经写："想起一些事，我的青春，脑子里忽然闪过巴尔扎克的一句诗——'那蔷薇，就像所有的蔷薇，只开了一个早晨。'"

"都过去了，花也隐了，梦也醒了，前路如何？便摘也何曾戴？"

花隐梦醒，然而究竟是青春，哪怕只开过一个早晨。

莲 的乡愁

夏日已至，去城郊民宿的院子里已经看到睡莲开花了。在园博苑工作的友人说，再过几日，园博苑的水中莲花将大片盛开。这几日去莲花公园散步，也惦记着往池塘里仔细瞧着，看看是否有莲花探出头来。自1999年秋天起，居莲花多年，对这城区很有感情。这一带的小区名字我觉得是厦门最美的：流芳里，观远里，香莲里，菡青里……都和莲有关。

夏天时候，若遇到街边卖新鲜莲蓬的，也会买几枝，剥几颗莲子来吃，不见得多美味，但那味道可令味蕾暂时获得几分清甜。留几枝干枯的莲蓬，随意往粗陋陶罐一插，清雅不俗，亦是案头小景也。

莲花有几百个品种，要区分真是费脑筋，还得有好记忆力，记得几个分类后，想想索性就忘记这回事，好好赏花便是。

最记得有一年初夏，朋友去漳州的长泰，给我带回6枝含苞的莲花。我插在客厅里，不蔓不枝，亭亭静静，很沁人的香，的确是周敦颐写的那种"香远益清",提醒我已经印记模糊的莲花的香味。来厦门后,见过南普陀那大片大片的莲花,却从未闻见过香气。莲花公园的莲也是年年开,年年看,却年年未能闻到真切的香——我有时候不免想,也许这是城市和乡村的差别吧。

朋友送来的这几枝,恐怕只能说是"菡萏",而非"莲花"吧——古人把未开的莲叫作"菡萏"。李渔在《闲情偶寄》里有一句,"迨至菡萏成花。"《说文解字》里亦解释莲花是"未发为菡萏,已发为芙蓉"。

《诗经》里写,"山有扶苏,隰与荷花。""彼泽之陂,有蒲有荷。"童年的盛夏,外婆家所在的村里,祠堂附近那口池塘里总有开不断的莲花。外婆家院子里的那个小鱼池里也有一小片,却因间开着紫色花朵的水浮莲,不成气候。黄昏,我总去祠堂边上玩耍,听戏,看大人们赌钱,池塘里的莲在暮色里全部都开了,满满一池子的粉红粉白,香气弥漫四周。我时常摘一张莲叶,放到头上当帽子玩,还去池塘边那口井里照照自己戴莲叶帽的模样。

有时候待外公外婆午睡了,我偷溜出去玩,实在顶不过午后的高温,也摘过这莲叶当遮阳帽。傍晚回家,晒得红扑扑一张脸,顶着一张同样被晒得皱巴巴的莲叶,总免不了挨一顿骂。

少女时候喜读南唐中主李璟的词,"菡萏香销翠叶残,西风愁起绿波间。"王国维在《人间词话》很推崇这一句,评其

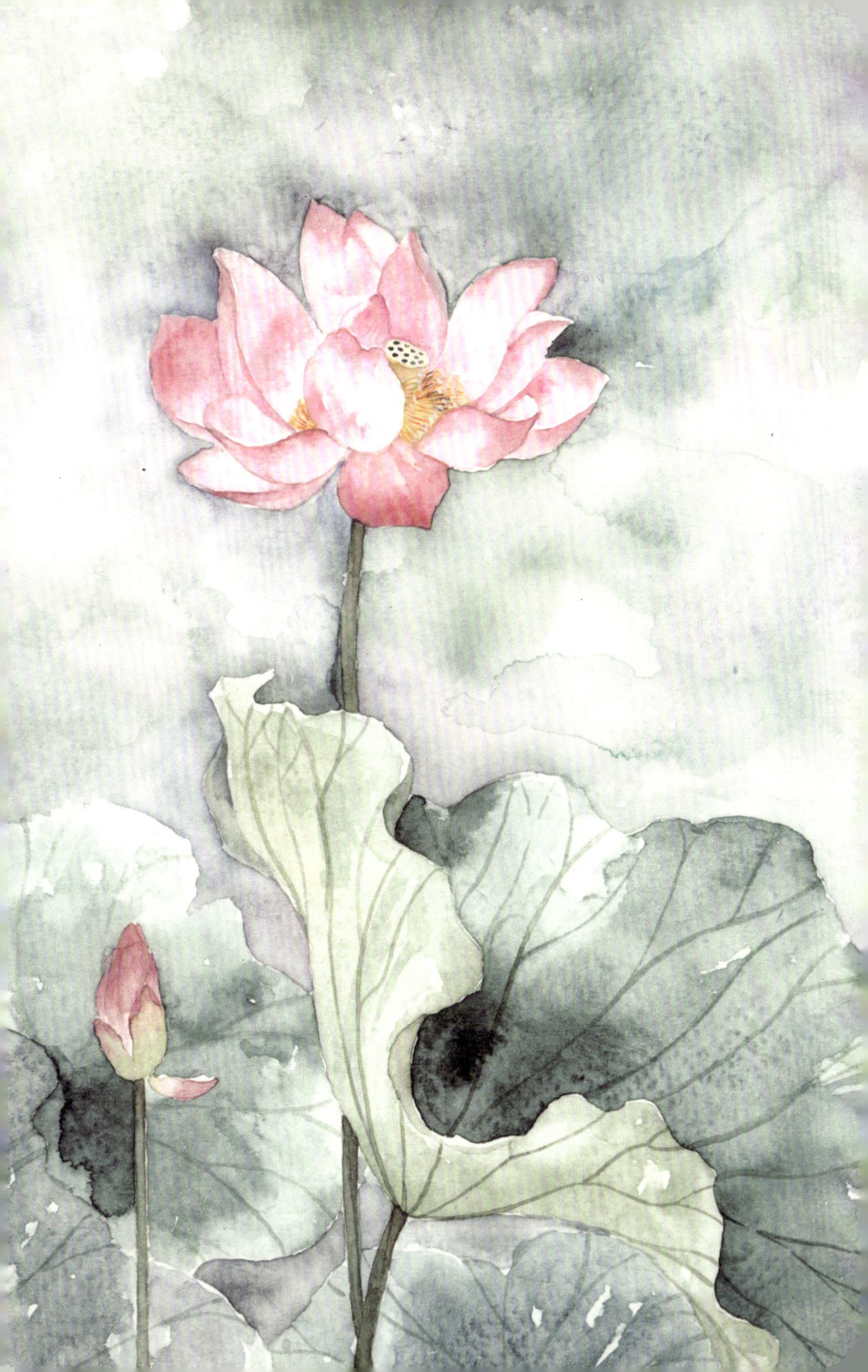

有"大有众芳芜秽、美人迟暮之感"。读高中时,在北京读大学的好友寄来一本《人间词话》,这一段我还做了记号。二十年之后,返乡自书架间翻起这本书,这一页还夹着读书卡片。在这一刻,想起少年往事,心境竟然有迟暮之感。

 这些年到处乱走,倒是拍了不少莲花,枯萎的,盛开的,初生的……最难忘的是在武夷山。盛夏,在乡间某个祠堂外遇见一片正开的莲,午间阳光热烈,一池莲花开得无拘无束天真

任性。另一个盛夏，在朱熹故里五夫镇，这里也是著名的建莲的产地，正要举办荷花节。在去往朱熹居住五十年的紫阳楼和开课授学的兴贤书院的路上，一池接一池的莲花盛开，安静的乡间因此有了特别的韵味。还有一年春天在广东大埔乡间，微雨后，看见一池小小的荷叶，想起宋人陈与义那一句："梦里不知凉是雨，卷帘微湿在荷花。"再一年去潮州过端午节，住在古城里的清代大夫第。清晨对着庭院里的一缸荷花，喝功夫茶。古宅的雕梁画栋仍在，人事代谢几轮，这茶和花大抵总还是在的吧？

残荷也有风致。最喜欢的竹久梦二的一幅画，便有秋日之残荷。前两年中国出版他的原寸复刻集，封面正是这张画。我对这个画面有奇异的熟悉感，仿佛多年前最自由的秋日回到眼前：坐一日一夜的火车去旅行，某日在浙江武义的郭洞村，荷花都败了，留得残荷在却没有雨声陪伴，山上红叶飘零，我独自坐在村外的田埂上，看见眼前小小寺院的一堵红墙，不远处白墙黛瓦的民居静默，此情此景是我的乡愁，也是竹久梦二的梦境吧？

喜爱的诗人李义山《赠荷花》诗里有一句："惟有绿荷红菡萏，卷舒开合任天真。"卷舒开合任天真，是多么自由而无羁的心。但在人世的重重淤泥里，要如何才能保有这样一颗莲的心？梦里不知凉是雨，不知身是客，也且学学绿荷红莲，偶尔天真任性几回罢。

木槿 花凋

离开办公室的时候，日头仍然厉害。走到附近市场买东西，突然想坐路过湖边的一路公车回家。我喜欢这路车，一路都行驶在风景里，并且除非上下班，没有太多乘客。在湖边看到一棵矮小的木槿，暮色里已经蜷起了花朵。想起"花凋"这个词，张爱玲一篇小说的名字。木槿朝开暮落，只有一天的花期。李时珍在《本草纲目》中把木槿注释为"朝升暮落花"，这是姚伯声将它归之于"时客"的原因？

李渔的《闲情偶寄》写木槿："木槿朝开而暮落，其为生也良苦，与其易落，何如弗开？造物生此，亦可谓不惮烦矣。"这仿佛说的是《花凋》里的女主角，是一个二十一岁便死去的女子，一个在最美好的花季中凋零的女子，那是"最美满的悲哀"，她的墓碑上刻着——"无限的爱，无限的依依，无限的惋惜……回忆上的一朵花，永生的玫瑰。"李渔为木槿的命运感叹，说看花如看人，无一日不落之花，也无一百年不死之人。可他更

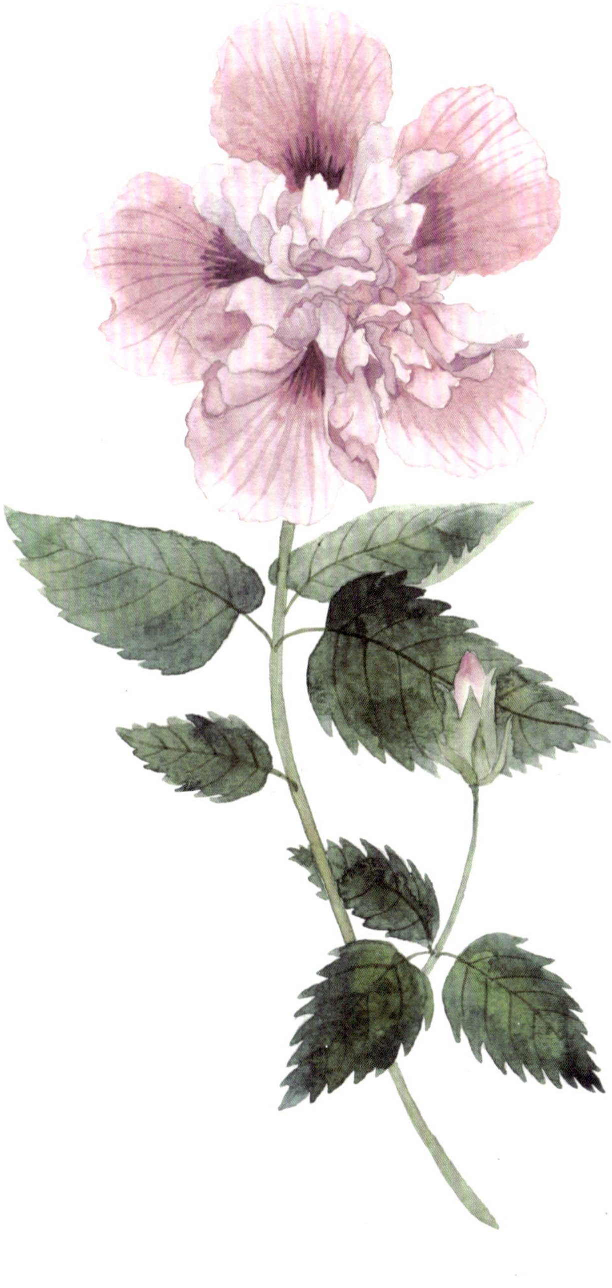

为人的命运感叹，因为花之落是必然可测的，人之生死却时常是突然的。所以日本的柳宗民说："槿花一朝梦，这句话用以形容世事无常。"木槿在中国曾有别名"朝茵"，"时一寓目，尘念顿空矣"，因此在日本的平安时代，木槿与牵牛花一样被归为""朝颜花"。

木槿是哀伤的花，李渔不喜。我每次看到那些花，也都会想起曹植把他早夭的两个女儿比作木槿，短暂一生，真是悲伤。曹植的大女儿金瓠出生一百九十天就夭折时，他写《金瓠哀辞》以示哀痛："天长地久，人生几时？先后无觉，从尔有期。"不久后，他的小女儿行女亦早夭，曹植写了《行女哀辞》——

> 行女生于季秋，而终于首夏。
> 三年之中，二子频丧。
> 伊上帝之降命，何短修之难裁；
> 或华发以终年，或怀妊而逢灾。
> 感前哀之未阕，复新殃之重来！
> 方朝华而晚敷，比晨露而先晞。
> 感逝者之不追，怅情忽而失度。
> 天盖高而无阶，怀此恨其谁诉！

读到曹植的哀伤之曲时，想起了何其芳的一首诗《花环（放在一个小坟上）》——

开落在幽谷里的花最香。
无人记忆的朝霞最有光。
我说你是幸福的,小玲玲,
没有照过的影子的小溪最新亮。

你梦过绿藤缘进你窗里,
金色的小花坠落到发上。
你为檐雨说出的故事感动,
你爱寂寞,寂寞的星光。

你有珍珠似的少女的泪,
常流着没有名字的悲伤。
你有美丽得使你忧愁的日子,
你有更美丽的夭亡。

不知道何其芳这首诗背后的故事,但也是对一个早夭的美丽少女的悼念吧?

倘若不计较木槿是一日之花,它还算是夏日炎热里的安抚。"有女同车,颜如舜华。将翱将翔,佩玉琼琚。彼美孟姜,洵美且都。"《诗经》里的木槿是美人花。当我埋首书桌,居家一日,白日将尽时出门遇见暴雨后的木槿,本来该在黄昏合拢花瓣的它们,居然还悄悄地在角落开着。或者是我一个多月没上鼓浪屿，初秋时去一趟，小岛开始进入一年之中最好的时光，游客散去，天气舒适。夜游，登高处看落日余晖。然后去鼓新路转角看那株我爱了十几年的木槿。它在一个小院的墙檐，自成一国。

木槿是夏日最美的篱笆，它并不难养，二三月间发芽的时候，剪下枝条，扦插于土中，很容易成活，想要种个篱笆墙，顺手紧插不留空隙便可。《救荒本草》里记："《本草》云，木槿如小葵，花淡红色，五叶成一花，朝开暮敛，花与枝两用，湖南北人家多种植为篱障，亦有千叶者，人家园圃多栽种。"其实不光是湖南北人家，我小时候在闽东北乡间，也看到人家的篱笆多是木槿。我外婆夏日经常去院墙篱笆边摘一把花，拿米汤煮木槿花——米汤是乡间柴火灶蒸米饭前捞米的白色米汤，米的糯香和花的清香交融，只需加一点盐甚至盐都不加，一碗滑滑的汤是缺乏胃口的夏季讨喜轻食。我总能喝上三两碗。

明人鲍山的《野菜博录》里写木槿的吃法是"嫩叶煠熟，冷水淘净，油盐调食。"这种凉拌做法我倒是没有试过。超市里有售木槿花，产自莆田，我去买了一盒，摘去花萼，盐水泡过洗净，切葱花，打入鸡蛋，煎成红粉可人的一盘，以此致意我曾经的乡居生活。

梨花 惆怅东阑一株雪

最好看的梨花，始终是少女时代看过的那一座山里的梨花。

彼时的我，时常逃课，去近郊的小山里。有时是躲着看小说，有时是和好友登山寻乐。那个时候，最喜欢春天，一茬一茬的花儿开来，山间春意闹，总也看不够。离奶奶家不远处的溪流边有个山岗，种的全是梨树，当地人唤"梨山"。每年三四月间，满山梨花绽放，真是忽如一夜春风来。

我时常惦记着这一山的梨花——梨花的花期太短，极盛过后也凋萎得快，所以我那个时候往奶奶家跑得最勤。先拐进去与她说两句话，奶奶拉着我，到橱子夹层的抽屉里找些零嘴儿给我，但我一溜儿就跑了，忙跑去看花摘花玩儿。诗人都说梨花是一堆雪，千树雪，梨山上的百树千树梨花开，花落时如春雪。春日天空开阔，冬的背景尚有遗留，山间溪流倾泄，风吹过新叶间的罅隙，这样的春天彼时并不知道其珍贵。

少女渐渐情窦初开，学着写诗，也喜欢上一起写诗的人。

春天来的时候，约着去爬山看花，在桃李春风中，谈谈远方和理想，故作深沉地解读我们尚不明白的人生。因为对未知世界的渴望，像一个杂食动物般，读各种书。在梨花开满山岗的季节里，半知半解地理解着雨打梨花重门深闭或者是寂寞空庭梨花满地之类的寥落滋味。梨花开的季节，总是下雨，时常下一整天，像是呼应着少女心上那一点点轻愁，挥之不去，晴天怎么还不来，他怎么还不在窗下喊我去看花。很多年很多年之后，看不到梨花的梨花季，读到香港的迈克写的一篇文，他写的是潘秀琼唱的陈蝶衣歌曲里，他最偏爱的《寒雨曲》——

"叹过了一霎的风，带来一阵蒙蒙的寒雨，雨中的山上是一片翠绿，只怕转眼春又去。雨啊雨，你不要阻挡了他的来时路，来时路；我朝朝暮暮，盼望有情侣。"是三月底那种教人患得患失的天气吧，淅沥缠绵雨天未亮就打着窗玻璃，原本是催眠曲的调调，因为满怀心事，倒被吵醒了。邀约的人不知道来不来，交情还没有深到追问的地步，唯有静静地等。真的冒雨而来，当然喜出望外，雨伞打开放在浴室晾干，两杯龙井越冲越淡，喝到像白开水的时候天就该晴了。否则也没有什么可怨的，准是看着外面湿湿漉漉，懒得跨出门坎。光线渐渐暗下去，有点眉目的故事随着淡出，多年之后假若想起，歉意的笑如迟到的一抹彩虹，挂在明朗的今天标志着永远不再。

相见本无事，不来忽忆君，原来这就是少年患得患失的爱。他终于在窗下喊着我的名字，却沉默着，一起慢慢走去山里。细雨清寒，远山漠漠，梨花雪白的花瓣簌簌地落在少年的肩上，拂了一身还满。

面对一树梨花的盟誓，是最真的吗？

当我在二十年后的月夜里开车离开小镇，知道少年时的他已经有妻有子。后视镜里,他的韶华早已不再。他挥手告别,我仿佛看到那只手挥落的是一地梨花,也是一段岁月。

  梨花每一年都开。我们,却渐行渐远。

  一直用着苏东坡写梨花那一句诗作注解:"惆怅东阑一株雪,人生看得几清明。"

  后来,有一年早春在秦岭。黄昏的山谷里看到一树高大的花满枝丫的梨树。花事盛大到我离群,站在树下良久。天色一点一点地黯淡,梨花的雪白给天空映上微微的光。想起我的梨山,梨山上的梨花。"忧伤开满山岗,等青春散场,相信爱的年纪",谁是谁一生常常的追忆?谁又是谁一生最初的迷惘?

  的确是惆怅,也是心境清明。青春,就像雨过即落的梨花,拥有的开始就是结束的最初,那是如雪般的爱,纯真而没有杂质。爱是真的,伤害也是真的,是知道要天涯远隔时风雪里无言的拥抱。我爱过你，谢谢你。从此不再牵挂，能回忆起的，不过是一场梨花的开与落。

梨花院落溶溶月，二十年的岁月过去，想起旧事，只余窗下依稀的月光。

记得他的笑，记得他转身离去的背影，记得陈年书信往来里的点滴——

梨花是一生里最初的爱。我从不质疑。

奶奶后来得了阿兹海默症，离世前十几年都不认识我了，也不会再给我找零食。她去世后，我某次返乡去她的旧居，这中间已经隔了十五六年的光阴。从前清爽的巷弄如今逼仄，通往近郊的青石板路已不见，山上的竹林梨花林都被密密麻麻的房屋所遮蔽了。梨山自然也不见了。在我的记忆里，这幢老屋和那座山岗似一个扑满，翻转过来，就会自它小小的口中"扑扑"地掉下许多往事的小硬币，陈旧的，棱角模糊的，却历历在着。

认识我先生的第十五年，经过漫长迢遥南北相隔的时光，我们在他生长的村庄订下婚约。依照乡村风俗订婚那一天，正是梨花开的三月。记得他家老屋后田野边那一树的梨花，像是命运的一个允诺。

我总想着，老年之后回到乡村居住，最好住在山边，门前有溪流，小屋有院落，院里有梨一棵桃几株，每一年都可以是：一树梨花一溪月，开尽梨花春又来。

莫问桃花消息

曾有心血来潮去寻过桃花消息的年纪。

那个桃花盛开的时节,出差到一个离他很近的城市。想了想,决定去看看他。中午才到达他在的城市。他说,我们登山看桃花去。和他走在郊外的菜地里,雨打湿了头发。看见雾气中早春嫩嫩的绿,细雨湿流光。厦门米贵,久居不易,以后我可以到这来盖座小房子,过过田园生活,我说。你真的愿意么?他半开玩笑地问。

苔湿路滑,下山时,我滑了一跤。他念起北岛的一首诗。我却拿一个关于减肥的笑话讽刺他——几年来,他云路鹏程。当初的俊朗已渐渐消失,有了发福的迹象。终于没有看到桃花,桃树上只绽了初初的芽。

是回来得太早或太迟了,这些年,我都无缘在家乡一带看到桃花盛开。故乡某处春来那满坡的桃花,是在梦里反复出现的,撩拨着我在某个刹那极致的怀念。桃花如画,知向谁开?胡兰成在《山河岁月》中写过桃花的贞亲:"桃花难尽……春事烂漫到难分难管,亦依然简静。"可惜,喧闹城市里没有简静的桃花。

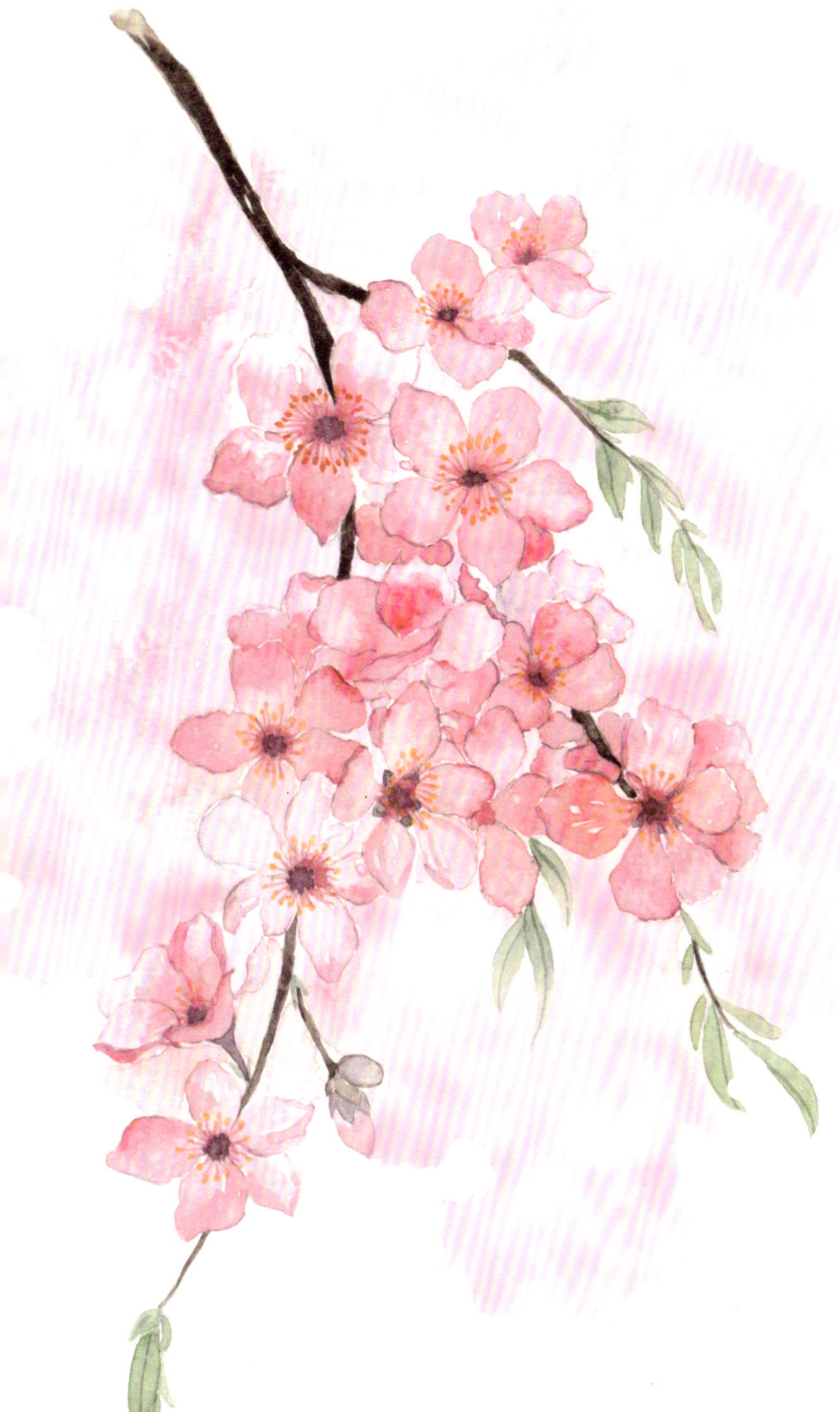

坡上有一株山茶，开得红艳得很，隐约有凋谢的端倪，被雨打落了几朵，散落在泥地上。让未来的春先有了阑珊的意味。转过坡去，那里立着陆游的像。陆游那首《钗头凤》里写到——桃花落，闲池阁。但眼前那小小的池畔，只有几枝单薄的迎春花。"人成各，今非昨。"他选择了仕途经济，我们各有所得和所失。桃李春风，江湖夜雨，也只剩了微微一笑的尽在不言中了。

后来，我有过一个小院。小院对面幼儿园大门旁有一棵桃花。春日也开，风过时，纷纷扬扬落了一地，吹到我的小院门前。新朋旧友来，都是清茶一盏，糖果几颗，春意闲闲就过了半日。

十年前，自职场倦怠退离，春节已过，尚无计划，整个冬天长住家乡小城。某天，父亲说陪我去爬山。年前刚搬完家，收拾旧物时我看见年轻的他，以及童年少年的我，心惊各自年岁飞逝，也难过他一生跌宕。天气阴翳，山间时有开花的树：山茶，瑞香，远处看不清的野花。翻过山，云开，日光来，一枝桃花伸出古旧土房的青瓦屋檐。那是那一年早春，看见的第一株桃花。

他在六十岁的前一年遭遇无妄之灾，被从前一手提携的下属陷害，差一点身陷牢狱。后来虽免于刑罚，却丢了芝麻官，更丢了他的自尊与傲气。他从此性情大变。"洛阳城东桃李花，飞来飞去落谁家……"以前父亲叹时光飞逝，就会念这一句："年年岁岁花相似，岁岁年年人不同。"从前的他，是在安稳富足的生活里发几分感慨，如今大概是物是人非事事休的落拓了。

我望着他沉默的背影,头上的白发。想一想人的这一生要经历几回花开花落才能看懂人心呢?

和父亲看桃花的前一年春天,生日那天跳上去江西的火车。在婺源的油菜花里迷失,得了重感冒,还是坚持在山间徒步。要抵达的村落似乎遥遥,因为没有携带照明工具,只得快快行进,希望在日落前可至目的地。对远处那一畦畦盛开的油菜花有些审美疲劳了。但当转过一弯,在桃花和白花檵木的树下,遇见荷锄的农人,才放慢脚步,静享山林的春色浪漫。

暮色将落、细雨迷蒙之时,终于到达。"春寒细雨出疏篱",小村落入眼的第一户人家,篱笆伸出娇粉桃花一枝,似在欢迎我这个异乡客。

看过那一年的桃花,后来的春天都给自己的生日礼物便是到处寻花。在陕西的佛坪,遇到秦岭来得晚的春天。山里的桃花夹杂在浓浓淡淡的绿中,有几分如梦似幻。沿着寂静的山路,在山的阴阳两面穿行,这样的春景或左或右的出现。想想这深山的桃花倒也自由自在。

2011年春天,最冷寒的那几天,写过一首诗,最后一段是在惦念桃花和故乡——

四月,四月/诗人说你是最残忍的季节/我想跳过你/如同跳过一个水洼/桃花的消息从来不是真理/河岸是谁的故乡/允许迷途的人从此停靠。

对于我来说，桃花是关于春天所有的期盼啊。

2013年春天，在北京玉渊潭公园看樱花。樱花枝头春意热闹，我却看到了一旁的桃花。想到桃李春风又几度，这样山南水北的穿梭，下一个春天，会在哪里呢？

这个春天，惊蛰过后，在桃花争艳的一候，在城市的一角见到一树粲然的桃花，"太剧烈的快乐与悲哀同样需要远离人群"，这是张爱玲说的，我也想把日子过成如她所说的"像钧窑淡青底子上的紫晕"，但我的逃离与亲近都自有我的分寸与原则，"你说：/我们就山居于此吧，/胭脂用尽时/桃花就开了。"

檫木 惊蛰

我在父母家居住的房间，窗户对着一个 20 世纪 60 年代修建的烈士陵园后山。

陵园早已是公园，清晨有人打太极，黄昏有人跳广场舞。我偶尔归家，自窗口得见每一季不同的山色，而山中最高大的那棵檫木，笔直挺立，每一季都好看极了。

"认识"檫木之后，去查植物资料，才发现它是中国原生植物。檫木，是春天最早开花的乔木，比望春的玉兰还要早。

2014 年的冬天，回父母家待产。在闽浙接壤的高海拔小山城，冬季特别的冷寒。冬春之交雨多，总是湿漉漉的，山间雾气萦绕，像是小小仙境。离开小城将近二十年，除了父母和几个近亲，这里认识我以及尚有联络的人几乎没有了。我每日独自去散步，回家看书煲剧，静待人生的新阶段到来。

旧历年的年末，预产期临近。怀孕到了九个多月时，夜深睡不着，天微亮公鸡打鸣便清醒，不知怎的就想起须兰的小说来。

动念要写写小城的旧时旧事，那些悠远记忆里还如火烛般偶尔散发微光的情节。我也不过是个过客啊，惊鸿过影中见镜花水月。不由叹一句：流年流年啊，我与它们的相遇终究是掌中干涸的水痕。小城夜里极静，已过午夜了，有时突然响起一阵鞭炮声。也不知是否是谁家应时辰有喜事，小城静谧的暗夜被惊扰。

睡不着的日子里，梦也多，故人纷纷到访。梦见十多年前，我住在鼓浪屿的冬天，一个故人来寻我——她早已消失在茫茫人海。我们坐在海边的礁石上，她说了许多，我只是听着。人与人在某一瞬间的交会，如海浪拍打，纵然日后再多不快再多不同际遇，也曾拍打过内心的海岸吧。又梦见在京都的鸭川边，初春的积雪未化，有人在挂着纸灯笼的温暖屋前唤我。然后是云南的边陲小镇，夜里长巷幽深无人，有人牵我的手一直走，在古寺暗黑的院子里坐着，听檐下的铃声与风声……然后，醒在小城寂静的长夜里，觉得惆怅异常。昔我往矣，雨雪霏霏，杨柳依依，都不过是惆怅旧欢如梦。

很难入睡，更会想起一些前尘往事，很多人还会在我浅浅的梦里聚首，重新演绎出令我意料不到的悲欢。那些有结果的没结果的、心甘情愿的和意难平的，也许都是来做彻底的告别吧。其实我不思及这些久矣。突然就能够明白，好朋友预产前一日要失踪去告别旧日的自己。的确，从某种意义上来说，结婚并非是完全的告别和开始，而生子后才是人生截然不同的新天地。

生产完出院返家，忙乱中过了一个春节，发现窗外山边的

檫木开花了。檫木先花后叶，姿态真是美，主干笔直，枝条舒展有致，在一山的植物里，俊秀出尘。黄花满树的时候，团团黄云在满山的绿里，更加显眼。

偶尔在新为人母的手忙脚乱中记录下一些零碎句子：2015年2月24日。夜半，春雷震动，春雨如注，感觉到了惊蛰的脚步。淅淅沥沥的春雨夜最惹愁思又最有诗意。窗对面山上高大的檫木已经开满黄色花朵，一夜大雨又要打落多少花瓣？

2015年3月6日。元宵之后便是惊蛰。听了一夜的冷雨，自记忆的彼端响起，落在山间草木之上。惊蛰这个节气总让我觉得地底下有什么要冒出来，冲破冬的长久沉默，到地面上来见证季节的嬗变。又是一个春天了啊。

2015年3月8日。窗外山间这棵檫木，日日相对，竟看出几分木棉的姿态来——同样是先开花后有叶。远山还有一棵，望之似松。

2015年3月10日。"雨声潺潺，像住在溪边。"不知道为什么，张爱玲的《小团圆》里一直记得这一句，是平淡平常之极，却有此去经年的荒芜萧疏之感。潮湿的春日，毕竟也是春，看见树上的绿色一日浓重一日。

最常听的是旧日钟爱的一支曲子，林隆璇的《玄黄》。寂静的早春白日听，只觉得天地玄黄，万物皆空。夜里打开Kindel，再翻开柏瑞尔·马卡姆的《夜航西飞》，"我独自度过了太多的时光，沉默已经成为一种习惯。"想起窗外山边的那棵檫木，沉默大概也是它的习惯了罢？但地底下的隆隆春声，是它沉默的一生里，季候和山野对它的呼应。又想起索德格朗的诗，"我，自己的囚徒，这样说：/生命不是那穿戴轻柔的绿天鹅绒的春天，/或一个人很少得到的爱抚，生命不是一种离去的决心／或支撑脊背的苍白的双臂。"

生命是相信自己的软弱和缺乏勇气吗？这几个月，好似是在回望来时路,从善感的少女时代开始,到头也不回地离开家乡,再萌生返乡养老之意。中国人所信奉的"落叶归根",在我看来,也许窗外这棵檫木是指引。少年到青春之途的雾迷津度,如今在檫木的一树黄花里豁然开朗,春和日盛。哪怕我已是故乡的客人,又或者像诗人写的那样,等我老了死了,还可以回来变成一棵树,如檫木一样站立一个又一个春夏秋冬。

这是最新的一年的三月。我很喜爱的、英年早逝的作家苇岸写过:"三月是万物的起源,植物从三月出发就像人从自己出发。三月是一条河,两岸是冬天和春天。三月是牛犊、马驹、羊羔和婴儿。三月的人信心百倍,同远行者启程前一样。在三月你感受到有某种东西在临近,无须乞求和努力便向你走来的东西。"

我会一直记得2015年的三月,那是生命里的一个惊蛰,在早春轰隆隆提醒我,因为一个新生命的降生,真正是告别旧日,人生有全新的开始和承担。我有时候抱着她坐在窗前,看着窗外的山色青青,檫木孤立山林,黄花满枝。她像春天一样干净清澈,是最新鲜的花骨朵,身上有好闻的香,爱笑,她是命运赐予我的最好的春天的礼物。

春天有了檫木,便圆满了。

我有了她,如此便也圆满了。

泡桐花

疏雨清明

我曾经并不喜欢泡桐。

大概是家乡山间太常见，村落里的房前屋后，山林小坡，春天一来，都是它，都是它。尽管唐诗宋词里有那么多赞扬它的优美句子，我也不为所动。

前几年的春天，都会回乡探亲扫墓。父母家客厅窗户望出去是某单位的后停车场，常年一个模样，从来没有变化。有一年大概是鸟衔来的种子，隔年春天就发芽长出一棵小苗，再一年春天开花一看，原来是泡桐。小苗长得快，没几年窜到了四层楼高。花谢之后，绿叶满枝，倒也给小巷的夏天增了一小片绿荫。

春天回乡的路途，经常在乡野里看到一整排盛开的泡桐，在微雨中落了一地的花。我仍不喜泡桐，心想紫色的花还可看看，那种暗暗模糊说不上颜色的白的花，并不美啊。我甚至觉得泡桐花气味难闻。但不管怎么说，它也有它的春天。某次回厦门

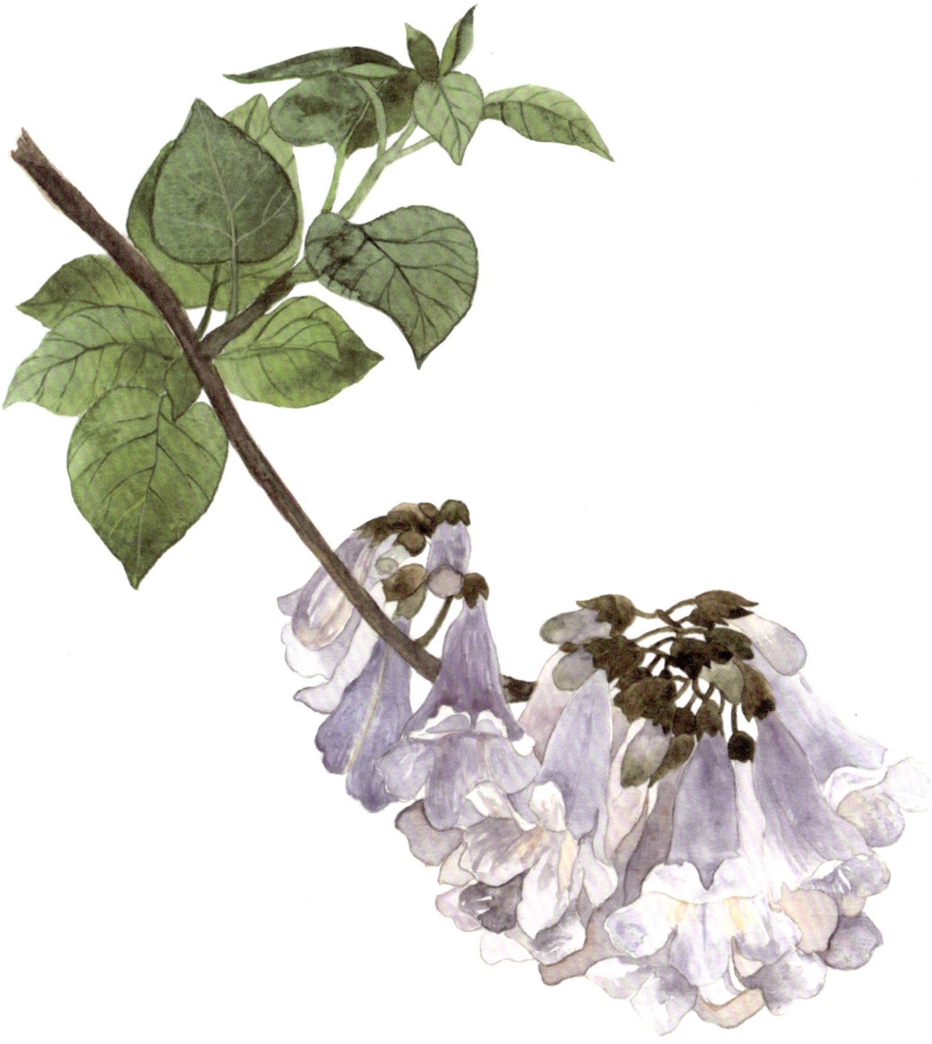

途中，遇见乡村公路上一棵开满花朵的泡桐，孤立在溪流蜿蜒的岸边，周围新绿满满，唯有它一树暗粉花开。我想，春天的花都很努力地争取绽放的机会，看的人喜不喜欢，泡桐才不在乎吧。

今年4月，到先生的家乡福州乡村过一个周末。从南往北走，春天渐渐袒露出和闽南城市不同的面目来。虽说没有故乡春日的蓬勃，但也足够慰藉乡愁了。最喜欢的是在那些常绿树木里清新的一树树嫩绿，树身枝条优美，新叶可喜，这是北方春天不能领略到的春之景。雨过天晴，偶有泡桐花开，呼应山之佳气，竟也是这深绿浅绿里极好的点缀了。这才觉得柳永那首写泡桐的清明词写得真好："折桐花烂漫，乍疏雨洗清明。正艳杏烧林，湘桃绣野，芳景如屏。倾城尽寻胜。"

梭罗说"荒野才是真正的救世主"，但我突然觉得泡桐是荒野的救世主。有时候是需要这样的花树来点缀蛮荒的山野，一点颜色，一点跳脱，就像日常生活里偶尔的纵身一跃，从而成全了自己的一悦。

泡桐就这样，一座山一座山，一条路一条路地开下去，清清楚楚，扎扎实实，在各种娇艳柔媚的春花里，憨憨地张开一角花云，荒烟蔓草更不能遮掩它。自然和物候对它的爱没有偏离一丝半毫，它有雨水、阳光、空气和泥土，与山野、河流为伴，冷暖自知，自开自落，也是春日里的二分浪漫，谁也剥夺不了它开花的权利。也许有泡桐的存在，告诉我其实还有平常可得的美意,我们都还拥有许多,不可贪心,不要向外找寻。

阿多尼斯写他的孤独是一座花园,"春天说:/即便是我,也迷失于我浪费的分分秒秒。"或者,泡桐的孤独也是一座花园。它孤单地站着,开花时开花,落叶时落叶,比我想象得幸福,也比我幸福。

泡桐之于春天,是迷失,也是浪费。它的分分秒秒,只是它自己的分分秒秒。春天并不能缺少它呀。否则谁来预告清明的细雨情愁,哀哀伤伤?

"孤负平生眼,今朝始见山",我竟然生出这种情愫来。原来,过去的我误解了泡桐。

我想它不会责备我。它应该从来没有责备谁,哪怕所有的人都轻视它,忽略它。

明年的春日里,我和它还会相逢吧。我想我们会彼此好好交流一些属于春天的语言。

年年岁岁如初见

凤凰花

刺桐

木棉

火焰木

鸢尾花

柚花

炮仗花

水仙

水鬼蕉

黄花风铃木

异木棉

蓝花楹

朱樱

牵牛花

相思树

木芙蓉

凤凰 委羽

2011年夏末去印度旅行，在佛祖悟道的菩提迦耶和斋普尔的 Pink city 遇见许多茂密的凤凰木，那绿色的羽状复叶，细细碎碎，整齐对应生长，和菩提树比邻，蓦然有他乡逢友的熟稔和亲切。有时候，熟悉的植物亦是乡愁。

印度称凤凰木为"高莫哈树"，意为"孔雀花"，名字取花如雀羽之艳。而中国称之为"凤凰花"，则因其叶如飞凤之羽，花若丹凤之冠。

炎热的印度归来，鹭岛秋日静好，欣悦于可得享风之凉意，却在某些街角遇见夏日的尾声——凤凰木亭亭绿树冠上的艳红。这是凤凰木每一年最后的花期，也是这个简静朗阔的季节里转角遇见的小小惊喜。

居住十五年的莲花，凤凰花开的季节，是这个街区最美的时候，也是我最爱的风景。清晨艳阳下的凤凰花，在树冠上绽放成圆满的形状。而树下，是昨天风过或雨过时落下的殷红一片，

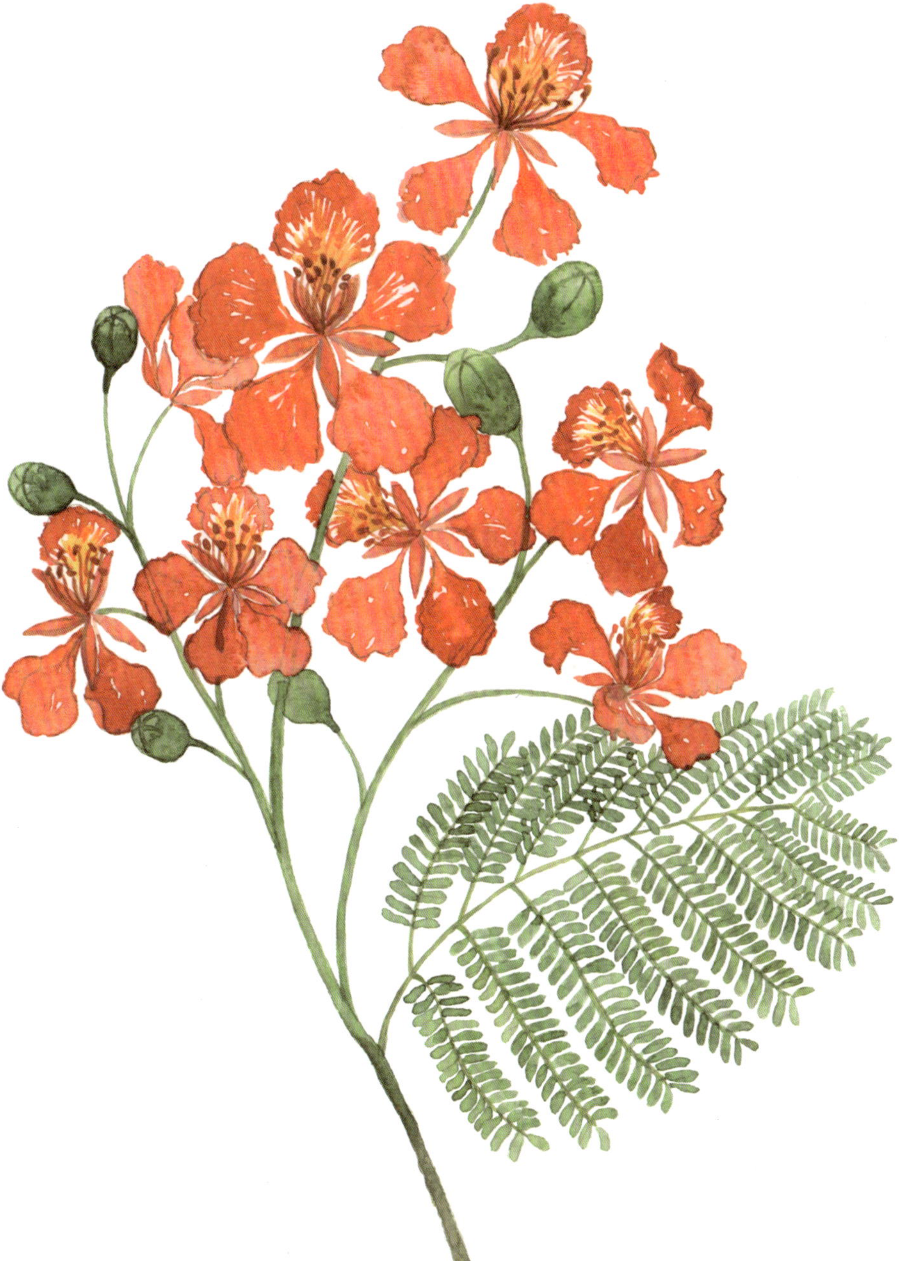

那也是另一种圆满。凤凰花与木棉花，闽地这两种热烈的植物，都令我体味到生命的尽情尽兴。"给我一分钟静静回味，将一生一世翻天覆地"，可惜我们都带不走一块纪念碑。夜里出去散步，小街道里凤凰花在月光下仍是耀目。它们在黑暗中很沉默，不再是白日的姿态。想起一首歌，《沉默如谜的呼吸》。有车经过时，灯光打在树冠上，突然有惊心的艳。有时候走着走着，脚下会遇见一朵完整的凤凰花，走路的风会惊扰它，令它卷曲起花瓣……

张爱玲在《倾城之恋》里写，范柳原在浅水湾的夜色中向白流苏介绍凤凰花，"你看那种树，是南边的特产。英国人叫它'野火花'。"黑夜里，白流苏看不到花的红色，"然而她直觉地知道它是红得不能再红了，红得不可收拾一蓬蓬一蓬蓬的小花，窝在参天大树上，壁栗剥落燃烧着，一路烧过去，把那紫蓝的天也熏红了。""柳原道，'广东人叫它影树。你看这叶子。'叶子像凤尾草，一阵风过，那轻纤的黑色剪影零零落落颤动着，耳边恍惚听见一串小小的音符，不成腔，像檐前铁马的叮当。"这是白流苏心里燎原的野火，呼啦啦烧过来。可是并没有地老天荒，最后还是香港的陷落成全了她。

凤凰木是深谙季节之道的树木：夏秋二季开花，夏日热烈明艳，秋天清淡安静。盛夏里晴朗的天色下，处处是绿树红花，似燃烧的火焰，如夏阳的炽烈，是青春盛开到极致，不肯错过每一刻照亮自己和别人的机会。这艳丽里有不管不顾、无所顾忌的霸道。于是，再热烈的花朵在凤凰花的对衬下也都要低眉敛首了。倘若台风一来大雨一下，隔日里见破碎的红铺满一地，那真是连哀伤也是华丽张扬，奔放肆意的。骊歌初唱的夏天，如火如荼的凤凰花，是明日又天涯的伤感，是挥手祝福的颜色，所以闽南校园里的凤凰花是离别最好的幕景。开场，落幕，年年上演。但伤感总会归于沉寂。转瞬，离开的人将有新的开始。

　　植物们总是稳妥守序。我们都应该向它们学习，明白季节规律之不可逆转。过了季节的事，但有不甘不愿的，也不过是凤凰木树冠上的火红碎花，允许着最后回味几日，便要归于静默。然后，等候下一年花期到来。所以，当自长街拐角处遇见还开着花的凤凰木，心下虽有如遇见故知，暗自泛起重逢的微微喜悦——也只是微微的，你看洋紫荆依旧热烈，木芙蓉也还娇艳，三角梅长开不败，属于凤凰花的季节，毕竟已经是终曲。时节自然的流动，也是人世转身的离别，彼此默然，山川无言。再看看凤凰木，结了果，累累挂着长长的豆荚——豆荚颜色从青转到褐，如季节一样渐渐深浓。

　　曾经在凤凰花季的月夜里，从酒吧出来，打不到车，慢慢走到一个巷弄深处。初夏的深夜，风微凉，浅浅的酒意，透过凤凰木的羽状复叶，农历十五的圆月恍然不是真的圆满。一起喝过酒看过月亮的人，像树下一朵凤凰花的萎去，早已下落不明。

　　从夏至秋，从凤凰木的花开花谢里倒也读懂了一些聚散。

　　摧毁了厦门许多植物的莫兰蒂台风过后，厦门的凤凰花沉寂了一年。今年初夏，突然迸发出令人惊叹的炽热，似云霞般成片成片笼罩着城市的许多街道。大概也是有凤凰涅槃浴火重生之意？

但不知道为什么，我却突然害怕起这样的狂热，害怕这如火烧身般的灼热浓烈。人已中年，怀缅归怀缅，真要燃烧，大概也是承受不住的吧。突然，极之不浪漫地想到了钱钟书和张爱玲关于"老房子着火"的刻薄描写。果然啊，凤凰花的燃烧并不长久，因为耗尽心神，没有几天，枝头上的鲜红已意兴阑珊。放纵不起，且收藏心事，静待夏日来临。

秋天的开始，家的附近却只有一棵凤凰木开花，花朵也稀疏，但是我很高兴它在我每天去散步的路上。圆月一点一点地升起来，在树梢，在水上，在还没有亮灯的地方。海水闪亮。全城的凤凰花都谢了吧？这一朵漏网了。想起去年此时，黄昏出来跑步的时候，这棵凤凰木就在我必经的路口，今年已经有大树的模样了。夜里到湿地公园散步，雨后空气湿润凉爽，半个月亮有温柔的光。但我坐在潮水退去的岸边，看云望月，红树林的白鹭还没有睡呢，有几只在大声嚷嚷，像吵架。站着听了一会儿，觉得有意思得很。

是这样寻常的夏日夜晚。一个人的夜晚。脑中想到的是——

这才知道我的全部努力

不过完成了普通的生活。

相忆处，**刺桐**红

　　刺桐也是报春花，立春之后眼见着街道转角处，有像小红辣椒似的花儿开出沉甸甸的一枝枝一串串，或躲藏在绿叶下，或斜斜地、调皮地伸到你面前来，便知道这反复袭来的倒春寒即将过去，真正的春天不远了。

　　初到闽南时，很为几种花所惊艳，刺桐亦是其中一种，自此也习惯了每到春来便留意它的花期，追逐它的影踪，在看花之余与春日携手同喜，也不失为良辰美景中的一桩赏心乐事。五代花间派重要词人李珣的一阕《南乡子》中有这样一句："相见处，晚晴天，刺桐花下越台前。"越王台前，南国向晚的晴空暮色中，红艳艳盛开的刺桐端的是情人相会的最好背景啊，想来就是一幕旖旎的风光。

　　刺桐属植物有数十种，过去在厦门常见的一种是花儿们围聚在一起，远看像朵红色的大花。去年看到有一朵一朵独自开放的，像小鸟可爱的脑袋，我咨询专家，他告诉我这是新引进的品种，名为"鹦鹉刺桐",我当时觉得贴切又好听。后来查来查去,只查到刺桐也别名"鹦哥花",还有一种名为"鸡冠刺桐",却没有找到"鹦鹉刺桐"的名字,也不知是不是我的耳误。

多年前去刺桐城泉州,春天的老街刺桐夹道,加上红砖大厝燕尾脊,开元寺的东西古塔,文庙前悠悠南音,这座在马可·波罗的游记中就以"刺桐"之名被记载的古城,斯意斯景令人流连难忘,我因此非常喜欢这个在发达经济下还隐藏有浓郁古意的城市,隔三岔五屡屡造访。不过,年来岁往,此城中的故交或聚或散,不免也觉得南唐的岭南诗人陈陶写泉州刺桐的七言诗契合心境——"不胜攀折怅年华,红树南看见海涯。故国春风归去尽,何人堪寄一枝花。"

春风归去怅年华,惆怅的是在小公园外,转身看到刺桐花上的阴翳的日头,好像一切都是浮尘与虚空,并无新事发生,不过旧与旧的交替。惆怅的是黄昏的时候,坐在我的小院门口,望天色渐暗。王心心的声音自屋中幽幽传来,花间独酌,静夜有思,南管乐音,竟然悠远得不像是真的。而时光如此的长,我觉得生命也如此的长,长到看不到尽头在哪里。

3月的最后一天,在重庆堵车的高速公路上,看到许多开花的刺桐。西南与闽南,也有同季盛放的花儿。突然想起南闽此季枝头红彤彤的刺桐。然则想起一个个春,总是花相似而人不同,感伤之余也知道相聚别离自有定数。想起童元方在《水流花静》里写的这一句:"因为背景变了,花的颜色也褪了,人的感情

也落了。"

如我把刺桐视为报春花一样,据说刺桐曾被某些地域的古人看作时间的标志。台湾的原住民平埔族没有日历,分辨四时节气是以山上的刺桐花为参照。这种看花度年岁的山中岁月,还真是浪漫可意，逍遥自在。植物书上说宋代普济和尚在《五灯会元》一书写到，刺桐有个颇为神奇的特性，即每年如先萌芽后开花，则其年丰，否则相反，故刺桐又名"瑞桐"。我尚未去找《五灯会元》来查实，但今年我看到的刺桐已经是在绿叶茵茵的树上开放了，那么是否今年是丰年呢？

住家附近前两年新种下一棵低矮的小刺桐，时常路过，看着从刚被种下的齐膝高，到超出我的个子，看着它从春天开花到冬天。它在地下通道的转角，少有人注意，自己开花自己落下。它没有长成枝条优美的树，因为经常有乱停的车压制它，因为总有小朋友够得着去摘取枝叶花朵。但我尤其喜欢这一树刺桐在雨水中清亮的红，也喜欢它在蓝天下如象牙般的光泽。

闽南一带，刺桐是秋冬寻常的草木，就算在陌生的山野小镇，它也时常出现，像是陪同我悠游的朋友。比如我大早出发去诏安访茶，午间抵达乡村，小饭店吃饭。土鸭茶树菇汤，酥炸鱿鱼，五香卷，芦笋炒虾仁，辣椒肉丝炒梨菇，民间有美味。店家的茶桌上，摆得是当地所出的八仙茶。窗外，高速路边刺桐花开得红艳艳。

报春之后的刺桐，为何会一直开到越冬？我没有去追究过。但是阳光灿烂的冬日，海边微微起了风，在小区花园里散步，冬季的闽南仍然明媚，美丽异木棉、扶桑、黄槐、三角梅、翠芦莉、鸡冠刺桐都开得蓬勃。坐长椅上看几页书，晒太阳，想来老年生活不过如此了。短的是惆怅，长的是人生啊。

木棉

往事

生活在闽南，木棉和凤凰花是季节之于我两个重要的记号。

连着两日，在南湖公园的木棉林子里坐着——这里的确是掌管小公园的友人所说的厦门最美的木棉林子。清晨进园，见他坐在树下望天，很有几分惆怅的样子。我捡了朵木棉，砸向他的脑袋,他竟然连头也不回,以为是树上掉下来的。

坐在木棉树下,周遭落满了红色的花朵。欢快的鸟鸣,朋友贡献的稍有变味的过期巴西咖啡,令我想起许多关于木棉的往事来。

小小年纪,看风靡一时的武侠电影《木棉袈裟》,电影与木棉花没有什么关系,这个名字却是牢牢记住了。小学时候时常读《台港文学选刊》杂志,早早自台湾文学作品中得见木棉的花事。又因为很小便收听台湾的中广流行网,也自许多歌曲中听见木棉的消息。

真正见到木棉,是在大学毕业后来到厦门。关于木棉的许多想象与记忆在这个城市里成为真实。每至春近,经过白鹭洲湖边,都忍不住抬头望望还有叶子的木棉树,想着春暖日近,它们该落叶开花了吧?这么想着,漫游的脚步也不知不觉轻盈起来。

"红红的花开满了木棉道/长长的街好像在燃烧/沉沉的夜徘徊在木棉道/轻轻的风吹过了树梢/木棉道我怎能忘了/那是去年夏天的高潮/木棉道我怎能忘了/那是梦里难忘的波涛/啊爱情就像木棉道/季节过去就谢了/爱情就像那木棉道/蝉声绵绵断不了……"王梦麟唱的这首《木棉道》在台湾校园民谣风行的年代传唱开,后来许多人翻唱过,但我最爱的是南方二重唱的版本。木吉他流行的民谣年代,白衣白裤,在木棉树下弹吉他唱青涩情歌,是少艾时对爱情场景的美好想象,但人生最初的盼望与最后的得到总是差别巨大。直至春天在金门的老街见到盛开的木棉，街边有牌子写着"木棉道"，青春记忆在该刹那恍惚重生。而前些日子辞世的马兆骏是这支歌的曲作者之一，真是木棉岁岁相似，而人却杳然。

每到木棉的花季，从家中厨房的窗口望出去，便是一棵盛放的木棉。晨昏凝望，感觉一整个春天都在眼前了。其实，在木棉花期中，整个厦门哪里没有它们的身影呢。闽南的早春，高大的木棉霸气得仿佛它才是春天的主人。喜欢环卫工人及时把木棉花扫掉，因为硕大的木棉凋落被压烂最不能看。每次看到老阿姨们在捡啊捡，在怀里整齐码了一堆的木棉花，我很想问问她们拿去做什么……大概是做枕头？

陈升有一首曲子，《旧铁道与木棉花》，每次听，便想起靠近厦大的大生里那段废弃的旧铁路，旧铁路的尽头有颓败祠堂一座，高大木棉一棵，和脑海里这首曲子的意象重叠。

重叠这样浪漫情怀的，还有厦门大学上弦场边的木棉，曾在鲁迅纪念馆前见到有人在草地上用木棉花拼出一个心形。看看树上的花开，看看树下的人儿，便会觉得恣意的青春真好啊。多年前住在鼓浪屿，中华路四落大厝前那一株高大的木棉开花时总是惹来游客的惊叹，也有游客被掉下来的花朵砸中了头，呼痛之余也很兴奋。

我也曾赖在木棉花树下的咖啡馆里，听朋友热烈地讨论他们的事情。在许多恍惚的刹那间，只有我自己才明白那种夹杂着幸福的悲哀，像是这微雨的春日一朵木棉花落地的声音，轻微而清晰，打在心的领地上。时间就是这样过去的吧，在每一年木棉的开与落之间。看到两个老人：老头穿的摄影背心写着某地的老年摄影团，他叫他的老伴佯装在地上捡起木棉花，又叫她要在身边布置些花朵。两人很认真地在拍照。我在他的老伴的脸上看到一丝少女的羞涩，是因为我长久的注视？我却想起郑智化的老歌："今年忘了看木棉，因为相爱的人已不在身边。"多年以后，才明白年轻时候的爱情最终会像木棉，渐渐，渐渐会忘了它花开的时间和声音。

有一年春夏之交去闽西上杭，居然也在乡村的田野间看见了开花的木棉。但却是不那么热烈的火红，而是橙色，我以为是橘与枳的区别，但请教园艺专家却说不是。在云南哀牢山的深处，早春也看到了木棉花，橙色与红色都有，在深山寂寂地开。

没有见过比木棉开得更壮丽的花了。

最喜春日在木棉林子里一坐半日，听见木棉落地的声响，沉重而壮烈，是否这是它被称之为"英雄树"的缘故？有个台湾诗人写"每团木棉都是晴空上折翼的云"。木棉花掉落时，色泽与姿态都还新，所以我认为它是最义无反顾的花，开就开，掉就掉，决绝而坚定。

台湾作家林清玄说："新凋落的木棉花，捧在手上，还在感觉它在树上犹温的血。"所以每次捡一朵木棉花，便觉得仿佛又坠落一个春天，夏的脚步向前跨过一步。他在《飞翔的木棉子》里写："木棉落下的声音比任何花巨大，啪嗒作响，有时候真能震动人的心灵，尤其是在都市比较寂静的正午时分，可以非常清晰地听见一朵木棉离枝、破风、落地的响声，如果心地足够沉静，连它落下滚动的声音都明晰可闻。"

我也曾在清静无人的午后，听见过都市里木棉破空而落的声响，在震动我的心灵的同时，也带给我非常安宁的静谧。

晒干的木棉可以治疗咳嗽和呼吸道疾患。读刘克襄的《岭南本草新录》，说尝试过用木棉炖排骨汤，还可以晒干了泡茶喝，我曾想过也来试试吧，却始终没有付诸行动。

火焰木 浓情

新年一过，降温的大风天里，高大的火焰木开出一树树炽烈的大红花朵来。坐在车上匆匆一瞥，那树冠上浓烈的红色给这阴翳的冬日带来满满的热情，仿佛是夏天在眼前招手。那么，因寒冷带来的萧索街景也霎时变得生动欢腾起来了，我情不自禁为自己生活在四季有花的南国而开怀。

犹记得初次在厦门见到火焰木，是2007年4月的南湖公园。带南京来的好友进园子踏青，春雨午后的安静小公园，我自微湿的绿草地上捡起一朵火红的花，不由得被它张扬的美丽打动，却不知道这未曾谋面的花儿的名字种属。彼时管理公园的朋友告诉我，这是非洲来的火焰木。多么贴切的名字啊，如火如荼，放肆张狂，大概也只有它当得起"火焰"之名了吧？好友在长江下游的金陵，是见不到这来自热带的花儿的，她用相机拍下了我手中的落花一朵。这一张影像一直长留我的相册里，与我一同记取那年友人相聚如火焰般的温暖。

火焰木的叶子也是羽状复叶，终年常绿，冬春开花。它的花儿凑近了一看，很有意思，佛焰苞状的花萼，硕大艳丽，围聚在一起的花序，在绿叶之上，真如一团燃烧的火焰一般，花朵大的有如小手掌般，醒目得很。火焰木和凤凰木、蓝花楹合称"世界三大花木"，都在一个岛屿城市集合了，也是喜爱看花的人的乐事。

火焰木的种子带着小小的羽翅，准备随时"飞"往可以落土安生的地方。火焰木都长得很高，长到15米、20米不是难事。在厦门作为行道树种植的火焰木，往往可以高出四五层楼房。

它需要更多温热阳光才能开花,所以必须争取日照吧?植物对于环境的努力适应,自发而自然,并且懂得珍惜每一个小小的生长机会,这一点最值得人类学习。

有一个生活在此城的好友,初识火焰木便说它"多应景南国的夏之炽热",这形容倒也准确,火焰木的红艳是情到最浓时寒风也不能阻挡的绽放。我时常想,闽地之阳光气候,很适合这样热烈奔放的花朵,细数起来,凤凰木、刺桐、木棉都是这样的花儿。它们往往是一花开尽,一花又放,不停轮回地呼应和衬托南方四季明艳的日头。

但这般耀目的花,似乎只在我日常生活里无关紧要地掠过,记下的不过是浮生老去的几声:是十几年后的5月,重访一座闽南小城安溪。感慨时光之流逝。彼时初到闽南三载未满,初识铁观音之味,如今已不可一日无茶。于高层茶室望窗下,见当年散步的荒疏河畔,今时楼房林立,颇繁华。小城亦高楼耸起,城区扩大。河滨绿树有浓荫,火焰木开出艳丽的大花,也落在脚下。某些人事,久远矣。

是雷雨将至,天空乌沉的黄昏,他昨天福州出差去,此时回程路上因为泉州大雨,动车停在半路,尚不知何时能抵家。午睡后赖书房沙发上看书,从洗手间窗户打开的一小条缝隙里,望见对面人家打开的黄色灯光,映照在墙上似一轮小小的太阳,有夏日黄昏宁静的颜色。这个夏天,一切在缓慢地变化。想起前两天好友提到陆游写夏天的诗:"夹路桑麻行不尽,始知身是太平人。"又想起黄碧云写过,在太平盛世里,个人经历的最大的兵荒马乱不过是幻灭。动荡之后,幻灭之后,有安稳姿态活在自己努力的太平盛世里,亦是幸事。不知道小公园里那棵火焰木开花了没有?

是凌晨,大雨,醒来。早上和朋友喝茶,走去老城区吃素饺素面。花市转身出来,一排的火焰木开得狂放极了。火焰木雨水打过也不萎。夏天要来了,这几天想动笔写写冬去春来入夏的一些点滴,想起四年前刚怀孕的此季。始知身是太平人。

我从前不过是这个海滨城市的异乡人,未料到最终停留不走,像火焰木这个泊来物种,安居,攀援,努力扎根。

鼓浪屿的笔山路上有中国大陆最早引种的火焰木,一百多岁,树冠如巨伞,花开时红云一片。站在树下,我记起很久很久以前读过的夏宇的一首诗——

  曾经向往的一种自由像海岸线

  可以随时曲折改变

  曾经爱过的一个人

  像燃烧最强也最快的火焰

  譬如花也要不停地传递下去

  绕过语意的深渊,回去简单

  来到现在——永无休止的现在

会唱歌的鸢尾花

  春日云游，从四川到陕西又至江南。一路自然是桃红柳绿，众花繁盛，春天就在花儿开放的苞蕾里，那么芬芳而急切地令人无法抵挡。

  最难忘的，是鸢尾花。它们静静地开在山谷里，在低矮的草丛间，开成一片又一片，在阳光下悄悄探着淡蓝色或者淡紫色的小脑袋，伸出细细的"胡须"，极力地呈现这一季生的欢欣，那是席慕容的诗里写的吧，"把微小的欢悦努力扩大"。

  在四川剑阁县的剑门关里，游人寥寥，远望峭壁险阻中，低头突然见到一大片盛开的鸢尾，在清晨柔和的光线里，自在地舒展着。我拨开草丛，安静地走近它们，俯身用相机镜头与它们对话。再抬头看远山茫茫，此地自古以来的刀光剑影早已远去，那些英雄人物已化灰成烟，唯这年复一年不改花期的鸢尾，最后与山谷长相厮守。

  那个午后，继续在古蜀道上行游，走到梓潼县的翠云廊，

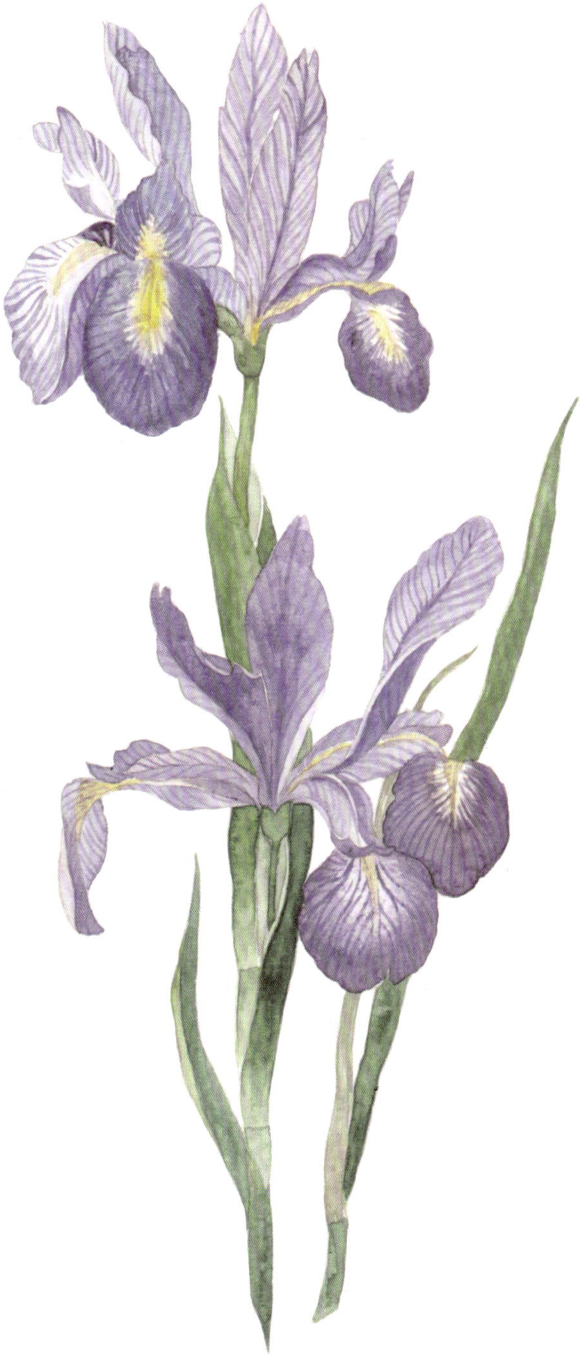

古柏参天中在小径周围见鸢尾开出一路,欧洲人说的"天堂之路"上就开满了鸢尾,我感知到这样的意境来。翠云廊里的柏树,自秦时起植,在三国、晋、唐、宋、明五个朝代都有种植,古柏遮挡了正午炽烈的阳光,我便在千年古柏树下睡了个午觉,闻见鸢尾隐约的芬芳。在那个瞬间,好似最接近古时的生活……

几日之后,在杭州的满觉陇山里,一个人闲逛中又遇到了成片的鸢尾。周遭一个人都没有,静寂的能听见微风的声音。这是属于我和鸢尾的时光吧。我凝望着开花的鸢尾,想起美国女画家乔治亚·奥基弗说过:"在某种意义上,没有人真正看过一朵花。"乔治亚·奥基弗曾经画过一幅《黑鸢尾》,那近距离放大的花卉细部,卷曲的花瓣,花的中心,被评论者认为带有性的暗示。然而,我想孤独的她,夜间时常坐在独居的乡间屋顶仰望星空的她,绘出的也许还有渴望被阅读和看懂的内心,就像是舒婷的诗《会唱歌的鸢尾花》里写的:"我的忧伤因为你的照耀/升起一圈淡淡的光轮。"只有在爱人的胸前,才能变成会唱歌的鸢尾花吧?

这种最常见的鸢尾花,在鸢尾花家族里称为"日本鸢尾",又叫"蝴蝶花"。大概是因为过于稀松平常,不引人注目,也不觉得名贵,它最常栖身之地便是无人山野。少年时候,在小城近郊我拥有一个秘密山谷,青山环绕,溪流淙淙,时常独自去哪里坐着发呆或者读闲书,在这个小桃花源里"不知升学,无论成绩"。春天的时候,山谷里溪流边会开满这种淡蓝色的日本鸢尾，蓝天远云之下，少女隐秘的心事或许这些花儿们都已经知晓，但它们最懂得紧守秘密，是最安全的倾听者。面对它们，无需顾忌。

多年以后，某个春天返回故乡，房地产开发的脚步已经涉足曾经的郊区，一旁是破落废弃的旧日工厂，一旁是簇新耸立的高楼大厦，溪流浑浊水量稀少，我曾经的小桃花源已经荡然无存。

我希望鸢尾花还在春天的旷野放声歌唱。山风应和，看花人的孤独也是加入其中的音符。每一季春天，我都会想到这支不属于都市的绵长歌谣。

柚花 的召唤

这几年的春天，我似乎都在等待平和柚子花开的消息。

那翻山涉水而来的召唤是在三四月间，仿佛闭起眼睛，就能闻见那浓郁甜蜜、深具侵略感的芳香，在青翠的山林里萦绕回旋，如一支春的圆舞曲，敲击我不安于室、想去踏青的心。我蠢蠢欲动，迫不及待想去啜饮柚花之芳香，只等春风的一声令下。

柚子在我出生的闽东地区，方言称之为"抛"，是每年中秋不可缺少的吃食，但直到多年以后的某个春天，有人摘下一朵朵洁白的柚花放置我的掌心，我才知道柚子花的模样，以及它那令人不能抵挡的香气。那个春天，我的衣服口袋里以及居室中常有这小小的白花，来自厦门某个高楼间的角落，它们所传递而来的温暖情谊，陪伴我度过那段低谷时期。柚花香气持久不散，我时常是在洗衣时还能闻见干枯的它们在寂寥口袋里传出的幽香。倘若我前一日将一小捧花放在厅堂里，隔日自外归来开门，它们的香就扑面而来，给我最直接最欢欣的迎接。

那时在自己躲避尘世的私家小院里蹉跎光阴。请来的厨师走了之后，我客串当厨师，只愿意接待朋友一桌，我研究出桂花酱鸭，还熬了美味的番茄小排土豆汤，有心情在盘子里放玫瑰花瓣、非洲凤仙，以及自公园偷摘回来的香味扑鼻的柚子花，只当也是给来寻静的友客们的几分眼亮。

隔年春天，平和的友人邀请去观柚花。车尚未入城，就被花香重重包围。这个时节的平和城，明香浮动，香甜无比，使人不愿离去，宁愿永远沉醉在这春风花香中。就这样，一年又一年的春天，都惦记着往蜜柚之乡奔去——有时是小楼一夜听春雨，隔朝山间看柚花，花香中还夹杂着雨水中的泥土气味。

看着白色的花儿们努力绽放，将花瓣开到最极致，以至于翻卷成另一种形状，娇黄的花蕊也无需深藏，十分可人。这一咕噜一串串的花儿，我离开的时候总忍不住捡一些，一朵插在马尾上，在车里也放了两枝，让花香一路追随。

在乡野踏春，站在柚子林中，竟然觉得这香气如最霸道的爱情，不由分说，攻城略地，令你无处可躲藏。毕竟是青春啊，当人到中年的我，站在这样的香气中，眼眶微湿如这春雨春雾，我怀念我那曾经不顾一切的年轻时代，我端坐在岁月的河岸，心知自己不可能再重回旧日，伤感之余唯有感谢这细密包围我的花香带来的甜蜜回忆了。

有一年春天没能去平和看柚花，一直惦记到初夏临近，想着柚子树已经是花俱谢而果实初生了吧？不过这一年因为这样的惦记，也邂逅了柚花两次：先在鼓浪屿先看到一株，无人的小路转角，香气弥漫，引我驻足。又在泉州承天寺内广钦佛教图书馆看到一株——红砖墙下的安静角落，热闹的月季和朱顶红边，正是开着馥郁白花的柚树。佛寺的静气沾染，树旁立有一石碑，是某个古人的读书之处，便觉得这柚花的香气可通古阅今，想来也不算寂寞了。

可爱的黄永玉老人的《永玉六记》里有写给往日故乡的情话："关窗吧！柚子花太香。"画里窗前风过处，柚花簌簌掉落。我则在这等待的日子里，泡一盏加了柚花的、来自平和的白芽奇兰茶，在杯盏熟悉的香味间，计划今年何时看花去……

炮仗花

的余欢

炮仗花,也是来到闽南生活之后才得以认识的植物。

十多年前住在鼓浪屿的冬天,见它在公平路边、笔架山上、鸡山路的老屋墙外成片开放,有的甚至是在荒地里繁衍,或者是搭着飞来榕的树干,爬得高高的,开成一座"小山"。真是壮观。

　　厦门的炮仗花到底是从哪来的呢？查了一下，是南美洲。怪不得如此奔放热烈。炮仗花和三角梅一样，单独看，并不觉得如何美。可是满墙满树的开着花，茂盛执着的美逼眼而来，那种热烈令人不能忽视。有朋友年前去尼泊尔，她拍了徒步途中一座屋顶开满了金黄炮仗花的小木屋，她以为这是野花。

　　对炮仗花的惦记，也是对厦门这一座花之城的惦记。有一年的小寒节气，我在白雪皑皑的武夷山间，就十分想念炮仗花那明快的橙黄色。想念在长长绿色的藤蔓中花开簇簇的它，那是冬日漠漠轻寒中早来的春天。又有一年新年过后，从北地归来，马不停蹄，失眠且头痛的人，过海边，上高速，去深山里访访铁观音世家里九十多岁的老茶人。车窗外金黄炮仗花繁盛，海水灰绿辽阔，有几分恍惚，觉得自己好像离开了很久，很久。

　　几乎是每年元宵后，自父母家中过完年返厦，居住的小区围墙外那满眼的金黄灿烂最先迎向我，给我一个最诗情的欢迎仪式。花草有情，我又怎能等闲视之？自然也生出如亲如友般重逢的温馨来。它还让我觉出旧历年尚有余温，在繁花间欢畅未尽。

　　我的小屋此时已半个月甚至更长时间无人看顾，但这清冷似乎被炮仗花迎我的热烈的黄冲淡了。我放下行李，高高兴兴地收拾小家，下楼买菜，一步之间就返回独居的生活，自得其乐。日里出门夜里归家，都与一串串炮仗花相视而笑。人前不得已的喧闹与人后自处的寂静，进退自如、热情与冷静之间的平衡，炮仗花也是懂得的吧？我一直这么以为。

住家附近几条小路的围墙在这个季节都是炮仗花的天下。我有时候忍不住起了轻慢的心，偷偷折下一枝，带回家中，养在紫砂小杯里，给茶桌增添几分花情。

年关将近的时候，炮仗花开了，火焰木也开花了。冷虽冷，也算是一个热烈的季节。四岁的小侄女来厦门过年时，我在带她散步的路上告诉她，这是"鞭炮花"。她便问："是稀里哗啦放鞭炮的花吗？"我牵着她的小手，不免想啊她这一代的孩童，自然不能像我童年时候可以在年节稀里哗啦放鞭炮，"爆竹声中一岁除"，许多中国传统节日的符号对他们来说，已经无法具象了，只留得想象与比拟的空间。感谢应景的炮仗花，在不能随心所欲地燃放鞭炮的城市里，幸好有它来制造欢快的年节氛围。

何其芳的诗里写，"你感到我们人／还不如植物、动物那样生活得快活且合群，／草木是那样和谐地过活着它们的一生，／或长或短的一生，／而且延续着种族，／繁荣着大地"。炮仗花像炮仗那样开得酣畅尽欢，倒不像炮仗那样稀里哗啦一阵，放完了，只余一地寂寥的碎纸屑。它渐渐地谢，慢慢地在藤上枯萎。炮仗花悄悄开过后，木棉就在高高的枝头上开出一朵，两朵，三朵……

春天是真的来了呢。

水仙
的岁时记

每当看到厦门传统的菜市场上有漳州附近的农妇挑来担子，卖一把把整齐的水仙花，就知道春节临近了。香气蓬勃浓烈的水仙花，总是和春节联系在一起。

居厦门多年，已经习惯在这个季节买一两把水仙回家，随意插在水杯或者陶罐里，置在案头，让那悠远的香气弥漫屋里，遂觉得这冷寒的南方冬日多了几分花香交织的暖意。最喜夜深伏案抑或读书，始终感觉暗香盈袖。我与这解语花，是夜深人静时彼此相契的陪伴。

厦门的隔邻漳州，是水仙的产地。因之水仙并不金贵，花市便有这样成把的花儿来卖。一把水仙花至少开足七八日，它所带来的生活质感，远远超过那一二元钱的价格，我因此总是心怀感激。在花香中，泡一壶普洱茶——真心觉得水仙的香气与普洱的醇厚相得益彰，日子变得清净简单，冬的心思渐渐，渐渐地缓慢，等待又一个春的到来。

明代文震亨《长物志》说："水仙，六朝人呼为雅蒜。"记得小时候，水仙尚是珍稀不易得的礼物。每到年关将近，父亲有朋友就送来一纸箱水仙花头，这是让父亲顶顶喜欢的礼物了。我记忆中还有自己初次见到丑陋花头时的不以为意——不就是蒜头吗？汪曾祺写过，"养水仙得会'刻'，否则叶子长得很高，花弱而小，甚至花未放蕾即枯瘪。"彼时周围能雕刻水仙花头的人不多，我大舅舅是个中好手，所以父亲总是送去舅舅家加工，雕刻后的花头一家一半。接着，父亲就开始在花盆里摆造型，悉心照料。初时水仙长出叶子，我也不屑——不就是蒜苗吗？父亲希望在大年三十、正月初一水仙开出花来，摆在茶几、电视柜上，给春节增添几分美意。为了掌握好这个时间，他可是花不少心思呢，比如午后总端到太阳下晒晒，或者把花养在温水里。去年春节将至，他见我家的水仙还矮矮小小，一点没有要开花的意思，他就这么每日里折腾，那一大盆水仙承他的情，正月初一居然开出了热闹的花来，父亲也因此很得意，认为自己有养花妙手。

龙应台写她小时家境维艰，她的母亲唯一会买的花便是春节的水仙。与桌面等高的她，每天去看瓷盆里的变化，"花的馥郁浓香，重重绕绕，缭绕在早晨的鞭炮声中，缭绕在穿堂走巷的恭喜声中，缭绕在餐桌上觥筹交错的呼唤声中，也缭绕在日间尘埃落定、你轻声轻脚为孩子们盖上被子的叹息声中。"

水仙是岁朝清供的重要一员。看到黄永玉八十多岁时画的水仙萝卜图,"逢腊月,北京人常以水仙头置于掏空之萝卜中,灌之以水,则水仙、萝卜各自生发,红白相衬,绿叶穿错,极得生命之鼓舞。余少小浪迹闽海,情感每得水仙慰藉,终生难忘也。"黄永玉最爱画水仙,当年十三岁的他离开凤凰,来到厦门集美读书,"背行囊、策竹杖,一文不名而胸怀万金,以饱览大千为乐",福建成为他一生行旅里最惦念的所在。他在九十五岁时画的《年年水仙》上题记,写到"冬则远走漳岩。漳岩者,花木水果之仙乡福地者也。城外多沼泽,野水仙丛生无边际,除夕前后花秀,幽香泛滥城郭,城郭中人多如醉客,花之力也。"年年水仙,那也是老头黄永玉的岁时记,"往事如烟,倏忽四十年。闽土情谊,梦底余香。"

1947年,瑞士出版商梅尔莫定期给法国著名女作家柯莱特送一束不同的花,作为交换,柯莱特每次都描绘了众花中一种,而后成书为《花事》。柯莱特也写到了水仙。"我多么喜欢,在那个冬天既不凛冽也不漫长的地方,这些跑在春天最前头的花儿……我没什么好抱怨的,今天我在巴黎的桌上就有它们。它们那么贪婪地吮吸着花瓶里的清水,水位慢慢下降,我仿佛听到它们吮吸的声音。"

《花事》的译者黄荭在译后记里附上了自己的曾经花语——她也是个喜爱花草的人,她写到水仙,"阳台上的水仙抽出四个花蕾,仿佛某句春天的诺言。"那是1月中旬,大概是她的

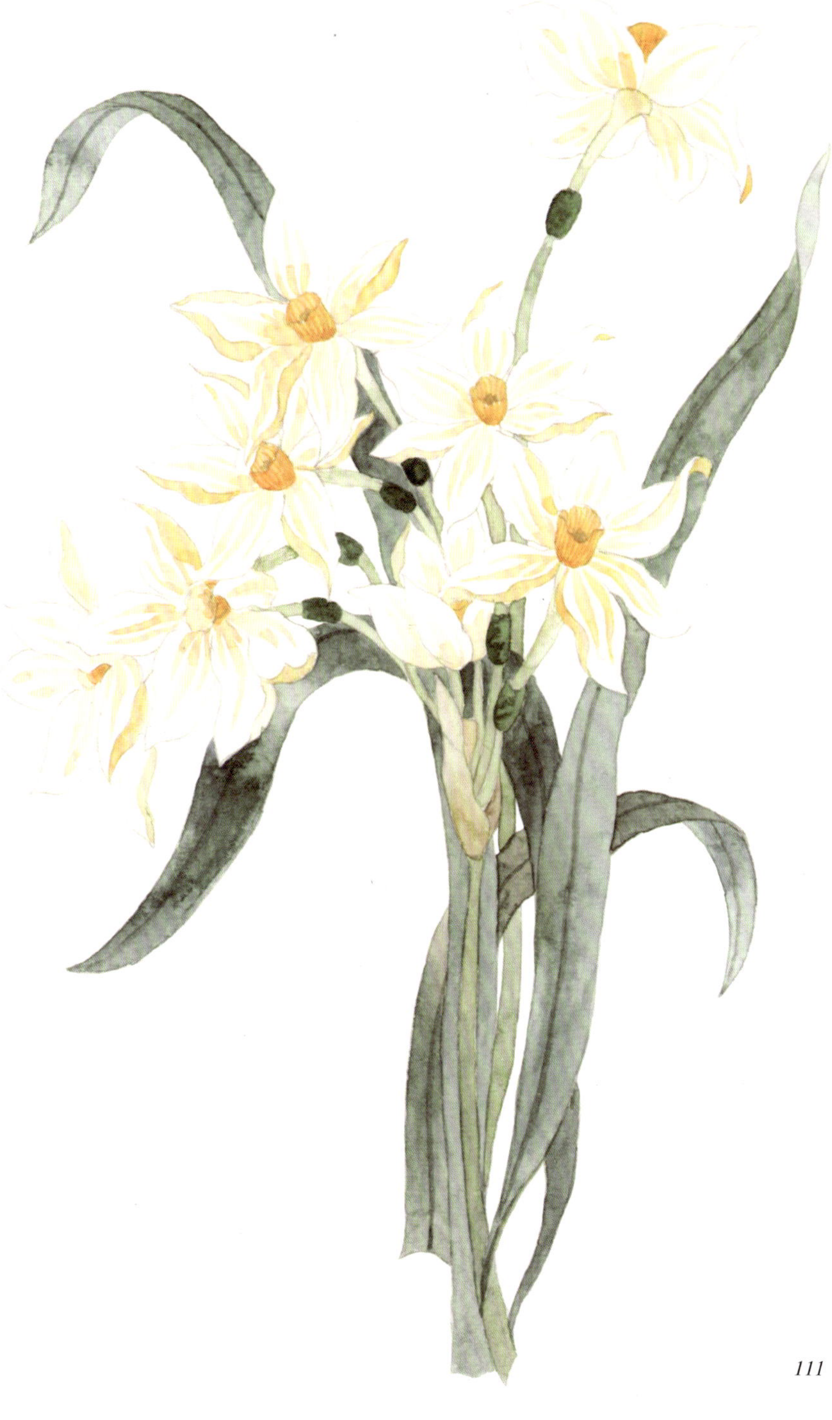

生日。她写自己又老了一岁。原来，水仙也是她的岁时记。

"中国的水仙，与土地的四季共生，一泓清水为穷巷和豪宅献出一样的芬芳繁华。"在我家的年节里，水仙也从不缺席。水仙最宜盆养，清水便可养出一盆清芬。在日本，看见中国水仙被粗放地直接种在地上，那一瞬间，仿佛已经不认识它了，哎呀，当下觉得，水仙啊水仙，日本人不懂得你的美是要清水供养，和白瓷盆绝配啊。

前日里去鼓浪屿，深夜出岛，一路闻得七里香的气息，在深长巷弄里回旋。北方的旅人说，那是方才在朋友的店堂里看到的插在水杯里的两把水仙。我纠正他。但随后又觉得这个谬误也无伤大雅，只要享受到花香宜人。不过，今年尚未有人送我水仙花头呢，哪一日我得到花市买几个去，这样才能让它赶得上花开及时，与我一同辞旧迎春。

厦门的冬天更是既不凛冽也不漫长。但我多喜欢水仙等几种跑在春天最前头的花儿啊。它当然也是我的岁时记。

水鬼蕉 的清凉意

这世间,一见钟情的事儿是极其稀少的吧?尤其当我们不得不在世故中历练,渐渐都揣着一颗防备的心来待人处事。人类对于植物的态度也相似:稀松平常的皆视而不见,丑陋怪异的就避而远之,艳丽多姿的又怀疑有毒……譬如我初见到水鬼蕉这种花儿,看到它伸出长长的花瓣如爪,黄色的花蕊也细细长长,伸出花瓣之外,不免觉得这随风招摇的花朵有些诡异。还觉得它的名字真贴切,我霎时想起童年时候听到的鬼故事,那水底的鬼都有这样细长的躯干,将不听话的孩童卷入漩涡……

所以,我对来自美洲热带的水鬼蕉,没有一见钟情。甚至再见数回,也仍不喜。它有英文名"海蜘蛛百合",拉丁文名"美洲蜘蛛兰",都是极形象的名字——"水鬼"与"蜘蛛",都令人难生喜爱之心啊。

然而温暖潮湿的福建广东，却是水鬼蕉的乐土。它花期长长，从夏一路开到秋。对土壤的要求也不高，极易生发。这几年见到厦门的路边、街心花园里，水鬼蕉越种越多。去年夏天，最常去的某健身房楼下花园门前就有一大丛，我每隔三两日就见一回花开一片的水鬼蕉，倒渐渐没有那么厌恶，而有点日久生情了。及至去新加坡旅行，看到四处都是水鬼蕉花开的踪影，竟然生出异乡重逢的欣悦，因为在异国熟识的人几乎没有，所以熟识的植物也可算是老朋友吧？我遂有些懊恼自己从前"以貌取它"了……

水鬼蕉的花形十分别致，在如牵牛花的白色花瓣中伸出的六根绿色细长的雄蕊，雄蕊上有黄色的花粉，这样细长的触角迎风而动，十分有趣。水鬼蕉还是一种矛盾的植物，属于石蒜科的它有这一属植物的共性——鳞茎有毒，因为鳞茎中含有石蒜碱等，会令中枢神经系统先兴奋后麻痹，最后因呼吸麻痹而死。所以，花儿虽美，还是不要随意采摘啊。但据《福建中草药》的药方，水鬼蕉的叶子却可以舒筋活血，能治疗跌打肿痛、痈肿初期、关节风湿痛，加上全年可采，又算是一种易得的良药吧。

七月的南方酷暑，倘若能在烈日下遇到一丛丛水鬼蕉，它那细长清白的花瓣，总会带来几分清凉消息，将炽热推得远一些。微风起时，水鬼蕉的"触角"随风舞蹈，也是很有意思的。不过花谢的时候，那长长的"触须"垂下来，颓颓废废的，真

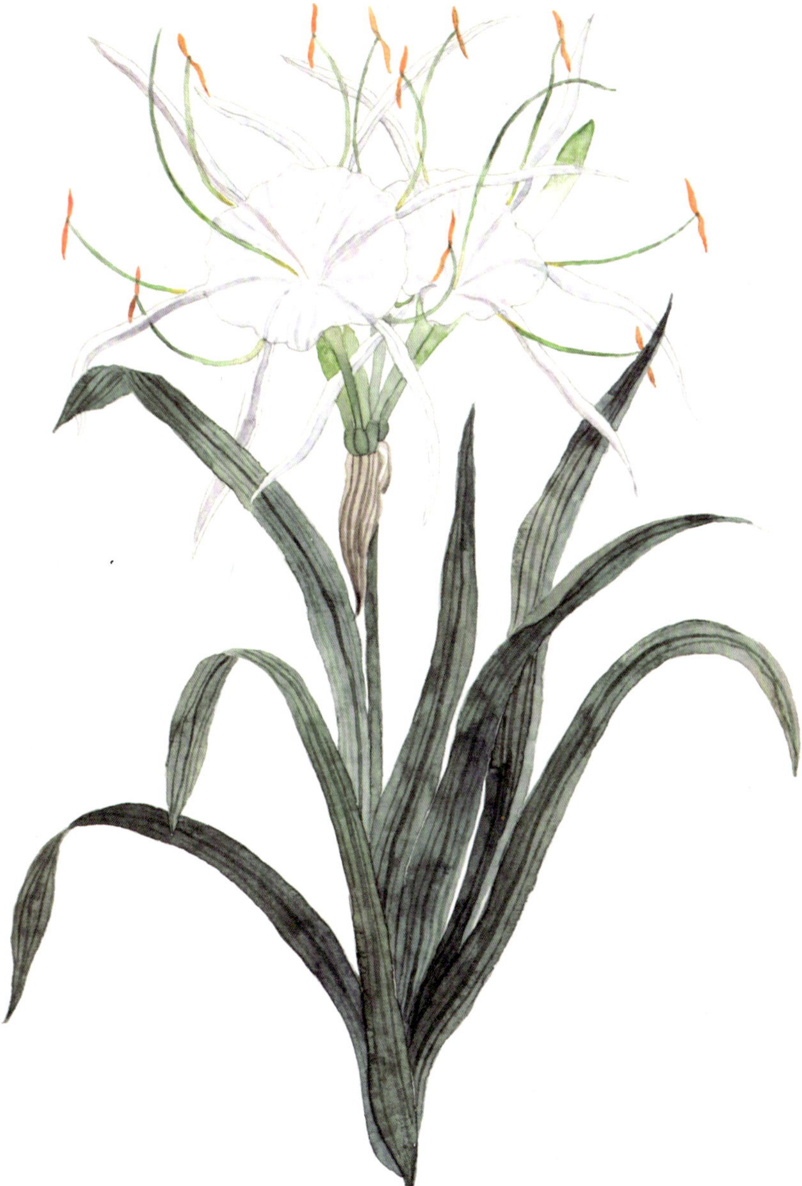

令人感觉再难振奋呐。

夏日的午后，久不听的英文老歌，旧日钟爱的小说，一杯淡茶，不知疲倦旋转的风扇，窗外的烈日与渐渐变化的天色。一切，悠长得像永生。白乐天有诗云："何以销烦暑，端居一院中。眼前无长物，窗下有清风。"盛夏，屋外水鬼蕉的清凉意也是植物的美意。

那一段时间，我勤于上健身房，倒不是为了减肥健美，而是在暑热稍稍退却之后的黄昏，有正当借口走出蛰伏了一整日的家门，去与这个都市发生一点正常的关系。水鬼蕉那一丛丛白色的花，便总会在视线里先出现。我经过它们，进电梯，到四楼，在健身房一整面落地玻璃墙前的跑步机上，仍隐隐可见它们的绿叶白花。偶尔，也会在健身房楼下的咖啡店坐坐，有时候带本书翻翻，有时候约个朋友聊聊。夏日里的长风浩荡，合上书本或等人时无聊望天上云卷云舒去留无意，而眼前的水鬼蕉动静皆有趣致，这是我最喜欢的无所事事的日子了。

秋日将临，我默默对开始萎谢的水鬼蕉说：明年再见吧。一季终，一季始，生活是再简单不过的重复，但这种重复令人在变化迅疾的时代里安心。简静明朗的日子，没什么不好。无需过多交际，不理无关喧嚣，就像和我已经熟稔的水鬼蕉，管你喜或不喜，四季自有规律，花开自有人赏。或者，这也是我和水鬼蕉的默契了。

黄花风铃木
的春声

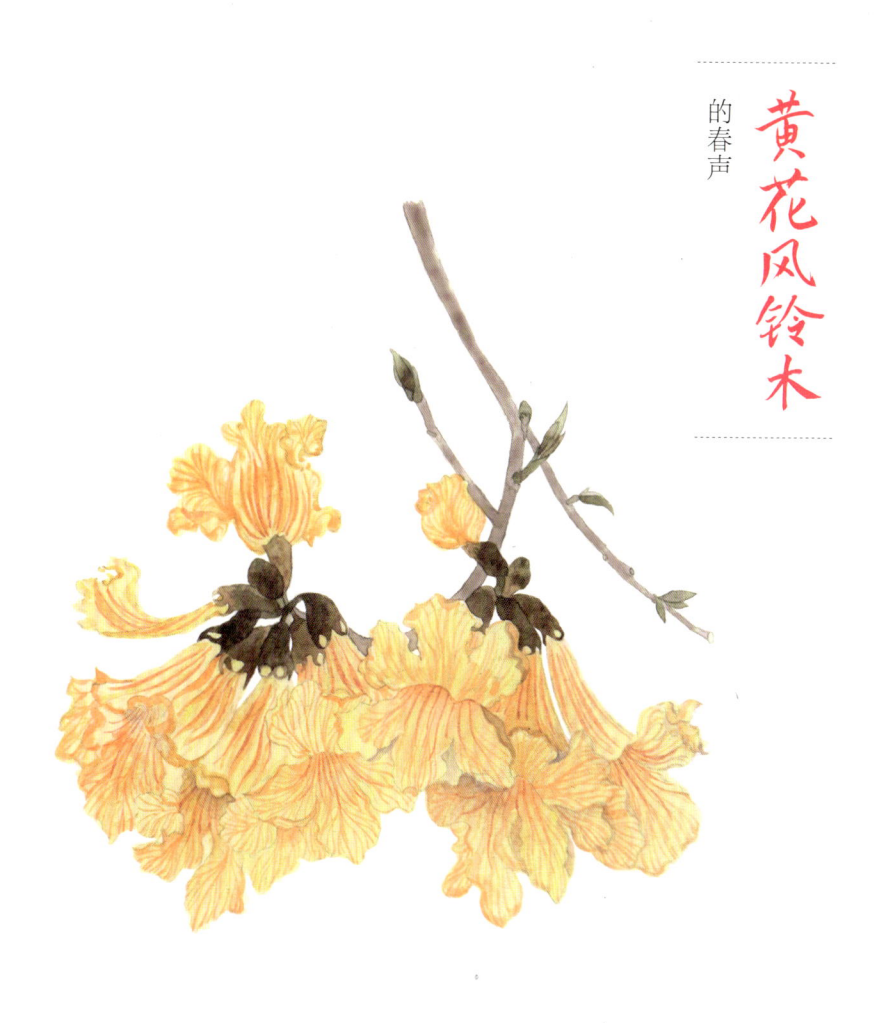

我从未在别处见到过黄花风铃木。

我初见它,再见它,都是在厦门。

2012年的暮春,夏日在望时路过湖边,远见金灿灿一树花儿,几无绿叶陪衬,花朵干净耀目,似风铃与微风附和摇动,与热烈阳光互相辉映,令人一见注目,无法忽视,惊鸿一瞥之余真正惊艳。我还记得初遇它的午后,晴空丽日之下,蓝色的天空,蓝色的湖水,静谧岸边它那一树繁花之艳。

这种花有极美的风姿,极美的名字——黄花风铃木。一读花名,便觉得有"叮叮当当"之声在耳际萦绕,那也是告别春日的美妙声音啊。

据说黄花风铃木已经移居厦门好几年了,不过它原只是在并不开放的花艺园里生长着,所以大概许多人和我一样,在街边邂逅金黄灿烂的它时觉得颇为陌生。我倒想着,或许是每个春天都有这般那般的错过,才令人在惋惜之余更懂得珍惜?这小小的遗憾使得迟到的相逢平添了几分心旌摇荡。

我时常认为给花草植物取名字的人深谙草木之美,可称得上是它们的知音吧。"黄花风铃木"这个名字取得真好,风过时的花姿与风铃相仿,也许风声便是花声,也是自然界与植物的呼应?

但我时常要忍住去捡拾它的落花:植物书上说触碰黄金风铃木的花朵和果实上的细毛会使皮肤痛痒,所以此花美则美矣,只宜远观。

原产地是墨西哥、中美洲和南美洲的黄花风铃木是巴西的国花,所以还有一个别名叫"巴西风铃木"。黄花风铃木是紫葳科风铃木属,另有一种花开红色,名为"红花风铃木",不知哪一日有机缘可以遇见。春末夏初正是紫葳科植物的旺盛花期,它们是齐齐来预告张狂炽热的盛大夏季么?

黄花风铃木的花期极短，在三四月间，清明节前后，只有半月而已，要观花赏花也得及时趁早，否则一错过又得待到下一个春天。据说它的种子长有"羽翅"，类似蝴蝶状，会随风翩跹飞舞，找寻落地的土壤，就这么随意到天涯。想来夏日里它的翅果纷飞也是景致，我也期待夏天可以观之，并想象此景致会似我怀念的柳絮飞扬的初夏北地之景么——可惜这些年的夏天，我都躲去别处结夏了。

自从识得黄花风铃木，在它稍纵即过的花季里，也有过几次它在记忆里镌刻下的痕迹。比如某日岛内岛外奔波处理琐事，在一个街角看到几树黄花风铃木，亮黄花朵优美枝条，令我屏息，久不能移开目光。这也是疲惫人世的最佳抚慰了。这种明艳的黄色，在晴日的蓝天下，煞是耀目。

2014年末搬家，新居园子里种有两棵黄花风铃木，转年春末，疏疏落落地开着，近看倒不觉得如何，但从高楼的家中客厅望下去，树冠上簇拥的黄色花朵在满院的绿色中跳脱而别致。枝条疏朗的它，这样的视角更美。但我自家乡和厦门之间一个来回，它的一树黄花迅速落尽，绿叶默默长出，花期就结束了。

2016年9月，台风莫兰蒂重创厦门，也几乎摧毁了园子里的绿化，倒伏死去的树木累累，我原以为这两棵黄花风铃木也难逃厄运。没想到这个4月，它们开放得更加绚烂，在一园子新种的、尚未长成的绿植中，骄傲极了。旁边葱郁勃发的新绿都成了它最好的映衬。它才是春天最别致的颜色。

查了资料,原来黄花风铃木是抗台风的树种。

冬春以来,厦门一贯的清新空气已成历史,在雾霾笼罩的时刻,黄花风铃木的黄花的确是心眼的安抚。阴翳的天气里那一簇簇的黄跃入眼中,似乎具有明目之效。

某个阴寒的午后,看着园子里的黄花,想到眼下近乎与世隔绝的生活,想起一些久未联络的旧友,想到陶渊明的诗:

> 东园之树,枝条载荣。
> 竞用新好,以怡余情。
> 人亦有言,日月于征。
> 安得促席,说彼平生。

忽然袭来的伤感是觉得人与人之间,觥筹热闹是短暂的花开,寂静的自处才是真实。倘若能在某一花开之时,真情实意地喝过一盏茶、行过一段路,那便也值得这漫长的一生里于寂静处回味。

热闹的归热闹,寂静的归寂静。

这便是人生啊。看得了热闹,更守得住寂静;如自然的节奏般活着,是人到中年才明白可值得的真实。

黄花风铃木花开这般热烈,你很难忽略它。再迟钝,也不会无视这样一树鲜艳的黄。你看啊,它连叶子都没长出来,就如此用力地绽放。就如同人生某个时刻你没有办法不参与到其间的热闹。热闹地说，热闹地笑，连哭泣都要有热闹的声音，生怕没有人注意和关切。

只是生命到最后，终是寂静无声。无人谈笑，无人理会，就连哭，最好也是自己背着人埋首于角落里，无声隐忍地哭一场。

一切盛大的花事都会过去。

这个春天，也是那个以一己之力抗争后的林奕含离开人世一周年，看到一篇关于她的文章，最后这么写："美好的仗她已打过了。爸妈带她回到了她生长的台南。他们院子里有一棵黄花风铃木，懒散长枝条的毛孔吹奏出香花。风起的时候，腻亮的绿叶磨蹭捞耙着，不肯掉下去，倒是黄花烘烘地一丛追赶着一丛落下去。多少黄花留在树上，就有多少黄花下到地上。"

如此悲伤，却又释然。但是写这篇文章的人大概并不知道吧，黄花风铃木是先花后叶，开花的时候树上只有花没有叶，花落后才萌叶。所以我会想啊，这样年轻的生命在没有见到葱绿的希望之前，先把花开尽了，那是生命的透支，也是祭奠。她努力过了，但是最终放弃了。

像里尔克的诗句写的——

  他们要开花，

  开花是灿烂的；

  可是我们要成熟，

  这就叫甘居幽暗而努力不懈。

美丽异木棉

午前，站在美丽异木棉的树下，抬眼看它们的样子——昨夜西风紧，树下又纷纷扬扬落下许多花儿来。厦门秋日正午的阳光还热着呢，红花瓣在绿草地上有些萎蔫。

有朋友开车经过，见我路边闲闲站着，停了车，问我："你在做什么呢？"我指了指美丽异木棉的树，答："我看看花……"他开车扬长而去，大概会笑我无所事事？伤春悲秋这种事情，在厦门是不太容易发生的，只因为这一城花开，从不停歇，"悲"的念头一升起，便被美丽的花影树树生生压下去。

美丽异木棉，别名"美人树""南美木棉"，与木棉同科不同属，来自南美洲的阿根廷。大部分人以为它是时下也开得热闹的羊蹄甲，这真是美丽的错误。美丽异木棉与羊蹄甲的区别最明显是叶子不一样：羊蹄甲的叶子是大大的羊蹄形，而美丽异木棉的叶子是细长形的掌状复叶，并且酒瓶状的树干长有一圈圈圆形的大刺，不小心可是会被刺伤的。

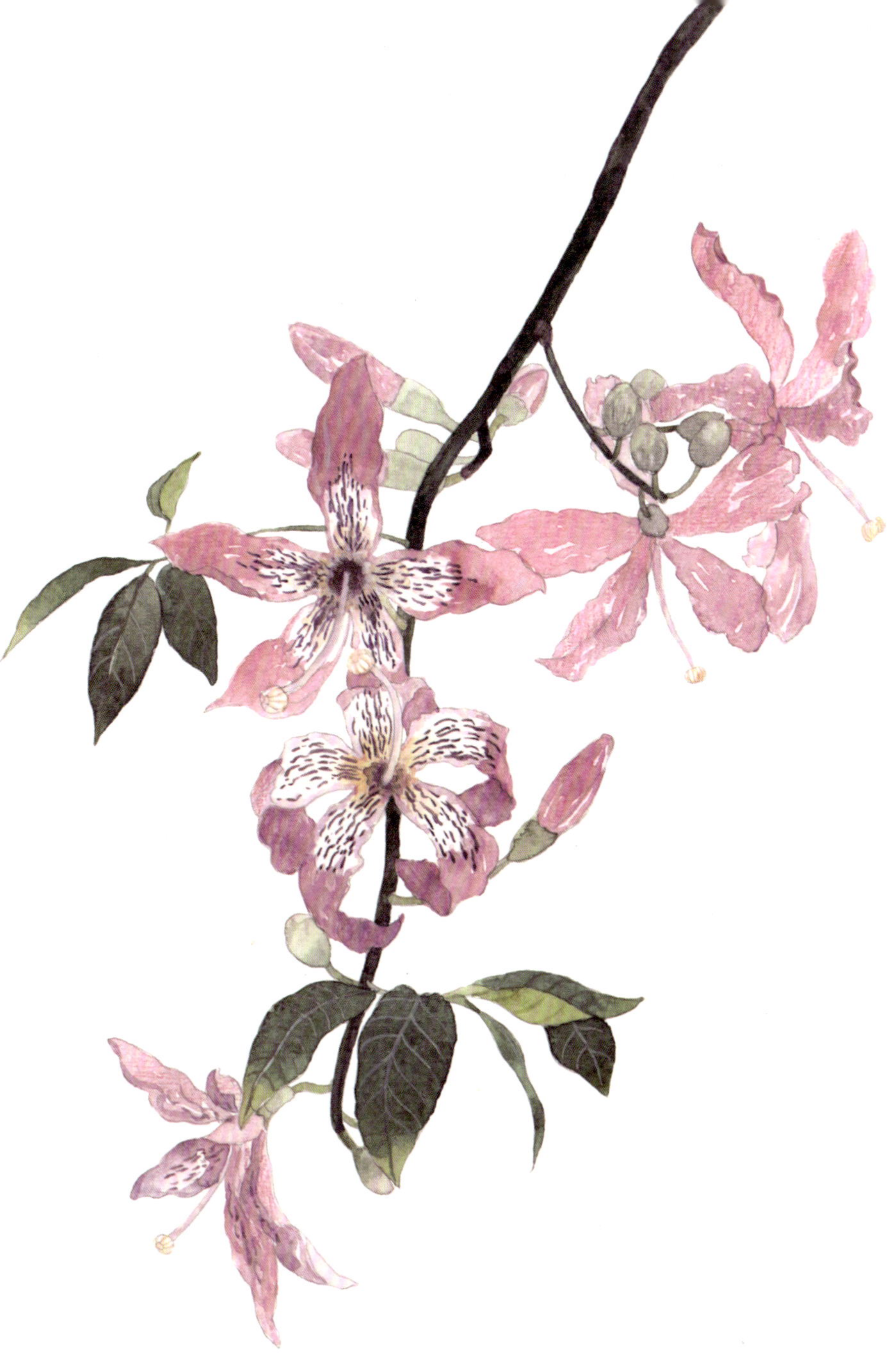

据说美丽异木棉的花有红、白、粉红、黄色，甚至这几种颜色的花会出现在同一棵树上，可惜我在厦门只见到淡紫、粉红的花色——有些奇怪的是，花色稍深的，树冠上几乎没有叶子，而花色浅的，花与叶同在。

美丽异木棉的花开，定格住我心中最美的厦门之秋。明净的蓝天之下，看着这一树的花儿，开得单纯自如，风过时悄然落在绿草地上，有不会被打扰的静美之态，张爱玲说："有一天我们的文明，不论是升华还是浮华，都要成为过去。然而现在还是清如水明如镜的秋天，我应当是快乐的。"

这不是一个传奇的年代，即使有传奇故事发生，也很快地湮没在时代急于求成的嘈杂中。每个人都忙着朝前赶路，忙着追逐各自的目标。有几个人，会在赶路和追逐的时候，停下来，看看路边的花开花落呢？

当然，在这样清如水明如镜的秋天，在和美丽异木棉相处的刹那间，我应当是快乐的。文明都会成为过去，而大自然的花儿不用理会文明的升或沉，它们自有它们的生存定律。

但近日的某一个黄昏，暮色中走在回家的路上，看到眼前的一树美丽异木棉，竟然生出中年人的愁绪来。最近重读朱天文的《最好的时光：侯孝贤电影记录》，"'人生识字忧患始'，自觉以后，就是在艰辛的漫漫长程中修行的事了。……海明威的寂寞与死亡，契诃夫的悲悯，谷崎的异色美，屠格涅夫的贵族品格（非阶级的），每人都有一套的。"

恰好看到朋友在杭州的初秋，于西泠印社的四照阁里看刘海粟八十八岁所书赵一鸿那句"高阁山光仍四照，故人石壁亦三生"，也感慨"人生识字忧患始"，他说刘海粟的"故人"指的是整个旧山河吧。

我便回忆起十几年前的冬日，大学毕业数年后重返京城，在所住酒店的大堂看到启功八十三岁所书的"暂时流水当旧地，随处青山是故人"，当下悲愁暗生。在北方飘雪的旧地，故人要离乡去国，告别时心如明镜，明白恐怕再见无缘。谁是流水，谁又是青山呢？人世一途，暂时与随处的无奈，由不得你不接纳。

也是一个冬日，从北地归返厦门，看到满城的美丽异木棉，瞬间便觉得接回厦门的地气。厦门还是秋天呢。写信和北方的友人描述此情此景，友人回说他最近也想念南方。我又想，其实南方于我，也并无太多可留恋之处。倘真要说留恋，大概还是留恋这从来不萧索的花草植物，这一树树到冬日也开不败的美丽异木棉吧。看花的时候会恐惧孤独，也确是心境衰老的开始。但选择另一条路，也未必就不孤独。人之一生，大约总是和孤独交战的一生。

可是啊美丽异木棉一开花，好像就抓住了秋天，那些花影织成的经纬，是沉思，是默念，是"若得其情，哀矜勿喜"，那迎着秋日太阳的光线抖弄开的碧云天与艳丽花，似乎可以在某些哀愁之时，化为抚慰的宝光闪现，眼前是一整个秋天。

也是最好的时光了。

如梦之梦 **蓝花楹**

　　曾有一年春末,好几个朋友拍下一树优美的蓝紫色花儿,来问是什么花。这种如紫雾般迷离似梦的花儿叫"蓝花楹",名字也好听,来问的人也都记着了。

　　厦门种植蓝花楹已经有些年头了吧,至少我在十多年前便知道它的芳名,当时也是初见惊艳,特地去请教了植物专家。这几年来,每到春末夏初,就惦记着这一片片梦幻般的蓝紫色:厦大校园里、湖滨东路、体育路、海湾公园、软件园……不时在赏花途中寻觅它的花树缤纷。

　　蓝花楹还有别名为"蓝雾树",这个名字也贴切,远望开花的树确如蓝雾一片,朦胧清雅,似梦非梦。但倘若在艳阳下遇见它们,又觉得一树蓬勃的花像异色火焰,绚烂到极致,所以法语还称蓝花楹为"蓝色火焰"。

　　蓝花楹原产巴西,在世界各地被引种。见到过几张摄影图片,在澳大利亚、南非以及墨西哥,蓝花楹开放的季节,整条街道

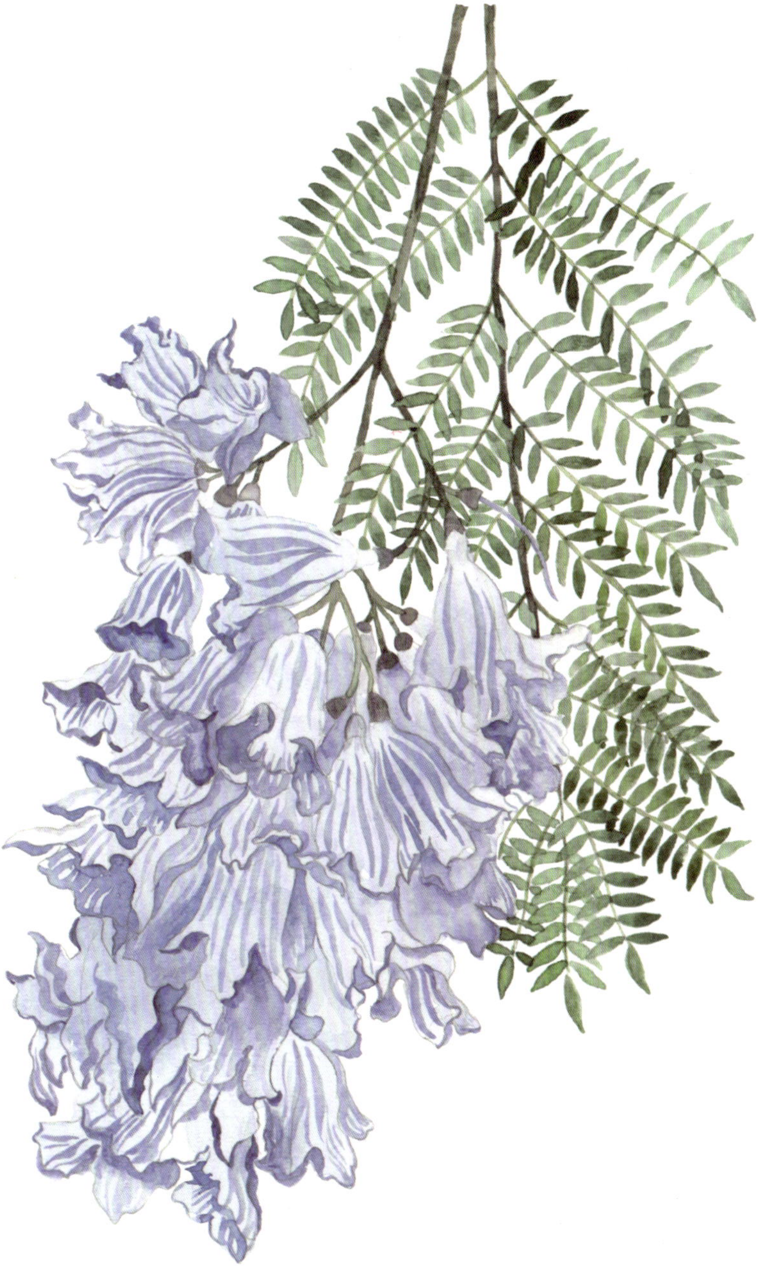

如沸腾着蓝色的焰火，屋顶、草地上的落花铺陈，令人不忍心踩踏。我便心存念想，未来某一日，如果可以旅行到这些城市，也一定要去看看画中美景。

在旅途中结识花草树木，是我的喜好也是我的乐趣。出门旅行，倘若遇见的还是居住之地熟稔的植物，当下也有他乡遇故知的喜悦。一周前在新加坡漫游，几乎每日都去新加坡植物园散步。在某一条林荫道上遇见一棵蓝花楹，花落一地，在绿草地与黄花瓣的衬托下，蓝紫色的铃铛形花儿点缀其间，蓝天白云中好似童话的场景。漫步在这样的花径中，一切烦恼俱已消散，只余与花同喜共欢的心了。

也曾有过极其忙碌、在城市里穿行奔波的一日，突然在某个人行道上看到一地蓝花楹的落花。抬头看到高高的树上蓝紫色的花影。在那个刹那间，因忙碌而生的焦灼纾解了。

大多数人都喜欢赏花，我有时候除了看花之外，还喜欢看植物们结果。蓝花楹的果实很有意思，褐色的蒴果木质，带着小小翅膀。那是要纵身飞翔吧，去寻找另一片适合爱情生发的土壤，等待来年春天的花期。"我所学到的所有言语，/ 我所写出的所有言语，/ 必然要展翅，不倦地飞行，/ 绝不会在飞行中停一停，/ 一直飞到你悲伤的心所在的地方，/ 在夜色中向着你歌唱，/ 远方，河水正在流淌，/ 乌云密布，或是灿烂星光。"叶芝有一首诗真是契合蓝花楹的蒴果之旅。

据说蓝花楹的花语是："在绝望中等待爱情，虽败犹荣。"在热烈的爱情中不失去自己不否定自己，有接受终局的勇气，那得是多么清明无羁的心境，我倒很欣赏。

蓝花楹的一季花开花落迅疾得很，时移世易，花开花落间很多时候旧时人面已不在，但一想这一树树花总是在的，总是如约在它的花季里守诺地等着赏花人，也觉得清淡日子里还有温暖在心的情意。

这一日，身体抱恙，去医院归家，和朋友慢慢走着。我和她说，下周要复检，不过我并不焦虑。安静无人的道路上，有蓝花楹飘落。轻柔似梦。想想也坦然，很多际遇是命中注定，该不该来会不会拥有，有时候是老天说了算。我等待过，虽败犹荣。

朱樱的小团圆

朱樱花开着喜气的小红绒球，从早春到初夏，又从秋天再开到冬尽，似乎一整年都是她热闹的花期，令你都不忍心忽视她的存在。她也没有要承欢的意思，却开得那么努力，尽管她基本上是"卑微"的行道树——还经常屈居在高大的羊蹄甲、凤凰木的浓荫下。我每每看到她那一树喜庆的花，会有彼此相见欢愉之感，也真心感激她带来的好心情。

少女十五六时，还是在为爱情小说掉眼泪的年纪，最喜欢随手摘些花花草草，夹进书页里，压扁了当成书签。朱樱花是我的书签植物之一。不过她变成书签后，颜色干枯变黄，花丝似草，是另一种模样了。许多年之后的某个冬天，我返回家乡收拾自己的旧物，从一本张晓风散文里掉下来一朵枯黄的朱樱花来。我拿着她，回想着那个年纪的种种。刹那间，时光倒流，只是情怀不再。

朱樱花属含羞草科，二回羽状复叶，叶子细细碎碎的，对

称生长。许多人以为她是合欢——毕竟叶子相似，花儿相似，但是合欢花开粉红，并且只开夏日一季。朱樱花浓密的花丝簇拥成一朵小绒球，着实可爱，因此还有大约是因形色而来的别名——"美蕊花""红绒球"。

去印度旅行时，在北印度的沙漠之邦拉贾斯坦，也遇见不少开放的朱樱花。沙漠之地还是盛夏，酷热难当，所住的旅馆院落里有这么一株，带来几分静气安谧，虽然日头逐渐热烈，但旅馆主人精心布置的小花园使我心旷神怡。

大雪节气已过，厦门天气忽冷忽热。某日下午路过湖边，见朱樱花似乎还是不变地、淡定地开出一树的红红花儿来。在这迅疾无常的时代里，有什么是不变的呢？在须臾转身之间，在地震海啸频仍的环境里，我们还能紧握住什么呢？我想到杜甫的一首诗，"朱樱此日垂朱实，郭外谁家负郭田。万里相逢贪握手，高才却望足离筵。"

当然，彼朱樱非此朱樱，杜甫诗里指的朱樱是樱桃之一种。但我在看花的瞬间，有这样的忧思随着暮色涌上来。随手捡起一朵朱樱花，我要去咖啡馆会见一个异域而来的、万里相逢的朋友。他年岁已高，我们久不曾见面，彼此都懂得相见欢的可贵，也珍惜越来越少的欢聚机会。

最近周围朋友有些不太平，我倒也不想说自己修炼得有多好，只不过平常心度平常日子罢了。想起某夜有人和我说起他刚经历亲人死别的痛苦。我沉默。因为慈悲，所以懂得。我和他之间，早已远隔万水千山。那晚我夜航班离开，看见巨大月亮在云层之上温柔极了。我只是你流浪过的一个地方吧，

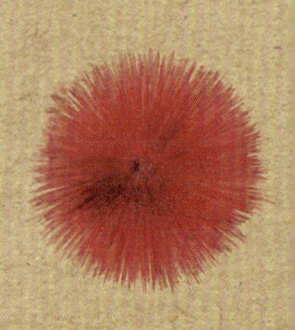

带走风景，带不走花开，最好忘掉我们曾尽兴。

昨日，给好朋友寄出一份礼物，写着："这些年承你情谊多多，也许生之欢欣，也是因为有些相遇值得感念。"我逐渐在情感上成为一个要求对等的人，有付出便要有得到，我不喜欢亏欠，也不喜欢无谓的付出，所以很多时候我选择转身离开。努力爱自己，也学会爱爱我的人——我想，这才是我们活着的意义。

这么多年过去了，也终于知道粉饰之下并无太平，一切不过是小团圆。然而，哪怕曾经是旷野的鸟，贪恋花儿缤纷，必得要收敛羽翅，小团圆也有小团圆的安妥。不善忘，也不回望。"宿命是好词。以前一直想要回避的词，最后竟看出好来。宿命就是一种指望，在命运上划出一道痕迹，宿命就是不孤单，有一种力量一直相伴，让你反抗，让你突破，让你心安理得。而往事与未来，就去它的吧。"读到陈村这一段话，想来是即将走入的婚姻生活最好的解释。刻意为之都抵不过宿命安排。所谓情感的始终，很多时候其实也和距离无关。它最终的归处，不过是安定感，像一朵花开在属于它的地方。

我当然明白此时说一生一世为时过早，但我在与世界学会和解的同时也学会了感激。我始终相信命运的安排，以及好朋友说的岁月流逝所带来的平静和幸福。原来，只要愿意稍稍低头，也会有微光足以烛照灰暗生命。在某个瞬间，我想我还是相信：即使有满天神佛，爱仍是信仰。

谁都不是离人吧。该圆满的都圆满了才好，哪怕只是小团圆。

牵牛花

朝颜·夕颜

　　从朋友处讨要来牵牛花的种子，黑黑小小，躺在白色的薄薄纸间，毫不起眼。我的眼前却幻化出那些纤弱的枝条与花朵来。

　　因为前几日在城市边缘不起眼的某个角落，见到一种灌木，开着像牵牛般模样的紫色花朵，突然想起来厦门许多年，竟然没见过牵牛的花踪。我记起在我从前不怎么成功的养花生涯中，牵牛花却是我养得极好的一种，许是因为它对土壤水分等等要求不高，否则以我的疏懒大概也是要把它养枯致死的。

　　中学时候，住在家乡老屋三楼，门前有长长走廊，对面是山色青青。我拿大大小小的盆子，种了许多牵牛花。自己撒的种子，从春末开始，望着它们渐渐冒出芽尖来，从一茎小苗开始，在那细细的，有锈的铁栏杆上攀爬着，纤弱却坚韧，短短几日，就攀缘到了高处。然后，在初夏的早晨开出花来，紫色的，白色的，红色的，蓝色的，像支小小的喇叭，在晨间的微风中无声摇曳，吹响。我每日早起，坐在门前读书，背古文诗词，英语长句，却总是望着牵牛花出了神,直到父亲在楼下唤我早饭,接着出门上学。

太阳出来,牵牛花就渐渐合拢了它的小喇叭。黄昏,有的会再开出来,有的就这样谢了,只有一个早晨的短

暂花期。我的那一片牵牛花你开我谢，给我整整一个夏天的陪伴。我在那时候的日记本里，写过许多关于牵牛花的情绪。望着它们开开合合，就像彼时惆怅的心事。那正是为赋新词强说愁的少女时代，就拿了"朝颜""夕颜"做笔名，写那些带着少女心事的忧郁文章。后来，我读日本清少纳言的《枕草子》，见到她写到，"早上是种种的颜色。"突然就想起了牵牛花的年纪，那是有种种颜色的青春，短暂而美丽。

到底是稍纵即逝的晨光，所以英语里把牵牛花叫作"morning glory"。日本人说，牵牛花虽美，盛开仅一瞬。记得日本著名的俳句诗人与谢芜村就吟过："牵牛花，一朵深渊色。" 日本文化里迷恋短暂而极致的美，对这花期短促的牵牛也有许多描述，他们把牵牛花叫作"朝颜"，也是取"早上的颜色"的意思吧。日本园艺家柳宗民说："朝颜总是在夏日清晨悄然开放，花瓣托着露珠优雅极了。不得不说，它特别符合日本人的审美。"

曾经在漳州平和的乡间清晨，在去看朱熹后人的祠堂路上，路边荒地里遇到过嫣然盛开的牵牛花，觉得晨光都温柔起来。据说在每年的7月，东京都要举办为期三天的"朝颜花节"，让人们尽情欣赏那美丽的花儿。

也许是对应"朝颜"，日本人把黄昏开的葫芦花称之为"夕颜"，紫式部的《源氏物语》里就有一个名叫"夕颜"的美丽女子，"夕颜凝露容光艳，定是伊人驻马来。"葫芦开花在不起眼的墙根，也名"月光花"，正如源氏怀念的佳人，即便有容貌与才情，却是命如夕颜,于一夜之间在荒野寺院骤亡,"这可怜的薄命花,"像源氏公子见到那乡野墙根旁自顾开放的白色夕颜花,令他在偷欢之后怀念伊人,"暮色苍茫若蓬山,夕颜相隔安能望?"

台湾的朱天文也写过一个小说,《天之夕颜》,关于一个青春早夭的聪慧女子的爱情故事。

小说里的男主角小时候就喜欢隔邻种植的那片夕颜,爬满了竹篱笆,"每天黄昏定时开满一种白色清香的喇叭花。"小说的结尾,是他对爱人的怀念,"天冷的时候,他仍到街上走走,看着光秃掉了的木棉,想唱支歌,关于有一年的冬天,他曾经看过一朵夕颜的事。一朵喜欢在太阳落后晚风里晚霞里招摇的夕颜。他只见过那么一次。"令人伤怀的故事,晚霞里招摇的夕颜啊,"思君令人老,岁月忽已晚。"

民间有谚说:"秋赏菊,冬扶梅,春种海棠,夏养牵牛。"但厦门连日暴雨,我将花盆里的土松了松,却一直没将种子播下去,这样暴烈的天,是长不出芽来的吧?即便发了芽,也是会被这暴雨给摧折了的。我在暴雨中翻读几年前的旧书——鹤西的散文集《初冬的朝颜》,文里多是暮年之后安静平和的沉思,却也隐隐有生命短促的淡淡哀伤。扬之水在书的序里形容牵牛花是"薄寒中清清淡淡的一点暖色,已是风致嫣然"。不知道今年我能否见到那清清淡淡的一点暖色?

又想起,久居于都市之中,要于何处寻觅一角篱笆,能够欣赏到在乡间肆意开放如今却罕见的夕颜呢?

相思树，流年度

几年前立夏的前一夜，去住在山下的友人家吃饭。她在厨房忙活着，我和另一个朋友坐在阳台上喝茶聊天。

暮色已降，灰黑的天光里却依然能见到不远处的山上，相思树已开出黄花来。在日与夜的交界处，花树都模糊着，却有涌动的什么，如初夏的晚风在心间荡漾起。想起叶芝的诗。"爱是怎样逝去，又怎样步上群山，怎样在繁星之间，藏起了脸。"

那种模糊的感伤，似是来自《搜神记》的故事，生离死别后同赴黄泉的爱人，化身晨夕不去交颈悲鸣的雌雄鸳鸯，那给予恋人尽情栖宿的坟冢梓木，根枝交错，得以"相思"之名。

"楠榴之木，相思之树。"犹记得某年初夏去附近乡间闲游，归来路途中见海岸边山岩上，开花的相思树是一片混沌的黄，于蓝天碧海艳阳是另一种映衬。相思树，合欢属，多引人遐思的名字。每年的这个季节，厦门许多地方都能见到这样细碎的黄花——南普陀、环岛路附近的山上，文曾路，植物园……

甚至更远一点的海对岸的台湾岛,山间也遍植此树。梁启超在戊戌变法失败后去到台湾,改编台湾民歌而成的十首《台湾竹枝词》中就有这样一段:"相思树底说相思,思郎恨郎郎不知。树头结得相思子,可是郎行思妾时?"据说我的家乡——闽东海岛如太姥山的海边也是相思树成林。防风性能好的相思树,观赏防护两得宜,适合海岛种植。

慢慢地,相思树开花的黄色,似相思洇开,在海岛山石的绿树中渐渐扩大领地,然后又渐渐萎顿。一场花事的谢幕,也如一场爱情的结束,最初不知不觉,接着攻城略地,最后无声静止。"细细密密的相思,是顽强的过滤性病毒,每年晚春,在每个海拔500公尺以下的树林发作。"台湾女作家蔡珠儿在《相思的恶作剧》里这么写,"落了一地的相思花,细软如珠的花球被风拭落,在树下铺成淡黄的图痕,是天人将干未干的泪渍。抬头仰望,满树浓浓的金黄,都在那里盈盈欲滴,真像强忍着思想,不愿被风触动了忧伤。"

相思树有着合欢属植物细碎的叶片与花朵。远远望去,黄的花与叶的绿杂糅在一起,只是一片黄黄绿绿,似暧昧难辨的感情地带,道是无情却有情,可你说有情了,却不知情之所起所终,也只得任由它在晚风里沉默不语,逐渐消散。那正是元好问的词句:"相思树,流年度,无端又被西风误。"

厦门的相思树还曾引出鲁迅的一桩爱情趣事。1926年,受林语堂之邀来厦门大学任教的鲁迅,与他的"小白象"许广平两地情书不断。某一日,他坐在校园的相思树下思念爱人,却看到一头猪在吃相思树的叶子,他觉得"相思树的叶子是不该给猪啖的,于是便和猪决斗"。这情景恰好被一位路过的同事撞见,那同事笑他怎么和猪决斗,鲁迅答:"老兄,这话不便告诉你。"此事被鲁迅的老友、曾与他一起创办《语丝》的章衣萍写在了《枕上随笔》一文中。看来人若陷入情海中，任是曾如何铁石心肠，也变得饶是有趣缠绵，想想他对他的发妻朱安之无情！

相思树里还有余光中的愁乡。鼓浪屿鼓浪而去的浪子，被一湾浅浅的海峡隔绝，渡了近半个世纪才到家，他写厦门大学的相思树，"浪子已老了，惟山河不变／沧海不枯，五老的花岗石不烂／母校的钟声悠悠不断，隔着／一排相思树淡定的雨雾／从四十年代的尽头传来／恍惚在唤我，逃学的旧生／骑着当日年少的跑车／去白墙红瓦的囊萤楼上课"。

哪怕梁启超曾代痴情女子祈求妈祖婆，"今生够受相思苦，乞取他生无折磨"；抑或是元好问希冀"海枯石烂情缘在，幽恨不埋黄土"，那一树树混沌的相思，再回首只是当时已惘然吧。花儿开得再努力，也不过是隔岸隔山的风景了。可待成追忆的，终究是惘然，亦是枉然。那是少年时代读过的席慕容的诗，在种满新茶和细密相思树的坡上，我好像答应过你什么，只是诺言尚未实现而发已初白。我们在中年时急切地向来处张望，能望见的，大概也只有月下那开花的相思树了罢。"你的相思，既经不起破解，也耐不住累积，最后总不免应声而溃，衰竭在时间的坟冢里。"

今年春天，带女儿去住家附近的湿地公园散步，在海边看到一树灿烂开花的树，花极香，明艳的黄与透彻的蓝天对照着，我辨认叶子，像是相思树，但又似乎有些微差别，请教了植物园的朋友，原来是"流苏相思"。名字真美。第一次的遇见，记忆尤深。它大概是新引进的植物吧，我自厦门别处还没有见过。

隔天，和先生一起又带女儿散步。在公园的另一侧，木栈道的两侧种满了流苏相思。黄花正盛，远远望去，便是花路一条。细碎的黄色花瓣满满落在木栈道上，真是"春心莫共花争发，一寸相思一寸灰"。周遭热闹，人们踏过落花，大概像踏过一段凋谢后的情感，徒留一地相思零乱。

看着他推着女儿童车的背影，哎，从前那种种虚无缥缈的相思意，哪里比得上跟前的踏实日子？突然就想起胡兰成去世后，朱天文带着侯孝贤去日本见胡的未亡人佘爱珍，那天夜里，朱天文写了一首诗——

我们的事／就是掺入人间的砂砾也不坏金身／把未来还给苍空／爱惜眼前的光阴如织／人儿如画。

原来啊，人到中年之后，相思无用，生活平实安稳才是真理。命运赐予的礼物，常常要经历许多波折才能真正拥有。且以积极也散漫的心来迎接，那些不会错过的才是最坚实的。

前两日，去看的新家具，相思木做的长椅——相思木极硬，是不错的家具用料，计划着摆放在我新的一茶书房的户外花园，看看沙坡尾避风坞的水波潋滟，听听朝宗宫的歌仔戏，也是很好的吧。

临水照花 **木芙蓉**

曾有一个秋天寓居北京整月有余，京城降下第一场雪时，有人告诉我，我厦门住家附近的木芙蓉开得真好。我回到南国后，他便领我去看，但见小区围墙边，两株枝条优美的木芙蓉，花朵俱谢，已经缩成暗黑的一团。我想，被称为"拒霜花"的木芙蓉，不应该这么早谢，何况这还是在它喜欢的温暖南方。

随后几日去鼓浪屿，游客少少的淡季午后，走过泉州路要转向安海路，就见到一户宅院墙头伸出的木芙蓉花枝。它们也是我的老朋友呢，但那几年心惊于岛上喧嚣，极少再见它们，没想到重逢如此合我心意。宋人李流谦有《木芙蓉》诗："秋光冷如冰，秋花淡无色。偶见此粲者，浓艳照孤寂。"浓艳孤寂之形容，真是木芙蓉的神韵。

再隔日，我又去看楼下的两棵树，果然其中一棵开出了满树的花。枝叶间的重瓣粉色木芙蓉给天阴的初冬午后添彩，似乎那一角的天空都明亮起来了。《红楼梦》里，宝玉哭悼晴雯有《芙蓉女儿诔》，而曹雪芹真正用芙蓉花来暗喻的却是黛玉。怡红群芳夜宴时，黛玉抽到的正是一枝芙蓉，花签写着"风露清愁"四字，并有一句诗"莫怨东风当自嗟"。用《广群芳谱》中所形容的"清姿雅质，独殿众芳。秋江寂寞，不怨东风"的木芙蓉来比拟黛玉，也真合适不过。

《长物志》云："芙蓉宜植池岸，临水为佳。"木芙蓉以种植在水边为佳，我想那大概是可见临水照花的意境吧。但我见到的种植在园中、篱笆墙的白色、大红木芙蓉，也是好看。古人咏诵诗词亦多，南宋词人吕本中的"犹胜无言旧桃李，一生开落任东风"是佳句。唐才女薛涛住在"花重锦官城"的成都，则用浣花溪的水、木芙蓉的树皮和花汁，制成"薛涛笺"，更是浪漫。蜀后主孟昶以芙蓉花染为帐，名"芙蓉帐"，简直是奢侈了。明人文徵明所写的《王氏拙政园记》里，写到园子里"循水而西，岸多木芙蓉，曰'芙蓉隈'。"从前去拙政园，完全没有注意到这个所在，心想再访时一定要仔细寻寻。

木芙蓉花可入馔。宋人林洪的《山家清供》里记有一道"雪霞羹"："采芙蓉花，去心蒂，汤沦之，同豆腐煮，红白交错，恍如雪雾之霞，名'雪霞羹'。加胡椒、姜亦可也。"这一道，我倒是试过。豆腐汤粉粉白白，清淡得很，不怎么好喝就是。大概也是我看着汤中的花儿，觉得惋惜之故。

住家楼下的湿地公园今年新种了几株木芙蓉，也算是临水而植了。散步时看了数日的花，想起旧家小区此季葱郁盛大的

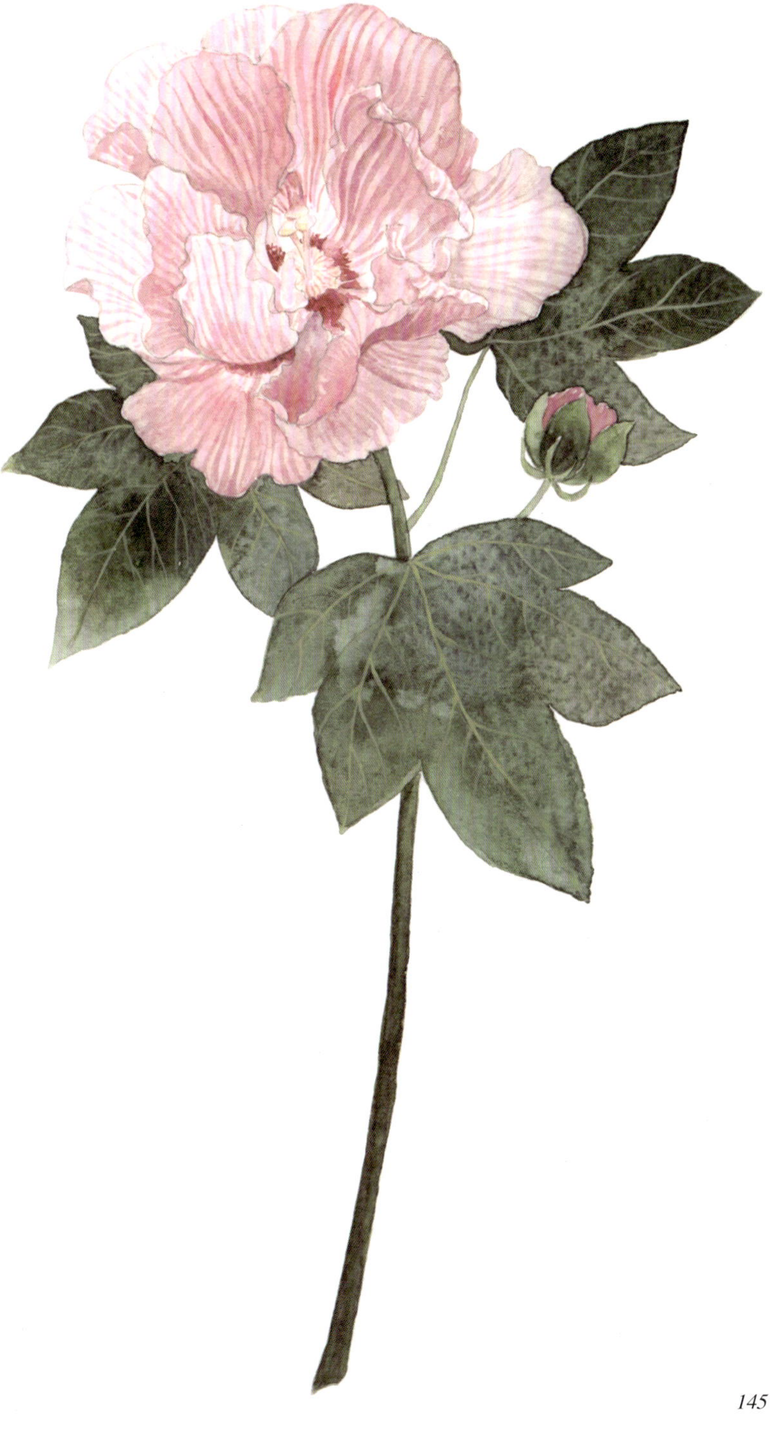

那两株。想起看过花树的那个黄昏，翻到那年的日记："突然下起冷雨，雨声喧哗中还有冬雷震震。一个多小时前我去看的那树粉色芙蓉花，大概也要落下几朵了。这种情境又似唐人徐铉所写，'似含情态愁秋雨，暗减馨香借菊丛。默饮数杯应未称，不知歌管与谁同？'我有时候会相信花之消息传递着情的浓淡，暮色沉沉，抱着毯子坐着，冷寒之中感觉时光迅疾，嘈嘈切切的雨声敲打，可惜能够追得过四季变迁细水长流的爱，总是求之不得。所以，即使薛涛制成了'薛涛笺'，她写在笺上的句子也还是——'不结同心人，空结同心草'。"

读好朋友的旧信，'所有安慰的语言都无法表达真实情状之万一，两者，都只能无限接近而终于无力抵达，这是我作为一个朋友和一个旁观者所感受到的悲哀。许多次,我都听你说,早已云淡风轻。我却想,这云淡风轻背后,总是酸辛。一直期待,有一天,从你那里感受到的,是云淡风暖。就像你说的,那阳光普照下自由宽广的太平洋的水面,那样的境地。'"

人之情感有时就是临水照花,落花有意而流水无情,也不能说是谁对谁错。清少纳言在《徒然草》里写:"人心是不待风吹而自落的花。以前的恋人,还记得她情深意切的话,但人已离我而去,形同路人。此种生离之痛,有甚于死别也。故见到染丝,有人会伤心;面对岔路,有人会悲泣。"

我想我只是看到木芙蓉的凋萎而伤感吧,"我在世上已经了无牵挂,只对于时序节令的推移,还不能忘怀。"

似曾相识香归来

白兰

桐花

含笑

彼岸花

山茶花

报春花

络石

萱草

曼陀罗

合欢

木香

桂花

海棠

春兰

楝花

鸡蛋花

白兰的心事

白兰的香气,是夏日的香气。

鸣蝉最聒噪的时候,白兰的香递送来几分安静的消息。而当黄昏雷雨过后,带着土腥味的清凉空气里,甜香弥漫的白兰花则是愉悦心情的使者了。

素不喜夏天的我,庆幸炎炎夏日还有来自一些花草的香气——比如含笑、百合、姜花、茉莉以及白兰。连着几个夏天,住家附近那棵白兰开花的时候,我经常流连树下,深深呼吸,直要将那令人迷醉的香充满胸肺、再在树下捡两个花苞才肯离去。就连花还未开,我都觉得它们的叶子亦有幽香暗暗,所以我路过时就摘一片,一路闻着回家——仿佛要汲取足够植物的清气清香,才能够抵挡周遭越来越污浊的空气。

后来搬离这个所在,与这棵毫不吝惜给我漫天花香的白兰告了别。又隔了几个夏天,偶尔路过,站在黄昏的树下,贪婪地呼吸着,不愿离开。周围的寻常人家还是寻常,丝毫未变,

就连铁丝架上挂着的衣裳,似乎还是那几件。记忆如潮水,随花香涌来。我以为我遗忘的,这一棵白兰树都替我记得呢。

今年夏天,在暌违十几年之后,再次进入当年随意散步、而今已被"圈养"的鼓浪屿观海园。一百多年前所建的毓德女学堂的清水红砖楼依旧,路边高大的白兰正是花期,落花满地，香气令人无从躲避。我想起许多关于这所厦门最早的女子学校的往事。想起曾经在这个荒疏的园子里散步的那些晨昏。这棵白兰是不是也听过当年那些在教会学校蒙恩、得以改变命运的女子们的笑声呢？

在江南、上海、福州、泉州都见到用白棉线串着卖的白兰。记得生活在泉州时，夏日里总从老阿婆的手中买几串，挂在车里，或者带回家中，置于床头，欣享馨香几缕。我还喜欢学上了年纪的人簪花，在马尾或者发髻上插一朵，感知发间那美好的幽香。那几年也经常去上海，一直记得某个雨后的黄昏，从友人工作的上海电视台大楼下走过，巷口阿婆那一竹篮白兰花；在车声人声喧哗的大都会里，静静地在角落守候什么。6月去香港，在热闹铜锣湾的街边，也看到一个阿婆在地上铺着一块小小的布，摆着一小包一小包的茉莉，一块小牌子写着："清香白兰花，4元1包，7元2包，10元3包。"而观光客的脚步匆匆，几乎没有人光顾她。

见过许多卖白兰茉莉的，却从未听闻过卖花声，读到周瘦鹃写"长街叫卖白兰花"是"一声声唤最圆匀"，他说"市声种种不一，而以卖花声最为动听"，但如今城市里市声稀微，卖花声恐怕更听不到了。

白兰花最盛时，有很霸道的香，铺天盖地的，我不免总在花气笼罩中想起十四五岁时的自己：休学，离开家乡，独自居住在省城部队大院一套三室两厅的大房子里。每日里读书，听广播，自言自语，非常孤独。最大的乐趣便是黄昏在部队的营地里散步，一路闻着白兰花香，在月光与星子的陪伴下，捡拾一些花瓣带回住所，夹进书页里。我给朋友写信，写自己要去看流岚看落日，写花香中隐约的思念与牵挂，写未来为什么这么遥远……那是年少叛逆的自我放逐，像张爱玲写她的童年一样，日子漫长得像永生，我总以为自己熬不过那些孤独的成长的日子。那个收信人如今远在大洋彼岸，一定不记得这些陈年旧事了吧。独独我这个不可救药的念旧的人，还能忆起那些有过花香的往事。

其实我记得的，都是些简单的事。在记忆深处那些云飞雪落的时刻里，我记得那些花香袭过的感动，那足以使我抵挡时移世易的感伤。正如旧日记里，少年时代喜欢的夐虹的诗里所写的，即使彼此失去消息，即使所有的都沉落如静静的海面，我也依然能够记得——比如我记得某一年夏天，在鼓浪屿笔山下的小路，有人曾爬上废弃老屋的墙头，摘下过一小捧洁白的白兰，放在我的掌心里……彼此分离后，我在炎热的异邦印度想到这个黄昏，便十分悲伤，然而也十分快乐。那些刹那间不需要被人懂得，只要存在着，或者存在过，就已经足够了。

所以，白兰是最隐秘的爱吧，不动声色地开了又落了。然而又在夏夜的晚风里肆意张扬，一不小心，那浓烈的香就泄露了一直守口如瓶的心事啊。

桐花 万里路

    暮春的一日，家附近小山闲走，居然在山间小道上看到了久违的桐花。

    "桐花万里路，连朝语不息。"关于"桐花"最著名的一句来自《子夜歌》，被胡兰成拿去讨好张爱玲，但此处的桐花说的是泡桐花，也是古人所指节气花里的"清明花"。诗词里写到的桐花几乎都是写的清明前后无叶先花的泡桐，"桐花万里丹山路，雏凤清于老凤声"，李义山表扬他十岁外甥韩偓的这一句，写的也是泡桐花。

    而我更喜爱的桐花，是台湾客家人形容为"五月飞雪"的油桐花。

    俯身捡拾起一朵，想起那些关于桐花的路途来。

    2012年5月，武夷山访茶。雨后潮湿的暮春，去武夷万里茶路起始的下梅。在村口，遇见一株巨大的油桐开花。在青灰的天色里，花朵挤满树冠，在天空硬生生张开一角白色的云。

不知道这棵油桐树在这里生长了多少年？很难形容那一刻被震撼的屏息。倘若你见过铺满一地的雪白油桐花，即使在雨后的污泥里，也无损那洁白清芬，你便懂得那一树花海的欲言又止。刹那间，天地清旷，在不知如何落脚的花朵满地里，肉身仿佛消失，好像可以追随一天一地的花儿，自此清清澈澈。四下村野的沉寂里又有着盛大到无处盛放的美意，令人无言，唯有静默于树下于花海中，以澄澈的初心相对。

五月，正是武夷山飘着茶香的日子。我想着，是不是久远以前的茶人在每一个茶季，都在这油桐花的注视和陪伴下开始万里茶路？而每一片茶叶，在享用它的沸水冲泡下，还原出来的山野香气里，也有桐花的那一份真纯？

2013年春天，去西安，过秦岭，走蜀道，中途转道去了四川犍为县石溪镇的嘉阳煤矿坐了一回工业时代的遗存——窄轨蒸汽小火车。

春刚启幕，但令许多人远道而来的油菜花已是尾声。荒寂而少人问津的深山里，被小火车上异乡人惊起的喧腾，很快就回复安宁。小火车"呜呜"地开在山里，在某一个山谷的有湖水的拐角，蒸汽遇上水汽，在丽日下演化出道道彩虹，引得异乡人惊呼，频按快门。小火车为了"讨好"他们，来回"演出"数次。我倒觉得此景无甚趣味，转头看见山谷中有几树正在开花的油桐，无人注视，自在开落，窄窄的铁轨上落花飘散，旋即被小火车压进泥土里，或者被风带进更深的山谷……

"关于某个人某处风景何时能遇见或者重逢并不能预见。几年前,嫁在比利时的罗传了张油菜花海里的蒸汽小火车给我,约我等她回成都时一起来。今天,我来到这个小镇,油菜花已谢,山谷里有桐花,在满头满身的黑煤灰中我突然想念她。又想起说过几次要去比利时找她也始终未成行。"站在油桐花树下,想起一个久不联系的朋友……

在一头一脸的煤灰里,周遭山川开阔美好,时光仿若凝固,在原始的荒凉里,文明的痕迹似乎照拂过这里,又渐渐把这里遗忘。

我想,遗忘也是一种成全吧。成全一些不被喧嚣打扰的美好。唯有山谷中那一树树桐花,一年年开,一年年落。那一点点不相干的声音,渐渐散去后,一切重归于荒疏清朗,山谷里的寂静它们独享。

"如何让你遇见我/在我最美丽的时刻/为这 我已在佛前求了五百年/求佛让我们结一段尘缘/佛于是把我化做一棵树/长在你必经的路旁/阳光下 慎重地开满了花/朵朵都是我前世的盼望"很多年以后,才知道席慕蓉这首写爱情的诗,原来是写一棵开花的油桐树。她说她从台湾南部坐高铁回台北,到了多山的苗栗一带,火车不断地穿山洞,从隧道出来,她突然眼前一亮,看到一棵笔直高大的油桐树,开满了白花,非常的灿烂。刹那间,火车又进了一个山洞。席慕蓉就想,这油桐树这么美丽,又这么寂寞,它一定也期盼有人能够遇见它。

后来，看到油桐树的时候，总会想起一棵树的爱情。

据说越贫瘠的土地，油桐花开越美丽。它回赠土地的，原来是如此不能忽视的隆重。

它的隆重，也是一场季节的告别。桐花落尽新篁起。脚下枯萎竹叶中，掉落的桐花沾着雨水，是春还是秋令人恍惚。抬眼看到竹枝上新绿浓郁，夏日已近。

又是一年。

关于**含笑**的永恒

从春日开放至夏季全盛，含笑与白兰花、栀子花在我看来，是春夏间最美妙的气息。

尤其是春末黄昏或者夏夜散步，倘若能逢得这几种开花的植物，那香味在不知何处隐约散发，暗中追随，这平实寻常的日子不由得多出几分喜悦来。我时常要摘几朵花儿，放到衣服的口袋中，或别一朵到马尾辫上，最后带回家中，让花香陪伴我久一些，再久一些——我是一个多么贪心的赏花人呐。含笑的香很难遮掩，我偷摘了花，浓郁的香就是证据了，"只有此花偷不得，无人知处自然香"，杨万里便是这么写含笑。

至为怀念的是某年春天去漳州的平和，夜宿三坪寺。那个春夜，整个山间雾气笼罩，空无一人，静寂无边亦无形。我和好友离开房间，去香客散尽后的寺院里散步。含笑的芬芳一路入心入肺，如漫天席地的春雾，重重包围住我们，让一场夜间漫步迷醉在甜蜜中。隔日清晨，早餐后又被含笑的香气引诱，

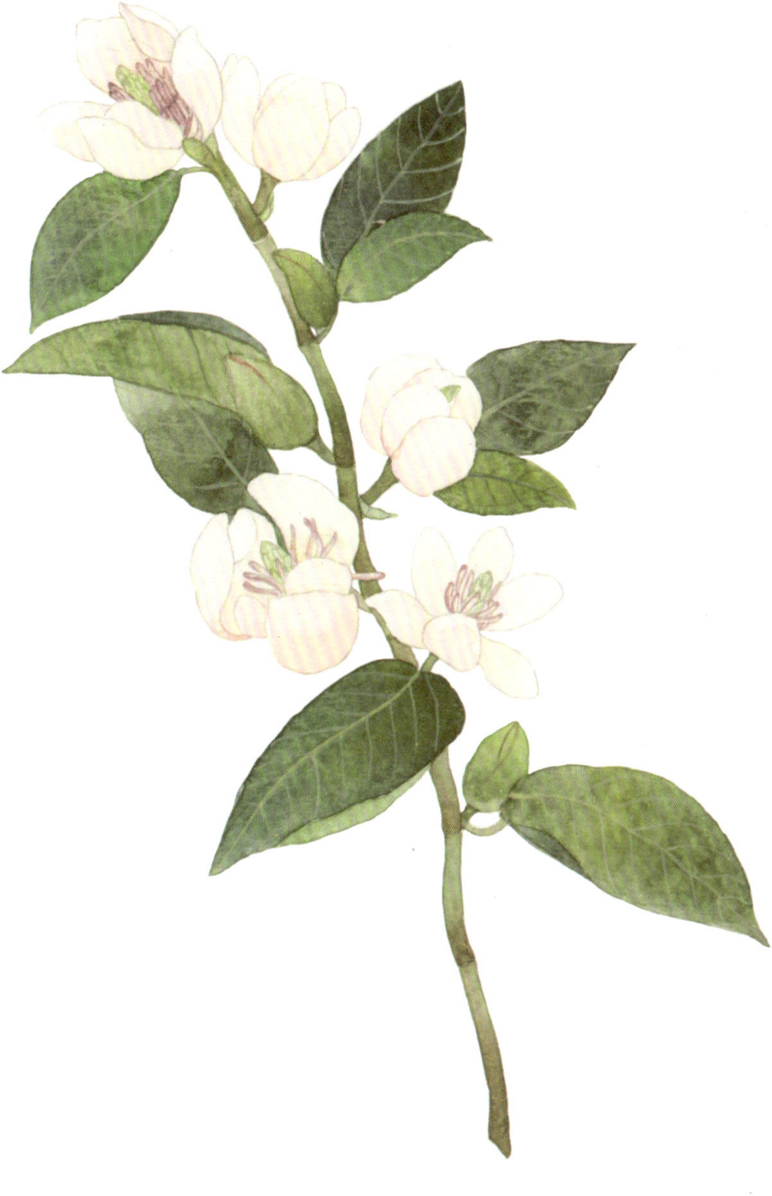

不由自主寻芳而去，在山庄后边的院子里找到一树树怒放的含笑，只见它们的绿叶被晨雾洗得发亮，花朵恬恬淡淡地开着，自如随意。在那样的时刻，在群山的背景下，一花一天堂的刹那永恒并非童话。

曾有过一个愁肠百结的春天，整整一个月的雨季过后，难得阳光灿烂的那日，从海边归来，在最喜欢的日暮光线中走过住家附近的林荫小道。含笑幽香入鼻，花瓣四落。想想这仍然是静好悠长的岁月吧，人生就这样慢慢走到头好了。当春天再来，我的确已经一无所求。也是在那样的时刻，明白人生虽然不是童话，但拥有过或许已经是永恒。

还有一个春天，一路从贵州走到云南，最后几天停留在安宁的边陲古城建水。一个随意散步的夜晚，在比古城还古老的指林寺里，也遇见了正在开花的含笑。这间寺院已经被侵占，大殿做了他途，偏殿是旅馆。一如人类对自然物种的赶尽杀绝，愚昧的破坏同样令人痛恨。我们人类和花草植物一样，在大地上栖居，人类习惯占有和侵犯，而植物则安然地记本和守根，这不免令我思索二者的境界之高下。

含笑是闽广原生的植物，宋代福建罗源的学者陈善写过，含笑是北地所没有的南方花木。"南方花木之美者，莫若含笑。绿叶素容，其香郁然"，同是福建人的李纲的《含笑花赋》既描摹了含笑"破颜一笑，掩乎群芳"的美态，也记载了宋高宗时期宫中将含笑北移到杭州的历史，"是花也，方蒙恩而入幸，价重一时。"李纲怕是对含笑偏爱有加,写得如是仔细,"花生叶腋,花瓣六枚,肉质边缘有红晕或紫晕,有香蕉气味。花常若菡萏之未放者,即不全开而又下垂,凭雕栏而凝采,度芝阁而飘香……"

我的确有在杭州遇见含笑的美好回忆。有几个春天都远上龙井访茶,和老茶人已成忘年朋友,在他家随意吃吃喝喝,对着山色,看眼前玻璃杯的明前龙井,茶之汤色碧绿清透,绿叶在杯中起舞落下,旗枪浮沉不稳,那是杯里滋味清爽的美好春天。老茶人炒完茶,带我去他家后山看茶树。他家的后门出去,小路幽静,那是别人打扰不到的桃花源。

他教我认完几个品种的茶树,指着含苞的含笑说:"我们叫'香蕉花',开起来是香蕉的味道。"他捡起一朵落花,含笑的花瓣在他的手掌间。那是知道草木密码的一双手,保留和渡化了茶叶的香气,让人真正得以在舌尖品知"人在草木间"的珍贵。这也是一种永恒。

2014年的春天,时常在午后穿过铁路公园长长的旧铁轨,去我沙坡尾避风坞里的小茶室"一茶"。铁路公园的尽头有一棵很大的含笑。从早春开始,那一树茂密的花蕊就令我期待它们的盛放。初夏来临,我经常随手在树下捡拾几朵落花,带到茶室,暗香盈盈,陪我一个宁静的下午。有这样被记住的日常:前夜不知是哪位茶客留了含笑的花瓣于茶桌上,雾蒙蒙的雨天,避风坞里只有雨声喧哗,烤茶,让湿漉漉的天气里有干燥的茶香可闻。清茶一盏，便可消磨这春雨天里的一个下午。我便开始不那么讨厌雨天了，这样的天气，倒是希望有老友来访，喝茶叙旧。

一茶一席，一人一花，偶尔有客人或者朋友到访，大多时候是独自的静寂。等窗外夕阳斜下，避风坞里水波悠悠，好看的光影与好闻的花香茶香，那些时刻，也是永远。就像"一茶"得名的由来是小林一茶的俳句——

露水的世啊，

虽然是露水的世，

虽然是如此。

但谁说露水不可以是永恒、花开不可以是永恒呢？

前几日的黄昏时分在广场，闻到很强烈的香。原来是旁边有株小小的含笑。找了半天，浓密的绿叶间只有一个花骨朵，竟然也这么香气浓郁。花香荡涤烦恼，总有一些植物的气息使得人心眼明亮，觉得生活丰盈事事可喜。这真是我琐碎育儿生涯里某一个时刻的恩典。

也许，可以感激的、可以被长久记住的，正是这些时刻。那些生命里无关紧要的时刻，那些属于我自己的永恒。

秋之 **彼岸花**

"秋风门前过，石蒜花开一点红。"

日本园艺家柳宗民则写："秋风起时，田间小路与河边土堤上的彼岸花就红了。"

秋分过后几日，从漳州平和的三平寺下山，在水边见到红花石蒜盛开，红色的花茎随风摇曳。一丛丛，一茎茎，恍如一个突如其来的提醒，惊艳亦惊心。柳宗民却觉得彼岸花曲线曼妙，奇特美艳，"让人不得不赞叹造物的神奇"。

周遭山野静穆无声。只有这些红艳艳的花儿，在日光下招摇。我突然想起一个已经离世的故人。或者是怀缅的心互有感应，当年曾一起经历该桩生死事件的友人，发来短信说正读我那一年的点滴记录，读到生死交接处落泪。我从眼前艳丽至不似人间草木的花朵中，抬头望青山碧空，想起彼时在藏区雪山脚下火化故人的情景，想起他火光中的脸容，始觉过往种种在空寂之余，也当有清明洞见。

红花石蒜，佛家称之为"曼珠沙华"或"往生花"，亦是花叶永不相见的"彼岸花"之一种。传说此花开于黄泉路上，是冥界忘川彼岸的接引之花。红艳的花怒放一路，如火照般触目。走过这条炽烈花路，喝下孟婆汤，前世种种皆成彼岸的虚妄。这种情境意象，曾被香港电影《刺青》所具化，电影讲述的是两个女子之间的情感纠葛，"无法遗忘的记忆，是对命运的诅咒。"

秋天山林里这种红花并不鲜见。《本草纲目》有记载："石蒜处处下湿地有之，古谓之乌蒜，俗谓之老鸦蒜、一枝箭是也。春初生叶如蒜秧及山慈姑，叶背有剑脊，四散布地，七月苗枯，乃于平地抽出一茎如箭杆，长尺许，茎端开花四五朵，六出，红色，如山丹花状而瓣长，黄蕊长须，其根状如蒜，皮色赤紫，肉白色，此有小毒，而救荒本草言其可煠熟水浸过食，盖为救荒尔。"有毒，亦可救荒充饥，还可入药，红花石蒜真是耐人寻味的花。并且它们是自花授粉植物，从不结果，只依靠地下的球根繁殖，分裂出幼苗。正因如此，红花石蒜总是一丛丛聚集，并不孤单，繁茂得很。

在日本山野亦是四处可见的红花石蒜，柳宗民说"中国才是它的故乡"。据考证，有说人为带来的，也有说是花的球根顺着洋流从中国沿岸漂到了对岸的九州岛海滨，生根，蔓延。日本人把秋分及其前后三天称为"秋彼岸"，这是日本人上坟的时间之一，而红花石蒜就在此时准时开放，仿佛也是对逝去生命的祭奠。因为总长在墓地中，红花石蒜还有并不吉利的名字如"葬式花"。日本诗人斋藤茂吉写这个时节的曼珠沙华最美，而"日光寂静得仿若可以渗入地表"。在寂静的日光之下，这一点点的红于秋风中挺立，总令人想起关于前世今生、关于此岸彼岸的一些事情来……

彼岸花开繁盛，花开后长出绿叶，春季枯萎，待到秋来，地下的球根再冒出花茎，花朵开放。如此春秋轮回，花叶从不相见。这样的特性，似乎蕴含并不吉祥之意。就像杜甫的诗，"人生不相见，动如参与商"，人与人之间如永无法交汇的星辰，永不能相见的花叶，是命定的悲欢离合，你还要在无法更改的命运里冀望求得几分怜悯么？

只是，彼岸到底在哪里？彼岸是安谧清宁的所在，是彻底逃离生而为人的解脱，还是依然要经历轮回再来人世历经磨折？我们每个人不都走在去向彼岸的路上？既然这一世风景人事最终都要化为虚无，为何还要领受生、老、病、死、怨憎会、爱别离、求不得的苦？

又或者，得不到解答也是一苦吧。既无答案，那便只有希望人世一途如诗句里的秋风花开一样静好安宁了。秋分前后，倘若你在山野里遇见彼岸花，静赏便好，请勿攀折——

你或可以听听它悄悄的，低声的叹息。

归来还看 山茶花

  山茶花的艳容是到这几年才能欣赏的。我最初对山茶有不敢亲近之感,红的太富丽,白的太贞洁。陌上赏花,无情方能无忧,赏花这件静心且风雅的事情,到底是和年岁相关的。

  山茶花色繁多,它自隋唐就开始园艺栽培,传入日本后其中一种被称为"椿",这种整朵凋落的山茶花最为日本武士厌弃,因为像被砍掉了脑袋。山茶也曾是英国上流社会追捧的名贵花木,据说可可·香奈儿最爱的情人亚瑟·鲍依·卡柏送她的第一束花就是山茶花,她也因此让这朵花在香奈尔的世界里几乎无所不在。

  少时读金庸的武侠小说,读到《天龙八部》里的王夫人因爱生恨,却又终生割舍不下,只得把思念投注于花草,她所造的"曼陀山庄"便是纪念的蔓延,她因此爱花成痴,四处搜罗山茶花的品种,将来自山茶花故乡——大理南诏国的段誉羁押为花匠,为她种花。"曼陀"是山茶的别名。云南所产的滇山

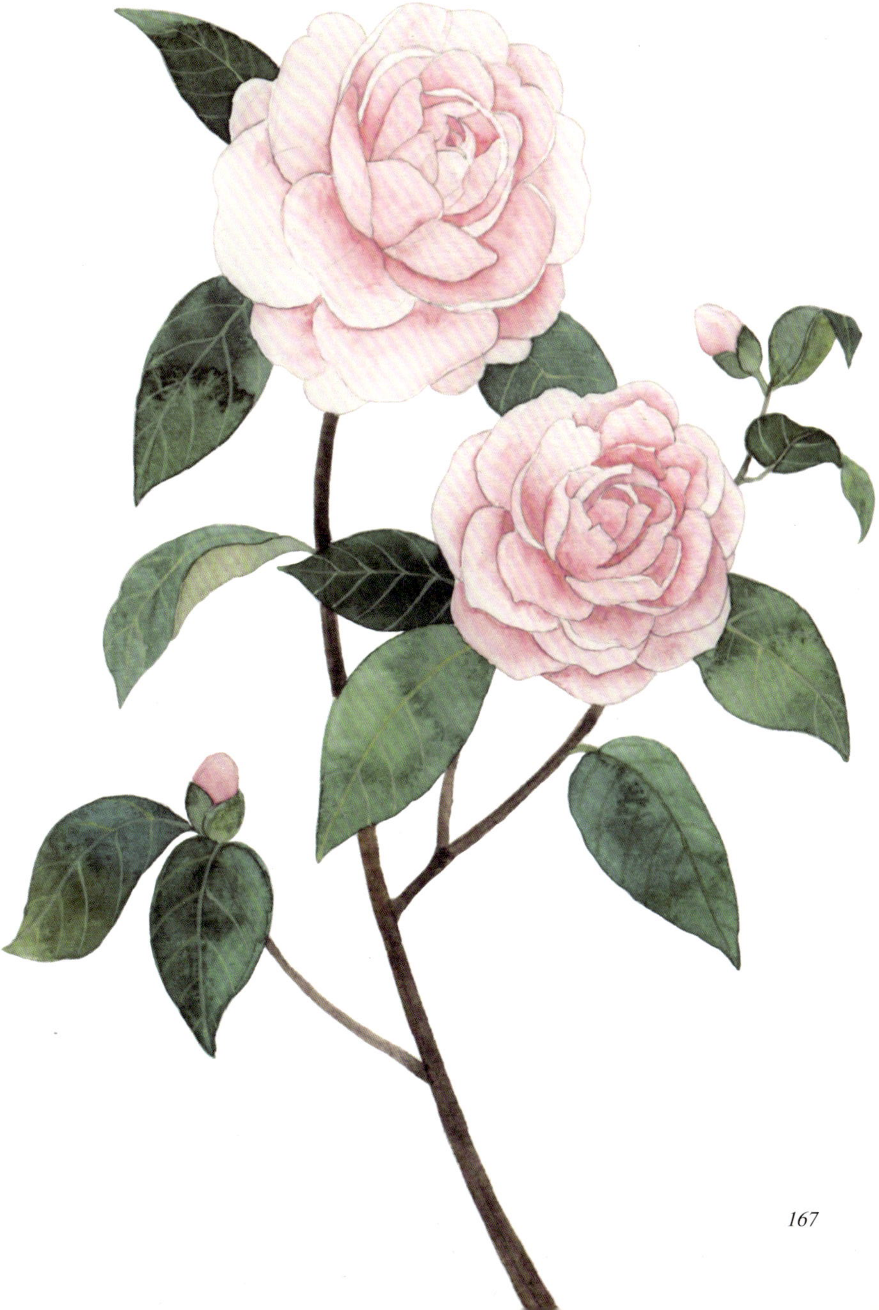

茶早有盛名。有一年初夏，我旅行到大理，总见白族人家檐前屋后有山茶花的踪迹。大理古城的城墙下，有一个小小的花市，卖许多山茶花的品种，什么"朱砂紫袍""童子面""恨天高""玉带紫袍"……叫我眼花缭乱，大开眼界。和卖花人攀谈，他们都很热情地回答我的问题。闲散的古城时光，与花草为伍的他们是真正的生活家吧。在该刹那，我萌生出在此养老的心思，渴望有一个种满山茶花的院子，日子恬淡，而岁月长长。

说起有山茶花的院子，还有鼓浪屿上的番婆楼。有好几个年头了吧，在好朋友 Air 夫妇的"花时间"咖啡馆，一杯清茶或者咖啡在手，坐在宽大的回廊里，对着院子里、戏台前那一株几十岁的山茶花，便觉得冬日将尽，春天将至。倘若是有月亮的晚上，对着这样一树繁盛的花，恍惚间会不知此身何处，唯有月色清亮，照见内心。可惜的是，番婆楼后来易主，据说被翻修得不成样子。所幸老山茶被移植到了隔邻的钻石楼，延续它的花开。今年冬天山茶花开的时候，我一直惦记着要去瞧瞧这个"老友"，却一直未能如愿，钻石楼的主人告诉我，今年花开得并不热闹。是因为易地的缘故么？花草和人一样，一旦迁徙，也是需要适应的时间和过程的吧？

鼓浪屿的升旗山上，还有一座令人惊叹的庭院，名"榕谷"，是 20 世纪 20 年代的菲律宾木材大王李清泉所建赠予妻子的别墅。从门楼进入庭园前，两株百年的白山茶根枝遒劲，已围合成一道小门，白花盛开，落在卵石拼砌的小径上，落在"1927"

的图案上。当年的主人后来还是继续居留海外，别墅已经易主，唯有这百年山茶不知人事已改，依然盛放如昔。

公婆家住福州乡间，院子外有一棵山茶，冬末春初开得艳丽夺目。我记得婚前第一次去见他们，公公见我喜欢花草，在山茶前站立良久，就说"你挖走带回到厦门种吧。"公公不善言辞，对我的喜欢表达得真诚而朴实，我却连忙拒绝了。这棵山茶扎根肥沃的大地，在乡间即使无人看管，也生长得如此茁壮健康，而我城市窄小阳台的逼仄花盆哪里比得上？我也曾养过两株山茶，悉心照料，花开总不能如此硕大美艳，甚至因为我有时候远行，它被托管的人枯死或者淹死了，我也从此再没了种山茶的心思。

自己不种了，遇到时却移不开目光。还记得某个暮春的下午，独自在泉州的承天寺安静无人的后院看花，像从前居住在此城的一些日子一样。山茶花开一树又一树，却是寂寞春深。红的如此之艳，仿佛是彼岸花，这么远，那么近，总也有距离。有一朵白色的，依着尚未开花就已经枯萎的花骨朵。白雪却嫌春色晚，看到这一树白花，我突然想起三岛由纪夫的《春雪》，那优雅的犯禁和亵渎的快乐。

我父亲是个很好的业余花匠，他的山茶也种得好。每年冬春，家里客厅总有开不败的红山茶。但后来他渐渐把家中屋顶花园变成了务实的菜园，我可看的花少了许多，只好去别处看。2009年的冬天，我自某项工作辞职，行游西北一个月后尚无计划，整个冬天长住在家乡小城。萧索的冬日，独自去登山。山顶高处，有山茶盛放，即使大红花开，但在阴冷冬日里，山茶的明媚也覆上了灰暗。我放下背包，与这棵山茶对望良久。花心里有小蜜蜂，我捡拾一朵，吸吮花蜜。一旁的佛龛冷清，不知道是谁来点过一把红香，香灰零落，还有一地燃放后的鞭炮碎屑。我在冰冷的石头坐下，看着对面的佛像。想着世人所求，总不愿少，而人一生所得，不会再多。

阴翳冬日，山岭重叠，草儿枯萎，树叶尽落，石头小道弯曲狭长，自己走上半日，也不害怕和寂寞。风声过耳，群山应和。蒙蒙细雨，湿冷空气里能闻见春之消息。站在山顶，天空透亮时，能望见浙江的小村落。我觉得这一生真是漫长啊。这是我人生某一时刻的心境，山茶的开解我倒是没有淡忘。

唐宋八大家之一的曾巩写有咏叹山茶的诗句："山茶花开春未归，春归正是花盛时。苍然老树皆谁种，照耀万朵红香围。"春来花正盛，春去花仍开，绕过人生几道弯，归来还要看取山茶的一朵明艳，用以照耀那些不太明亮的时刻吧。

第一个微笑的报春花

　　小寒一过，便进入一年最冷的三九严寒时节。即使身在气温很难低至零下的闽南，也不免时时感受到阴冷之意。这一日，到花市带了一盆花开紫边的报春花回家。从前读张爱玲的这一段："在天光下过街，像捧着一盆常见的不知名的西洋盆栽，小粉红花，斑斑点点暗红苔绿相间的锯齿边大尖叶子，朱翠离披，

171

不过这花不香，没有热乎乎的苋菜香。"不知为什么，我总觉得张爱玲所说的不知名的西洋盆栽，指的便是报春花。

给19世纪法国著名的插画家、漫画家J·J·格兰维尔所绘的《花样女人》配文的阿方斯·卡尔，是一名小说家、记者和园艺爱好者，他说爱花有三种方式：一种是生物学家的爱好，他们把花压扁、干燥，埋入他们称为标本集的坟墓里，最后用一种谁也看不懂的文字起个怪名，写上墓志铭——说明。一种是收藏家的爱好，他们只关心稀有品种，收藏不是为了观赏和嗅闻，而是向人炫耀，他们爱的是其他人看不到的花。第三种是普通人的爱好，"他们在二月的早晨，蓦然发现草丛中开的第一朵报春花，欣喜万分，把它看作是春天的第一个微笑。他们爱花只因为它是花，有美丽的颜色与幽雅的香味，以及人们为花付出的辛苦。"

如果好好照顾，及时清理掉开败的花枝，报春花陆陆续续能开花到4月，果真有越冬报春之意。报春花品种多多，有原生中国的，也有西洋来的。我买回的这一小盆是西洋报春，常被种植于花圃，以及培育成迷你盆栽，可放至案头欣赏。

报春花的颜色很多，红、白、蓝、紫、黄等等颜色皆有，又还有花为一种颜色，花心为另一种颜色。这样看起来小小的一株花，也有缤纷热闹的样子，很应年节的气氛。

我喜欢报春花的另一个别名"年景花"，让报春花在窗台待着，似乎能觉察出时间流逝，感觉年关迫近。这些年来我都不喜年节，总觉肃杀焦虑。像张爱玲写的："时间加速，越来越快，繁弦急管转入急管哀弦，急景凋年倒已经遥遥在望。"

"岁峥嵘而愁暮，心惆怅而哀离"，这似乎是一年走到头，总会浮现上心头的几分惆怅，它与年少孩童盼望春节的欢乐相去甚远，大概也是流年逝去人老矣的感叹。不过再怎么感叹，人到中年，这就是张爱玲所说的"一连串的蒙太奇，下接淡出"了。我看着花开得精神着的报春花，想想还是要像南朝鲍照所写的诗一样，但愿可以"安得草木心，不怨寒暑移"，欣然转度四时吧。报春花倒不是想规劝我什么，它只开它的花。

据说蜀地过正月，家中玄关需要装饰报春花和水仙花，今年我也把一盆报春花放在玄关上，得闲收拾家里，给沙发靠垫换新买的大红大绿，将另一只单人沙发的"白衣服"换成蓝色的。阳光特别好，一杯咖啡，一本书，就过了一个下午。过去的一年对于我，实在是从混沌无依走向清朗平实的转折。像手中这本书的最后写的：我这个水命而始终动荡的人，曾遇过高山峡谷，也以为有自己的江河湖海，最终在一个温柔的转弯中愿意被打磨，顺命运之流而下。

天气开始转暖，虽然我还抱着两个热水袋度过长夜。"立春日是去年四时之终卒，今年之始也。"我想我领会到玄关上春天的第一个微笑了。

络石 绿山墙上的

有一些花朵，是在某一个瞬间如箭般击中你的。自此，它就一直开放在内心隐秘的所在，如人生里一些不能言说的秘密，只有你自己才懂得那潜藏的甜蜜与忧伤。

络石便这样给过我惊心的初记。那是初夏时节在泉州，和一起工作的摄影师从府文庙走到涂门街，再去向新门街街尾的泉州古城门之一——临漳门。按清顺治年间的规制重建的城楼，七间双层单檐歇山屋顶，木石结构，有曲线优美的燕尾脊，微翘的龙须尾，雕刻细腻的山墙草花，韵味古老。而城楼下那一面绿山墙啊，白花累累如星，覆盖着城墙的青灰砖石，这古城的千年意象竟然穿越时空，具象为眼前这高远的天空与城楼、花墙和草地。盛唐宋元的余音缭绕如风过耳。一旁木棉凋谢，落了一地，三色堇也开得五彩缤纷。

我去闻络石的芳香气味，看它们攀缘墙垣之下，气根如须发，顽皮而有生机。白色的花瓣五裂，旋出"卐"的形

状——所以络石又有别名"万字花""万字茉莉",似是吉祥而慈悲的梵文,"其光晃昱,有千百色"。与花朵对望良久,觉得花心里犹

如有一只眼睛,它洞悉一切,明白所有流失的终将以另一种方式回来,比如刺桐城的千年风华在沧海桑田后,仍然可以被寻访者所遇见和惦念。

络石是那样平易的常绿植物,好养易长,甚至是落地便生根,因此最经常在公园、花圃以及野地里看见,倘若无人修剪,就蓬发成一道绿墙,终年不萎。它四五月开花,一直开到十一二月。这样寻常可见的络石却是一味常用的中药,《本草纲目》有记录:"络石,气味平和,其功主筋骨关节风热痈肿,变白耐老,即医家鲜知用者,岂以其近贱而忽之耶。"连李时珍也说络石因贱而被医家忽略。而清人所著的《要药分剂》里则写:"络石之功,专于舒筋活络。凡病人筋脉拘挛,不易伸屈者,服之无不获效,不可忽之也。"我想,这对于筋骨关节大有疗效的平凡植物,是要在最不被注意的地方显示出自己的存在么?

络石的美无疑是朴素的,但又是耐琢磨的,看多了太艳丽的花,它素衣素容,清雅得很。我喜欢它的安静,犹如喜欢一座古城的安静,一个故交的沉默。"万言万当,不如一默",它躲开喧嚣,留住自己的青山野地,只为了它自己的认真与旺盛。

其后的某一日,在雨后的新加坡植物园,又重逢开花的络石。我不由想起泉州古城门下的一墙白花。"却顾所来径,苍茫横翠微",李白的诗句随雨声而来,我再次嗅闻花香,而长歌可待,白花沾衣,络石张开"眼睛",依然保有沉默的懂得。

萱草

赠你忘忧，且以疗愁

夏日已至，花市已经可以见到野百合的踪影。可惜，与它同科的萱草从未得见。大概这种野趣也须去山野寻觅。闽南乡间的山涧溪谷里，夏日也有盛开的萱草，一大丛一大丛开着，

177

金灿灿的，在盛夏深绿的山谷里耀目得很。

少女时代居住在山间小城，初识愁滋味的那两年，不开心时一个人爱去的近郊山谷里，萱草遍地开花。离开家乡后，有一次便梦见自己站在盛开着野百合和萱草的山谷中。梦里，我溯溪而上，眼前水草丰美，瀑布下雨后彩虹横斜，我尚年少无忧，全然不知日后人生要经历诸多跌宕起落。

萱草之一种名"黄花菜"，可食用，它开花的颜色淡黄，花色要比橙色的观赏萱草浅。这种萱草在我的家乡则被叫作"金针"，晒干了之后拿来熬排骨汤，清淡美味。但干了之后的金针也没有了香气。所以我最喜欢夏天的时候，母亲拿新鲜的金针炒着吃，或者与鸡蛋一起打汤喝，那种鲜香十分开胃。每当夏季，小城街边会见到乡下妇人摆小小摊子，在放野菜药草的簸箕间，便有这样一小把一小把金针，拿红绳子绑得整整齐齐。离开小城后，再也没有吃过那样新鲜的花了。

不过金针鲜花虽好吃，但因为含有毒的秋水仙碱，所以食用之前得经沸水漂洗，洗去生物碱，方可放心食用。记得2013年夏天在北京，某一日超市里居然得见袋装的新鲜金针，来自京郊的蔬菜基地，我激动地买了一袋，晚餐拿来烧了鸡蛋汤。喝一口，仍是记忆中的味道，那一刻满足的不止是味蕾。

嵇康的《养生论》里有，"合欢蠲忿，萱草忘忧"是很美的句子——所以我把少女时代那个属于我的山谷叫作"忘忧谷"。据说萱草最早的时候是叫"谖草"，而"谖"是"忘"的意思，"食之令人好欢乐,忘忧思,故曰忘忧草。"这个意思多好。多年前,偶入鼓浪屿已经故去的陈寅恪的助手黄萱家,她的女儿种了一院子的萱草来怀念母亲,不知这与她母亲同名的花,能够令怀念忘忧么?不过最早记载萱草的《诗经》写到"焉得谖草,言树之背",而"北堂幽暗,可以种萱",这是古时要远游之人在北堂种上萱草,以减轻母亲对天涯游子的思念。

陶渊明有饮酒诗云:"泛此忘忧物,远我遗世情。"若能如嵇康说的"修性以保神,安心以全身,爱憎不栖于情,忧喜不留于意",也就能"泊然无感,而体气和平"吧。那是山野里自生自灭自开自落的百合与萱草,人在尘世,要做到这样淡泊谈何容易。

2012年的盛夏,造访太姥山。某一日清晨,看完山顶的日出后,去山间寺庙的路上,在寺里禅师的高山菜园边上,看到了一朵正在打开花瓣的萱草。在清晨柔和的金色阳光下,它的确使人忘忧。

萱草还有一个名字叫"疗愁",这个名字当真有诗意。出生在厦门同安的宋人苏颂在《图经本草》里也写过萱草"利胸膈,安五脏,令人好欢乐,无忧,轻身明目。"今日母亲节,写到这个中国的母亲花,想着该给最近奔波操劳的母亲打个电话,互报平安,互致问候,权当至亲不能相聚只能遥望的疗愁吧。

不管如何,能看见萱草开花的那些时刻,也是一朝风日好,可拥有片刻忘忧了。

迷幻之花 曼陀罗

  起初是在草木典籍中识得曼陀罗花，李时珍在《本草纲目》里写："《法华经》言，佛说法时，天雨曼陀罗花。又道家北斗有陀罗星使者，手执此花，故后人因以名花。曼陀罗，梵言杂色也。茄乃因叶形尔。姚伯声《花品》呼为恶客。"这一段读来令人心惊："相传此花，笑采酿酒饮，令人笑；舞采酿酒饮，令人舞。余尝试之，饮须半酣，更令一人或笑或舞引之，乃验也。八月采此花，七月采火麻子花，阴干，等分为末。热酒调服三钱，少顷昏昏如醉。割疮灸火，宜先服此，则不觉苦也。"

  曼陀罗全株有毒，李时珍冒险尝过曼陀罗花，才验证了它的致幻性。据说名医华佗的"麻沸散"的主要成分便是曼陀罗花。来自后汉书的记载，华佗治病，"若疾发于内，针药所不及者，乃令先以酒服麻沸散，既醉无所觉，因割破腹背，抽割积聚。"

  我喜欢的作家钟鸣写过曼陀罗，"曼陀罗突然神秘地窜出地面，开花最多的地方是绞刑台周围。据传，这种植物以吸取死人滴下的油脂而生长。因此,在霍桑的《红字》第一章里,监狱那幢丑陋的大厦前出现了曼陀罗是不奇怪的,绞刑台就在附近。"

不过呢,钟鸣怕是记错了,霍桑写的是野玫瑰。只是在西方,关于曼陀罗的传说也非常之多:能做春药,叶子的气味能使人

丧失说话的能力，曼陀罗被拔出时会尖叫，那是使人发狂的声音……钟鸣写到："在佛经中，曼陀罗花是适意的意思，就是说，见到它的人都会感到愉悦，它包含着洞察幽冥，超然觉悟，幻化无穷的精神，具有这种精神的人，就可以成为曼陀罗仙。作为密宗的神秘图案，曼陀罗显示出了它的复杂性，心理学家荣格看出了其中的奥妙，说它像数学公式符号似的，代表着一种精神秩序。"

文字意象诡谲的钟鸣，大概是十分着迷于曼陀罗这种迷幻的植物吧？他说："曼陀罗像宫廷里的那些摘官嫔风影事一样扑朔迷离。"

香港作家亦舒写有故事，便名《曼陀罗》。她说女人就是一朵曼陀罗，美丽清香却暗含毒素，只要吸上几口，人就会被迷惑，产生幻觉。她的意思其实是爱情如曼陀罗，美且有毒，但却有人沉迷不醒。就像曼陀罗花服下后"昏不知痛，亦不伤人"，可使人笑使人舞，可是金庸笔下的绝情花呢？我好奇归好奇，却也没有胆量尝试啊。

所以第一次在朋友的院子里见到曼陀罗，他便警告我，莫要触碰。我倒是没有产生幻觉。心想人也是奇怪，明知有毒，为何还要养在眼前？但第一次见到的曼陀罗确是美的，并不像鲁迅所写的"花极细小，惨白可怜"。还有一树繁花在我从前时常去上瑜伽课的公园教室外，于落地窗前垂下累累金黄色花儿。晨课经常只有我这么一个游手好闲的人去上，老师和我两个人在阳光与微风中冥想，花香鸟语相伴，愉悦得很，并未觉得窗外有"恶客"。

后来才知道曼陀罗在佛教中的寓意，还译为"坛城"。这种西天极乐世界里芬芳美丽的花儿，是否真如经文上所说，"曼陀罗华者，此云适意，见者心悦故"？但我在印度菩提伽耶佛祖悟道的菩提树下，见到一名藏传佛教的僧人，静静坐在一角，摆起小小坛城，敬拜他的十方神佛。我在转佛塔途中停下来，看了良久。他朝我微微笑。黄昏的天边云彩灿烂，周遭梵呗吟唱，一切美好安宁聚集。在那一瞬间，我触摸到一点点极乐世界的边缘，也觉得心中适意开怀，也理解了曼陀罗花"悦意"和"醉心"的别称。

读比尔·波特的丝绸之路游记，写到在新石器时代，"丝绸之路沿线的游牧部落把大麻带到印度次大陆，并最终传到非洲。作为回报，印度人给中国人回赠了一种致幻植物——曼陀罗，这是一种剧毒的茄科植物，现在的临夏地区还可见遍地生长的曼陀罗"。原来曼陀罗来自佛教的故乡。

李时珍写曼陀罗"春生夏长，独茎其上，高四五尺，生不旁引，绿茎碧叶，叶如茄叶。八月开白花，凡六瓣，状如牵牛而大"，他所见大概都是草本，我所见的曼陀罗都已成树。开时密匝匝的花，站在树下，有喘不过气的被笼罩感，也似一座小城。我不只见过开白花的，还有黄色的，粉色的——记得在昆明翠湖边闲晃，看到石屏会馆边上那一棵曼陀罗便是花开粉红。

曼陀罗花也曾给我留下颇有恐惧意味的回忆：某个夏季，在鼓浪屿的笔架山半山，看到一棵开残的曼陀罗。下山后，在巷子深处看到一家彼岸花旅馆，招牌的颜色十分瘆人。朋友说了一晚上的鬼故事。一个说自己在土耳其住的洞穴酒店，像把自己送进石棺。一个说以前去英国被警告说如果房间里的圣经被打开，可千万不能住……

但印象最深的曼陀罗花是在永春东关镇，一个废弃的、20世纪50年代所建的华侨农场。去访茶，从高速公路下到闽南的山野里，进入到一个满是红砖条石建筑的所在。场区人去楼空，花草动物当家。已经七十岁的老茶人老黄，在这里事茶已经五十二年，他希望能够复兴茶厂。在初冬近午的阳光下，看着老黄走在空空厂区里的背影，他还活在过去的幻觉里吗？

旧茶厂的门口，几株曼陀罗开得惊人，垂坠满树，看起来美极了。那一瞬间，我竟然也有几分虚幻的感觉。茶厂不远处有始建于宋绍兴十五年的、闽南唯一最古老的长廊屋盖梁式桥——东关桥，而这里是当年永春、德化、大田通往泉州的必经之道，山清水秀，物产丰饶，交通便利，这大概是当年政府选择此地安置侨民的原因之一。

前两年台风，不远处的廊桥被冲毁。不久后，老黄去世了，留了仓库里那些其实已经受潮变味的老茶。但我还一直记得那几树让人眩晕的曼陀罗花。

合欢

一别两宽才

偶在植物园的一角看到还开有几朵花儿的合欢树，似是听到了夏天的尾声。一个盛大喧腾的季节要结束了。

厦门的鹭江道有一家名为"合欢"的旅馆，开在民国时期的老建筑里，大概开了许多年，我每每路过看见这个招牌，不知为何总有旖旎的联想，想起李渔建议把合欢种在内室，树合则人合，若以男女同浴之水浇灌，则合欢开放愈加鲜妍。杜甫有诗云："合昏尚知时，鸳鸯不独宿。"旅馆主人把这么香艳欢好的名字用作旅馆之名，可真是懂得取名之道啊。

鼓浪屿上的华侨植物引种园里有两棵加勒比合欢，是国内首次确认的加勒比合欢的活体植物，它曾被误认为是大果红心木。这两棵加勒比合欢自20世纪60年代初被引种而来，经历过多次的强台风，如今是鼓浪屿上最高的树。花开时节，远远便可看到它们红艳艳的树冠——加勒比合欢的花是大红而非粉红，更像是朱樱的花。

合欢因其叶片于夜间叠合而得名，又名"夜合花"，还有别名"爱情树"，传说与舜和娥皇女英的爱情故事相关，而含羞草科的合欢树叶昼开夜合，彼此亲爱，便被用来借喻忠贞不渝的爱情。

不过多情的人从合欢花开里想到的却是离分，纳兰性德便有这样的词句："愁怅彩云飞，碧落知何许？不见合欢花，空倚相思树。总是别时情，那得分明语。判得最长宵，数尽厌厌雨。"曾风靡一时的电视剧《甄嬛传》里，合欢便是多情不二的果郡王最喜爱的花儿，"任他明月能想照，敛尽芳心不向人"，只可惜情深不寿，自伤亦伤人。

所以我最喜欢清代园艺学家陈淏子在《花镜》中所作的解读："合欢，树似梧桐，枝甚柔弱。叶类槐荚，细而繁。每夜，枝必互相交结，来朝一遇风吹，即自解散，了不牵缀，故称夜合，又名合昏。"这好似前些时日流传的唐朝的离婚协议书："既以二心不同，难归一意，快会及诸亲，各还本道。……解怨释结，更莫相憎。一别两宽，各生欢喜。"此生此日不长好，须得抓紧爱恋的光阴啊，要知道合欢只开一季，像爱情最难忘怀的甜蜜痛苦一样，都不会长久过一生吧？既然已经全力爱过，分开的时候也莫要怨怼，合则欢，不合则宽，这才是爱情的最高境界。看来合欢不仅旖旎，还教人当分则分，也是益人情性之植物了。

合欢花开，朵朵团团，毛绒可人，清芬伴随。嵇康《养生论》中云"合欢蠲忿，萱草忘忧"，原来合欢与萱草都是属于夏日的植物解忧方。不过，合欢花的确是味好药，可宁神解郁安五脏。"欲蠲人愤，赠之以青裳。青裳，合欢也。"古人有送被烦恼怨忿缠绕的友人合欢、使其愉悦之说。

已故作家史铁生写有一文《合欢树》，写的是他母亲曾种在旧居院里的一棵合欢树。那是他的母亲在路边挖回来的，初时以为是含羞草，种在瓦盆里，第三年才发芽……搬家后，丧母的悲痛使他忘记了那棵小树，然而待他想再去小院看那棵长到房高、年年都开花的合欢树，他的轮椅已经摇不进变得狭窄的小院过道了。

"我摇着车在街上慢慢走，不急着回家。人有时候只想独自静静地呆一会。悲伤也成享受。"那些童年的事，那些晃动的树影儿，当风吹过合欢的叶片，怀念母亲的深情也会使人忘记当下的喧嚣和忧愁吧？就像李渔说见到合欢的人都会"解愠成欢，破涕为笑"。

在印度斋浦尔家庭旅馆的院子里，也遇到开花的合欢。清晨，落在藤椅上。我这个异乡人，喝着印度咖啡，在晨光里，内心突然变得柔软起来。因为害怕而不敢开始，因为不舍而不愿了结，然而所有的起伏都要有始有终。也许，握过仍是空，放手便随风，没有什么是真正的拥有吧。但在彼此的力所能及里全心全意的珍惜对待过，应该满足欣乐矣。人，生来孤独，死去亦孤独，能相伴温暖一段，不抱悔不生怨，已是茫茫人世所能获得的最好礼物。

既然已经决定离开，一别两宽，彼此欢喜才好。"诚觉得世间万事皆可原谅"，就是那样的情绪啊，清晨温柔的合欢花让我原谅了一直不能原谅的一桩人事，手中的咖啡香也轻盈起来了。

春山的

木香

2013年的春天,行游至四川昭化古城。

黄昏行车到这里,去村里问路。有老乡热情带着上山,说可以逃门票,还能见到古镇全貌。几个人跟着憨厚的他,呼哧呼哧地爬山,有几段路几乎是荒的,没有人走的痕迹,路滑且陡,十分难走，半信半疑地想要放弃了。

走过一段陡坡，到了半山。突然，看到山间开满单瓣白木香。蔷薇科的白木香，沿着山坡一路攀援，像野火燎原般，占据了半座山。白色的花瓣如春雪般，纷纷扬扬落在土坡上，一层叠着一层，有的地方甚至掩盖了泥土。

我当下目瞪口呆。

在这荒郊野岭，有谁会来看它一眼？

我这样一个偶然的过客，与它相逢这一场，此生应该再没有重逢的机会。拥有即失去，相逢即永别。但我要怎样才可能忘记这一场花事呢？恐怕我此生都不会忘记这遥远蜀地山中的木香了。

花丛中已见青山之下的古城，这个三国古战场很宁静。木香极香，但彼时因为重感冒丧失嗅觉的我，依靠着想象去感受满山清香。虽然李渔写木香的"花密而香浓"，"香浓"我没能闻见，但花密却看得真切，它们就这样散漫于山野，不羁而天真。我的悲欢与哀乐，在那一个瞬间，像埋入土中的落花，全部化为乌有。

这一刻，大概只有这半山的木香花看懂了我的心思。我也无需旁人领会。寂寞在此刻，是木香花开，也是木香花落。

我一定不自禁微笑了吧。

星沉海底，雨过河源，"深知身在情长在，怅望江头江水声"，就是那样的感知，就是那样的情意，和花香一起流动，虽然我嗅闻不到。如潮水漫过平原，如雨水打在绿草地上，风在耳畔，花在眼前。

而眼前，夕照流淌，四野寂静。

我不免多情地想，它们是知道一个丧失嗅觉的旅人会来相遇么？

很多年前写过的，"苦到尽，有回甘，爱到尽，有回甘。黑夜走到尽头，便是白天。"但人生啊，也许就是一直重复的苦楚，一直得不到爱的苦楚，一直在黑夜里没有尽头的苦楚。像一朵凋谢的花一样，时刻提醒你。你是一个失败者。你一直在失去，你从来没有得到。但是，经过一场刻骨铭心的离别之后，满山的木香花以如此盛大的花事宽慰我。但它又是如此轻描淡写，在一个几乎无人踏足的荒山里。它告诉我，每一次春尽，都会有另一个春天在等着。

同伴喊我的声音渐渐远了，我还流连不走。直到暮色渐渐深了。

下山途中，有落花一路伴随。脑中浮现一首歌，"而谁说我不爱你，这春天就是证据……"

这一山木香欣悦安宁的存在，将使我一生怀念。

它是告别里的圆满，也是重聚时的哀愁。

汪曾祺有一篇散文写到木香，"酒店院子里有一架大木香花。昆明木香花很多，有的小河沿岸都是木香，但是这样大的木香却不多见。一棵木香，爬在架上，把院子遮得严严的。密匝匝的细碎的绿叶，数不清的半开的白花和饱涨的花骨朵，都被雨水淋得湿透了。我们走不了，就这样一直坐到午后。"四十年后，汪曾祺还忘不了那天的情味，写了一首诗：

    莲花池外少行人，
    野店苔痕一寸深。
    浊酒一杯天过午，
    木香花湿雨沉沉。

  后来再在江南的春天看见木香花，看到有人用木香花窨茶，讨论是不是和茉莉花、桂花一个方法时，我却丧失了热情。蜀地那一山的木香，与我再见、以及我能闻到花香的木香，一定不是同一种花儿。

  我和汪曾祺一样，忘不了那一天的情味。

  人生如梦，逝去的一切如梦。

  但木香花总是在的，在山野洪荒，在我偶尔的追忆里，安宁祥静。

  那是我这一生里的春去花还在，在某个当下倾听我，救赎我，值得被我永久封藏。

尘缘如梦桂花香

又到桂花飘香的秋，看朋友们苏杭赏桂，而我还深陷闽地的炎热。不免怀念一下记忆和旅途中充盈过的馥郁香气，它不仅曾掠过鼻尖心间，也给唇舌留下难以忘怀的芬芳。

桂花大概是我怜花惜花的开始吧？我还记得，刚读幼儿园的小女娃，课间休息，在幼儿园的花园里捡树上掉下来的桂花瓣，装在小铁盒里，再放一点水，希望一个星期后，它们会变成香香的花露水。但是七天后，打开盒子，里面是臭了的发黑的水。三岁的我很伤心，也想不明白。

十几年前的深秋十月，用了一周的时间，自在悠闲地走了一趟浙东乡村，陶醉在那桂花飘香、枫叶染红的古意山水里。彼次旅行已经过去如此之久，却总是时时怀想，大概是因为曾经在桂花田里体会过"圆梦佳期"的意境。

太极星象村——俞源村距浙江武义县城40分钟车程，古村建于南宋，是全国最大的俞姓聚居地，这个据传为擅长太极八卦的刘伯温依照太极星象图设计的村落，风水极佳，保护完好。明洪武十一年，曾有人给俞源村题下："结庐人境而无车马，竹冠野服栖迟其下，我求其人其渊明之流，可乎！不知采菊东篱，仰见南山依然，此中其意能俾原善之我言乎！吾吾方将歌归，采之辞，以寻五柳于人间。"

我在一个阴雨天从村口的牌坊进村，没有遇见一个游客。江南古民居的粉墙黛瓦在青灰的天色下更显素朴。村里有始建于1374年的俞氏宗祠，有古戏台，旧日的深宅大院亦依然华美。村子另一侧，有南宋年间为了敬仰治水功臣李冰而建的洞主庙，靠山面水，是村里风水最好的地方。在烟雨迷蒙中，庙宇粉色的墙上写着大大的"梦"字，脚下流水淙淙，近处有一大片桂花田，飘来清甜诱人的花香——原来俞源是桂花种植的试验基地。此地有个独特的传统风俗叫"圆梦"，每年立春前夕，以及农历6月26日即李冰生日为"圆梦佳节"，村里要擎台阁，闹龙灯，演古戏，四方的看客游人纷纷来洞主庙进香圆梦。村里如同赶集，商人从远处赶来做生意，一时之间，好不热闹。

我买了桂花糕，坐在洞主庙外的梦仙桥边吃，眼前就是几十亩的桂花田。这个安静的午后，没有人来打扰我做一场美梦。我在时光的寂静中，觉得这一定就是王维笔下"人闲桂花落"的意境了。脑子里突然浮现这一首老歌："回头时无晴也无雨。"少年时候听这首歌时，忽略了歌里唱的"人随风过，自在花开花又落"。而如今，少年往事宛如挥手袖底风，随着桂花香气

早已远远散去。尘缘如梦,谁说不是?

武义有一道名菜"拔丝宣莲",食材便是武义特产宣莲和糖桂花。粉糯的莲子中有桂花的香甜,令人不能停筷——也无法停筷,用拔丝做法的菜肴,总得趁热吃啊。

这些年数度来往杭州,有过龙井问茶,花港观鱼,也去过虎跑问泉,却一直没能在秋日的满陇桂雨赏桂和品茶。虽然在城中别处吃过西湖桂花栗子羹,但不在满觉陇的桂花厅,仿佛也失去几分意韵。听说在古代的杭州城,中秋月圆之夜有喝桂花酒的习俗。这一夜,月宫中的吴刚捧出桂花酒,月色清亮,与花香酒香相伴,一定很容易微醺。

2009年秋天,内蒙古甘肃跑了一圈,回到西安,闲晃数日。去唐时的长乐坊,逛八仙庙的古董摊子,看"长安酒肆"石刻牌子上写着"唐吕纯阳先生遇汉钟离权先生处"。去不远处老徐家的稠酒坊喝一杯,八仙的故事,黄桂稠酒的香,"将进酒,杯莫停,人生得意须尽欢",这里代表了我对唐长安最放肆最浪漫的想象。"天子呼来不上船",谁都可以是酒中仙啊。从前读到周瘦鹃写,秋天时他待园子里的桂花开足,采下来,浸了一瓶酒,等到秋天吃大闸蟹时喝。多年之后,在苏州喝到桂花甜酒,名为"邀月",清甜醉人,那一晚阳澄湖的月色恐怕也会经年不褪。

有桂花酒,自然也有桂花茶。明人顾元庆的《茶谱》就有桂花茶的记载:"木樨花,须去其枝蔓,及尘垢虫蚁。用瓷罐一层茶,一层花,投间至满。纸箬絷固,入锅重汤煮之。取出待冷,用纸封裹,置火上焙干收用。"桂林有名产桂花茶,我在阳朔喝过,却觉得香味过于浓烈,而当地的桂花糕也偏于甜腻。安溪有一种名为"桂花乌龙"的茶,入口时在铁观音的香里回甘出桂花的甜,不过第一次品此茶,同座中有人却喝不出桂花香,其实植物的香味原本纤细淡雅,要闻得品得大概也要有闲适的心与洁净的口,所以日本茶道所言的"清、和、敬"是有道理的。南京著名的桂花鸭,其制作材料中也并无桂花,不过因在桂花盛开的时节制作而得名,要品得肉中的桂花香,也须得味觉敏感。南京的好友在我游完南京去机场前,在我的包里放了一只桂花鸭,后来我与父亲喝酒吃肉,浓冽的白酒下喉后,我们竟然都品出了桂花香,那真是父女一年一聚首的美好回忆。

安溪有个村子名叫"芳亭",盛产金桂,其香远超过我以往所闻。认识的茶人用冻干技术,瞬间保留了桂花最盛时候的芳香。所以这些年总是寻来许多,和朋友分享,但我却不拿来窨茶,一小撮干桂花,倒入一杯白水,小小的桂花渐渐沉入水中,白水有了一点几不可辨的花之淡色,而水甜香可人,好比是金风玉露相逢,真是令人沉醉。也拿这个干桂花做甜品煮糖藕,在厨房忙碌半日,也不觉时间之累。芳亭村之名,真是熨帖桂花之香。这两年,每逢桂花采收之时,朋友都会相邀去芳亭村看采桂花。但总有事情错过,我从他发来的照片里,看到百年桂花树被轻轻敲打,桂花雨阵阵,落在树下的白布上,真是梦境一般。可惜我至今还没有真实地踏入桂花雨的梦境。

武夷山也有饮桂花茶的习俗,用以待客,祈祝吉祥。武夷山地区的浦城盛产丹桂,花开时在树下铺谷席,集花并将花蒂等剔净,放入沸水里再捞出,拌上白糖浸渍封藏,便可用于日常冲泡桂花糖茶。我的家中也时常备有糖桂花、桂花酒,泡茶、煮桂花酒酿汤圆、做菜，是令美味锦上添花的秘密武器。

江西九江的百年老字号梁义隆清真饼店，店里的桂花茶饼名闻天下，不仅曾列为贡品，还曾被苏东坡写诗赞誉。当年，蒋介石和宋美龄到庐山时，也曾指明要梁义隆的桂花茶饼宴客。茶饼中那桂花的香，来自庐山脚下盛开的金桂花。几年前，曾有朋友寄了桂花茶饼来给我做茶配，小小黄色的饼皮上印有"桂花茶饼"四个红色的小字，很有传统的味道。友人引诱我说，秋日上庐山赏月喝茶吃桂花茶饼，而乡野间桂花盛放，那是多么美妙。我一直未能赴约，后来彼此竟失去消息。

女儿刚出生的第一个秋天，是桂花的香给予几不与外界联络的我许多安慰：九楼天台的桂花树开花了，在楼下巷子里的人都闻见了花香。这棵老桂树几无人看管，枝条死伤不少，然而秋渐深，它还是如约绽放，送香而至。有时候折一枝秋香，进屋，看书，想起朱淑真的一句"一支淡贮书窗下，人与花心各自香"。秋夜里，抱着孩子出门散步。一路金桂开放，甜香熏人。李渔说的真对啊，"秋花之香，莫能如桂，树乃月中之树，香亦天上之香也"。

虽然屈原赞过"嘉南州之炎德兮，丽桂树之冬荣"，但桂花还是秋天的好。张爱玲写桂花蒸时要悲秋，这是因为桂花要开之时，总有几天溽热难耐。苏州人称之为"木犀蒸"，炙热又被烦琐事务缠身的高温天，真要感谢微信朋友圈里的八月桂花香。

却道海棠依旧

倘若有人问我,最惦记北京的什么?除了高远明镜的秋日,我会回答是春日的海棠。

春日的海棠,闽南看不到。地域的区隔是草木认命的事儿,也是我该认命的事儿。

"海棠开,春色又添多少?"还记得北京家楼下有两树盛开的西府海棠,美极。那年早春,我悠游蜀地,又经江浙,在桃红柳绿的春走到萧索冷寒的冬,北地的春意只有厨房窗前那树梢上的一抹鹅黄。家里地暖还开着。过去的半个月,从厦门出发,陕西四川杭州到北京,四季都走了一回,楼下的玉兰和西府海棠的花开衔接了我的春天。

朱自清说:"最恋是西府海棠。海棠的花繁得好,也淡得好,艳极了。"西府海棠的妙处在于花之嫣然,明媚鲜妍,如妙龄女子脸上轻扫的腮红,真是朱自清形容的既淡亦艳。怪不得明人王世懋说海棠:"品类甚多,曰垂丝,曰西府,曰棠梨,曰木瓜,曰贴梗,就中西府最佳。"

那几日，楼下的玉兰极盛，已近花事尾声。下楼买菜，花园里西府海棠几株开得红粉迷人，如锦似霞，我看得进错了楼门。想起袁枚的随园，"廊外西府海棠二株，花时恍如天孙云锦，挂向窗前"。

《红楼梦》里许多处也写到西府海棠，比如怡红院里的，"贾政与众人进了门，两边尽是游廊相接。院中点衬几块山石，一边种着几本芭蕉，那一边是一树西府海棠，其势若伞，丝垂金缕，葩吐丹砂。众人都道：'好花，好花！海棠也有，从没见过这样好的。'贾政道：'这叫作女儿棠，乃是外国之种，俗传出女儿国，故花最繁盛，——亦荒唐不经之说耳。'"宝玉解释说："大约骚人咏士，以此花之红若施脂，弱如扶病，近乎闺阁风度，故以'女儿'命名。世人以讹传讹，都未免认真了。"

不过郑逸梅先生在《花果小品》里提及，"海棠非中土之花，乃自夷域移植者，唯无从考其时地耳。《平泉草木记》：'凡花木以海为名者，悉从海外来，如海棠之类是也。'"但我却固执地认为，海棠是中土原生，因为它和吾国的亭台楼阁如此相衬，从古往今，有多少文人墨客为它倾倒，虽然明人王象晋在《二如堂群芳谱》说："盖色之美者，惟海棠，视之如浅绛外，

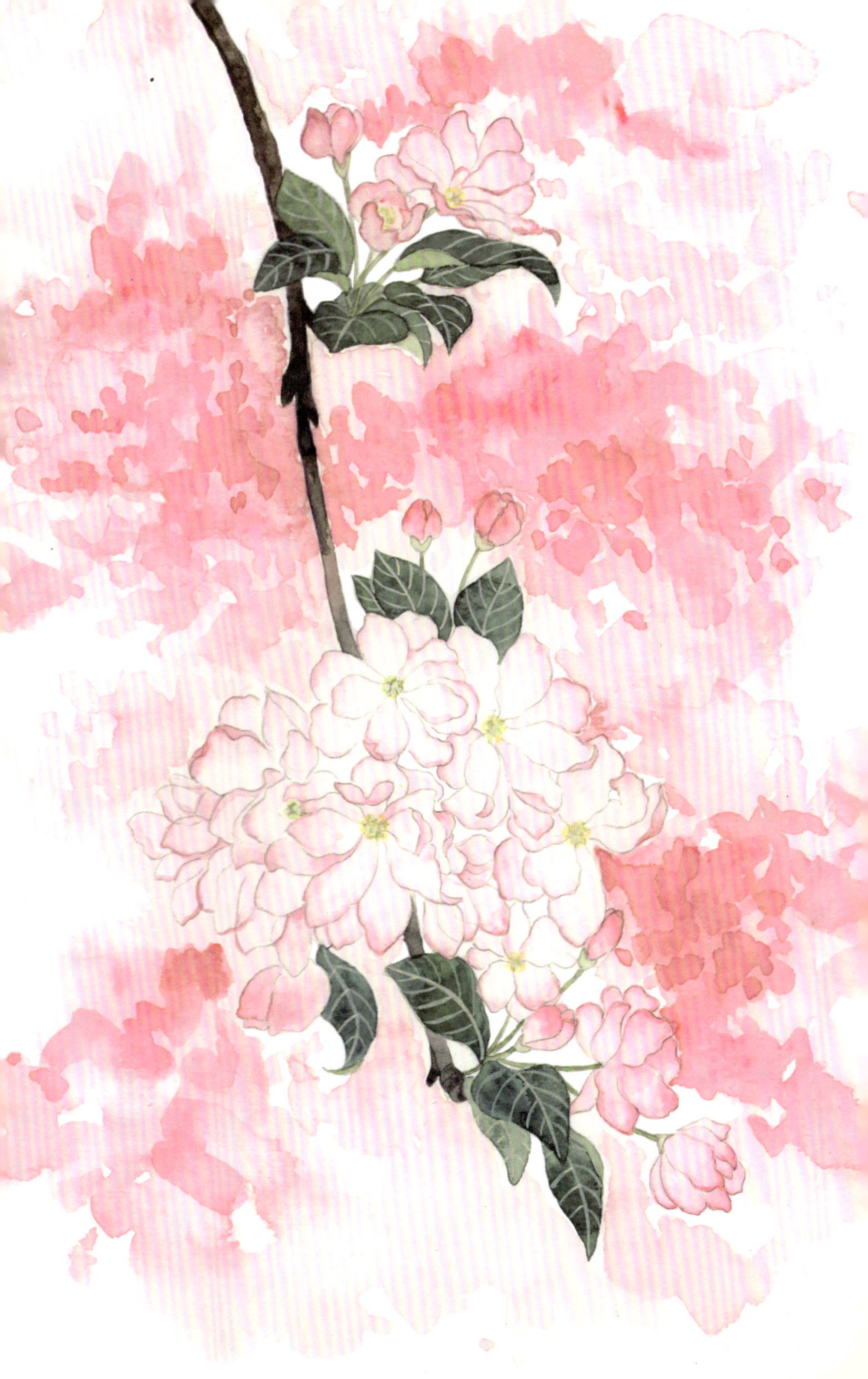

英英数点，如深胭脂，此诗家所以难为状也。"

即便是难为状也，海棠花痴们亦不少。最经典的便是宋时的杭州人陈思了，他竟然汇集各家诗句、故事、杂录，编成一本《海棠谱》来赞美海棠。他在自序里说："世之花卉，种类不一。或以色而艳，或以香而妍，是皆钟天地之秀，为人所钦羡也。梅花占于春前，牡丹殿于春后，骚人墨客特注意焉。独海棠一种，风姿艳质，固不在二花下，自杜陵入蜀，绝吟于是花，世因以此薄之。其后都官郑谷已为举似。本朝列圣品题，云章奎画，烜耀千古，此花始得显闻于时，盛传于世矣。"

海棠是苏东坡的解语花。当年他被折贬黄州，尝居定惠院，写有《寓居定惠院之东，杂花满山，有海棠一株，土人不知贵也》一诗，诗云："江城地瘴蕃草木，只有名花苦幽独。嫣然一笑竹篱间，桃李漫山总粗俗。也知造物有深意，故遣佳人在空谷。自然富贵出天姿，不待金盘荐华屋。朱唇得酒晕生脸，翠袖卷纱红映肉。"海棠花映照他的心境，所以他写"天涯流落俱可念，为饮一樽歌此曲。明朝酒醒还独来，雪落纷纷哪忍触"。苏东坡在《寒食帖》中，写到"自我来黄州，已过三寒食，年年欲惜春，春去不容惜。今年又苦雨，两月秋萧瑟，卧闻海棠花，泥污燕支雪，暗中偷负去,夜半真有力。何殊病少年,病起头已白"。天涯流落的他,与海棠花相顾相惜,只恐夜深花睡去,他的孤独在彼时彼刻大概只有海棠花懂得。

某一日,看到故宫博物馆在微博上刊出永寿宫的两株西府海棠,说是极品,"繁茂壮观,花气袭人,花朵繁华累累、重葩叠萼,气质出众"。又看到有人写故宫文华殿前春天的海棠怒放,美得令人屏息。恰好看《如懿传》的片头,有一个镜头便是故宫的海棠花开,朱红的宫墙,海棠嫣然,又似乎意有所指。寂寞深宫,再有丽致也是徒然。

明代《群芳谱》载:"海棠有四品,皆木本。即:西府海棠、垂丝海棠、木瓜海棠和贴梗海棠,习称'海棠四品'。"因为古人赏花之爱,同为蔷薇科却不同属的四种海棠,就这样被定了名,这大概很让现代的植物分类学家抓狂。不过,对于赏花人来说,严肃科学的分类一点都不重要,重要的是海棠掌春,依时而开。

张爱玲说,人生有三恨:"一恨鲥鱼多骨,二恨海棠无香,三恨《红楼》未完。"此典出《海棠谱》,"刘渊材谓人曰,平生死无恨,所恨者五事耳,人问其故,渊材欲说敛目不言,久之曰吾论不入时听,恐尔曹轻易之,问者力请,乃答曰,第一恨鲥鱼多骨,二恨金橘太酸，三恨莼菜性冷，四恨海棠无香，五恨曾子固不能诗，闻者大笑，渊材瞠目答曰：诸子果轻易，吾论也"。那一年春日，我因重感冒和北京的雾霾导致鼻神经萎缩，嗅觉全无，倒真是闻不到海棠香，乃是恨事。

《海棠谱》中记载："闽中曹宇修贡堂下海棠极盛，三面共二十四丛，长条脩干，顷所未见，每春著花真锦绣段，其间有如紫绵揉色者，亦有不如此者，盖其种类不同，不可一槩论也，至其花落，则皆若宿妆淡粉矣。"我一直好奇这个海棠极盛之地在闽中何处，我的确没有在福建见过海棠花事。搬回厦门定居后，这几年暌违春日海棠久矣。

北京的房子已经出售，所有的东西都打包运回了厦门，带不走的是楼下的西府海棠和玉兰。我在闽地，只能用八月的秋海棠自我安慰，虽然它与海棠不同种属，一点亲缘关系都没有，而且长于村野墙角的它——古人说它是贫士之花，并无春海棠的高贵娇柔，但它怎么说也是爱花如命的李渔的秋之命。我看着它圆叶之上的一抹嫣粉，想及回忆里的吉光片羽，也是一种安慰，就像种不起春海棠而以秋海棠补之的贫士一样。不知道以后是否还有机会北地赏赏春海棠，问一句：海棠依旧否？

春兰

报得三春晖

有一年春节,种过一盆春兰。

这株春兰来到家中,也是有缘分的。那年除夕前一天,去花市挑花。原本是想要一盆风信子的——有一年春节,远方归来的友人登门造访时,一手拿着郁金香,一手便捧着一盆风信子,留香许久,令我一直惦念它的香气。

但花市遍寻不得风信子的踪影。年节将至，整个花市里尽是各样艳丽的兰花。在一个不起眼的角落，我看到了这一株春兰，几茎细枝，两朵青绿的、小小的花蕊躲在枝叶间，是要俯下身，闭起眼，才能闻见那沁人心脾的幽香。但也就是这一种香，细细微微，沁入肺腑。蝴蝶兰太艳丽，卡特兰太张扬，跳舞兰虽然好看却与其他花交杂种在一起，我亦不喜。我在整个花市里睃巡，也只看得上这一盆不怎么起眼的它。

我将这一盆春兰带离了花市。

不知为什么，这株春兰使我想起母亲。去花市的前日，母亲打来电话。她在电话那头落泪，说太想念我，问我为何不能返乡过年。我也掉了眼泪。有些爱，说不出口。年少叛逆时，曾与她拌嘴吵架，举凡她说好的，都拒绝，而她反对的，偏偏要去做，很有明争暗斗的意思。两个人都好强，常常便僵持着，谁也不低头。但年岁使我成长与懂得，在风尘阅历后懂得母爱的真正意义，懂得这一种爱，世间其他的爱永远不能取代。谁言寸草心，报得三春晖。在春兰的清香中，新年钟声敲响的时候，我打电话给母亲，拜年祈福。

把春兰放在卧室床头的音响边。那个旧历年，过得真是清静简单。

在一壶又一壶的普洱茶中，把天光过到暗掉，又再亮起。

我读书，心思渐渐，渐渐地缓慢。这个岛上的春节真是冷清。在白昼与黑夜的交替间，在灯下读书，便觉得世界很大很大，而那样巨大的宁静将我淹没，以致好似是离开了尘世。我仿佛躲在世界的壁角里，倾听来自书本里的小小的深细的呼唤，而书山字谷里的我，才是最本真的，最无掩饰的我。

偶尔在床上的小桌子上写些文字，春兰的香在清静的午夜铺展在我四周的小小空间中，伴我夜读写文，并在我入睡时以幽幽的暗香催眠我，令我的睡眠放肆于无边的静寂温柔里。睡醒的时候，也习惯抬眼看看床头的春兰。冬日午间的太阳打进窗子，清香依稀可辨，传至鼻端，如暖暖的阳光。

春天就要来了吧。

未料到春兰谢得快，不过半个月时间，那两朵小小的花便凋残了。春兰谢的那几天，心里是很有几分惆怅的。但到底知道不能挽留花期，想想也便释然了。陪我去挑花的植物专家朋友说，养得好的话，这株春兰明年还会开花。我因此存着希望，期待明年依然能有这花香在午夜伴我读书，入眠。我细心照料它，却到底不是专家，不知道明年是否还能闻见它的清香呢？

某一日，晨起的时候，发现床头那盆春兰的叶子长出了像铁锈的斑，轻轻一碰触，便折断了。心里很难过，不知道它"病"在何处，不知道该怎样才能挽回它青翠的模样。这株春兰逐渐萎靡，救之无法，只能弃之。

后来几次回父母家小住，见到父亲这位养花高手种的春兰蓬蓬勃勃，父亲甚至烦恼说每一年都要分盆，有一年春天我数了数，竟然有十七盆之多。这么难养娇贵的花，他就是粗放粗养，也是养出了境界。

父亲爱花。在旧家的时候，我在回廊种牵牛，他养昙花和兰花。新屋的这个天台花园，他也曾费了很多心思。他养过很多种类的兰花，都养得特别好，每到春节，家中客厅总有许多盆盛放的兰花来增添喜气。在他官司缠身那一年，那些娇贵的兰花疏于照顾，死死伤伤，剩的也不怎么景气了。可见花草确有灵气，通晓人情。爱花草的人，说来不寂寞，却也很寂寞吧。

今年春天，听上海的好朋友说她家的兰花已开疯，香闻十里。她也是年年分盆。她对着这成日批发临风、永远长成山野啸聚的模样，却不知其名的兰花，爱得很。我告诉她这是"春兰"，她恍然大悟，说："怪不得都是春天开花。"她还调侃春兰不是轩疏秀逸的款式，我说可原本是以清雅秀丽闻名的兰，你竟养成这副模样。她答我说，此花动不动就把盆撑破，不怕酷暑寒冬暴晒雨淋，也不需要专门的兰花土，她简直觉得它有一颗躁动的摇滚心。

我被这个答案惹得大笑，又想起我这个曾经的叛逆少女、后来屡屡辞职、迟迟不婚的女儿，这些年与父母的相处逐渐松弛下来，在爱与伤害中逐渐认知而获得平衡。我想再来养一盆春兰的话，是不是也可以养得这么跳脱喜人？

楝花的开场白

从来没有想过在都市里遇到楝树。

4月的一个中午，狂风大作，气温骤降。路人匆匆，我在平日极少路过的街区里，先是闻到了细细的芳香，然后看到一地紫白色的落花。

抬头，是一棵高大的楝树，张着大伞，覆盖了半条路，密密匝匝地开着花。豆大的雨点落下，在别人的狂奔里，我停下来看花。

整条街道都空了。只有我和一棵开花的楝树，两两相望，无言以对。

宋人吕原明的《岁时杂记》里写："谷雨：一候牡丹，二候酴醾，三候楝花。楝花竟，则立夏。"楝树开花，从春暮到初夏，二十四番花信风以梅为首，到楝花这里就到了尾声。楝树是春天里最末开的花。接着，春日结束，夏季到来。而这个城市却在前几日的30度之后气温下降十几度，回到春天。

想起这个街区不久前仍是村社，城市的进程改变了它的面貌，它迅速变身为现代化都市，盖起昂贵的高楼。这棵高大的楝树可是从前村落的遗存？是谁动了恻隐之心，没有将它砍去，让它在这个街角加油站的门前，继续一年年地送春迎夏？

便忆念起故乡山野里的楝花开。总觉得，楝花更适合那种情境：春日的田野边，乡人的村居前，淡白淡紫色的花雾，最美。它的繁衍、开花、结果，是郊野村居春的收梢最好的点缀。就连元人朱希晦的诗句描绘的也是这般情景："雨过溪头鸟篆沙，溪山深处野人家。门前桃李都飞尽，又见春光到楝花。"还有王安石的一首："小雨轻风落楝花，细红如雪点平沙。槿篱竹屋江村路，时见宜城卖酒家。"

五一返乡，立夏的前一日，去探高山茶园。今年的天气很奇怪，高海拔的小山城返暖晚，所以报春的泡桐和别春的苦楝一起开着，两种紫色在绿色的山野里互相辉映。村人的屋子建在茶园不远处，背靠山林，前有稻田，屋边有开花的楝树一棵，雨后雾气流动，霁时日光又起，一年四季，晨昏有时，光看着这些就足矣，真真是理想的乡居。

日本的清少纳言在《枕草子》里说："树木的样子虽然是难看，楝树的花却是很有意思的。像是枯槁了的花似的，开着很别致的花，而且一定开在端午节的前后，这也是很有意思的事。"

我倒没有觉得楝树难看，因为它在山野里除了开花的时候，着实不起眼。但《荆楚岁时记》所云的："蛟龙畏楝，故端午以楝叶包粽，投江中祭屈原。"我一直很纳闷，楝树的羽状复叶并不大，怎么能包粽子呢？那包成的粽子是迷你粽么？

楝花开在梅雨时节，"楝花飘砌。簌簌清香细。梅雨过，

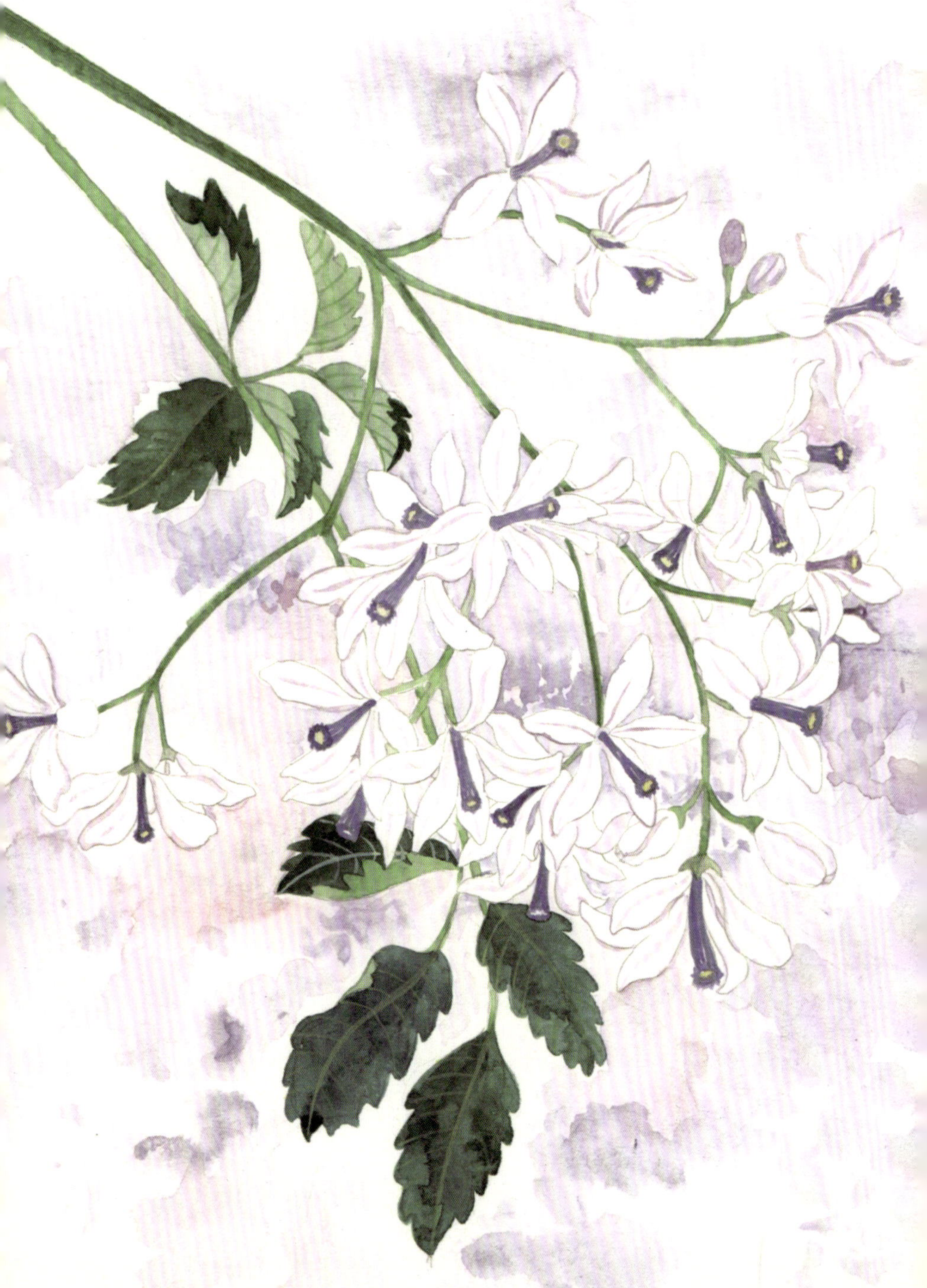

萍风起。"前几个春天，因为常居小山城，春天的时候总能见到楝花。我时常自己到山间走走，看看野草闲花，对楝花的印记比儿时深了。在小城降温，寒凉仍在的春末，偶在窗外的山间、人家房前屋后见这一树紫色细碎小花，像是盛大的夏日漫长拖沓的开场白。好似夏天迟迟不来，入夏的这一日，反倒下起大雨来，雨横风狂，在江南，这正是一川烟草，满城风絮的时日。春雨淅沥，春色旖旎，而"苦楝花发如海棠，一蓓数朵，满树可观"。

这样的天气，有了暮春的味道。仍然失眠，就在夜半与午后听着风雨声，挨过了时光。翻看一些读书笔记以及琐碎句子记录。那些未完成的计划，忘得都差不多了。倒是那些零碎的笔记，那些只读了一部分的书，是我那一段时日的破碎记忆吧。在某本笔记本上写着董桥的句子，他说暮春就是春老了，与"开到荼蘼"有异曲同工之妙。

所以从前的人把楝花归为晚客。春去夏来，是承续，也是依依不舍的新开始。拖沓归拖沓，夏日也已经迫不及待了。俄罗斯自然文学作家米·普里什文的告别最诗意："今年春天已尽，同样的春天再也不会返回了。"春天的馥郁花香，把他从一处驱赶到另一处，使他成了一个流浪汉。"我说，'浪漫够了，春天逝去了。'"

"我是你路上最后一个过客／最后一个春天，最后一场雪／最后一次求生的战争"，保尔·艾吕雅的诗，最无奈伤感。

212

唯有 *鸡蛋花* 香如故

　　最佩服植物的再生痊愈能力。每次受伤时，就幻想要是能像植物一样自愈，而不留任何痕迹就好了啊。所以，当我看到鸡蛋花的一树繁花，且还十分大方地落了一地，就想起它们在冬天里一片叶子都没有的样子。怎么能想象它肥厚的叶子和繁盛的花到了暮春就挤满了树梢？然后又一直开花到叶子掉落。花与叶同在，如此亲近，开得尽兴，落得彻底，这也是一种值得称羡的生命态度吧。当然，人也是可以如此自我疗愈的，当你的经历足够多也足够豁达，心底的伤疤便像是树木的年轮，暗藏着，不被锯开也不会轻易告诉别人那些沧桑的秘密。

　　生命力充裕的鸡蛋花，总是热带风情的代表。但凡热带岛屿的风光片里、泰式 SPA 的宣传画里，一定有鸡蛋花的陪衬。据说在画家高更最爱的塔西提岛，鸡蛋花是浪漫与快乐的象征。新加坡作家尤今写过，当地土著们用鸡蛋花来对异性做出各种各样的暗示："倘若鸡蛋花插在右耳，暗示她还'待字闺中'；

左耳有花,表示'名花有主';双耳都插上了花,是示意'已婚而对婚姻不满足'……"我每每在鼓浪屿上看到来旅行的小清新文艺女青年们,在耳畔戴一朵仿真鸡蛋花,便会想她们可有暗示的意思,希望在这浪漫的岛屿有一场浪漫的邂逅?

　　鸡蛋花是佛教的"五树六花"之一,寺庙里常见,印度的寺庙里更经常拿来供佛。但在新加坡,据说哀挽死人的花圈都是以鸡蛋花串成的,因此鸡蛋花树被人视为不祥之树、霉气之树。尤今在仔细领受过鸡蛋花的暗香浮动,"亮丽的花瓣,撑得开开的,像一张张溅满了笑意的脸"之后,"忽然悟及,新加坡的花店,用快乐的鸡蛋花串成花圈,大约也有劝导丧家'顺变节哀'的意思在里头吧?"然再看鸡蛋花,便觉得它原来是快乐的化身。

　　十几年前的盛夏,曾和原厦门博物馆馆长、研究鼓浪屿的专家龚洁漫步鼓浪屿的长巷中,听他讲一些老屋的故人故事。记得就在鹿礁路林氏府的附近——这是当年台湾首富家族内渡鼓浪屿的居所之一,落了一地的白色鸡蛋花。我捡拾起一朵,赏玩良久。龚老说,这个花可以吃,炒鸡蛋吃。莫非这是鸡蛋花得名的缘由?后来我知道不是。但鸡蛋花也的确可以入馔,可以煮凉茶——它是广东凉茶五

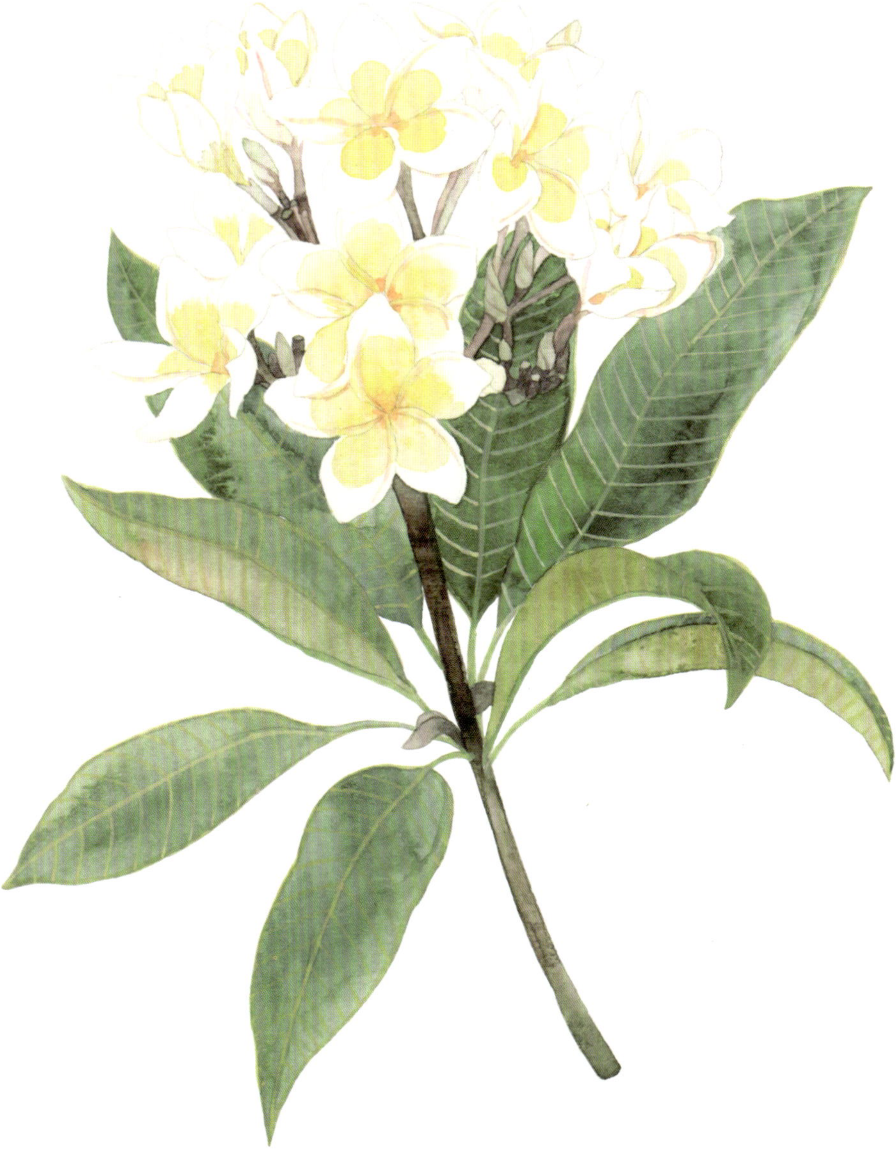

花茶中不可或缺的主角之一；可以炒着吃——据说口感爽滑美妙；可以煲汤——具清热解毒之效。我就总想着要去捡一些来试试。

鼓浪屿早无当年的静气，旅游人潮蜂涌而来，林氏府被台风吹倒后重建成了酒店，长巷里的漫步也只能在回忆中回味。偶尔上岛访友，走过旧时洋人踢球的番仔球埔前，在岛上的体育名人、那个在电影《无问西东》的片尾，雨中跑步的清华教授马约翰的塑像下，只见红色白色的鸡蛋花时常铺陈一地，游客来来去去地踩踏……

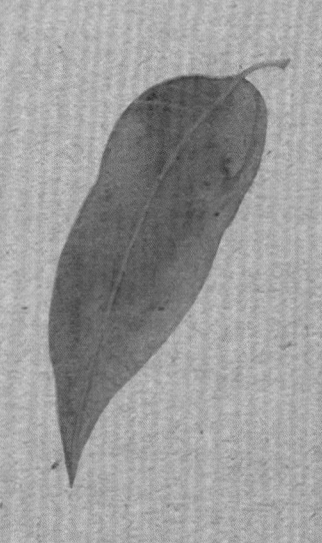

我的关于鸡蛋花的记忆，就像是我的岛屿生活的记录。能够记录下来的，是关于一树鸡蛋花曾在应季的某一个时刻开放过，凋落过，最后静默度过一冬，等候再一季的花开。在所有的起转承合中，也许会有人记得一朵鸡蛋花的香气。也许，只有承接它落下的土壤知道那些春去秋来如流水的叹息。

去年夏天，某一晚夜游鼓浪屿。坐在海边良久，遇到了一个故人。我们在黑暗中说了几句话后告别。我转入更安静的巷子，白天游客最多的长巷空无一人，林氏府对面的那棵鸡蛋花树依然盛放，落花铺满巷弄一角。

一切似乎都变了。只有这棵鸡蛋花树，依然如故，无论小岛十七年来屋毁屋建人少人拥。

它对面的许家园，门楼柱子上雕刻着风铃花卉，也是我在岛上喜欢的老别墅之一。最近整修一新，要开旅馆。我走到院子里看了几眼，被赶出来了。

这座岛沧海桑田人事代谢，我从来都觉得植物才是最后的主人。2000 年的时候，我刚刚开始写关于这座小岛的文字时，已写下这一句。

花开总与四时同

羊蹄甲

夹竹桃

扶桑

长春

黄槐

黄槿

三角梅

马樱丹

软枝黄蝉

炮仗竹

旱金莲

狗牙花

悬铃花

栾树

龙船花

葱兰

满城尽是羊蹄甲

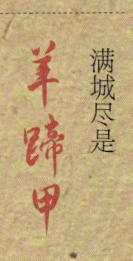

早春的一天，在鼓浪屿的笔山上，从建于20世纪20年代的汇丰银行职员公寓转身出来，窄窄的山道边，初开的白花洋紫荆在正午的日光下，花瓣如鸟鼓翼，清香随风轻送。我在树下站立片刻，眼前这白花绿树，还有不远处的宽大回廊、蓝天大海，1873年修建的断崖之上的英式别墅，三百多岁的参天古榕，这一幕大概也可以解释，为何这座小岛会成为"尘世的天堂"吧？

羊蹄甲属植物中的白花洋紫荆、宫粉紫荆、红花羊蹄甲、洋紫荆，都是闽南最常见的行道树。它们的叶片最有意思，像是羊的蹄子，中有一裂，也因之得名。秋冬开桃红花儿的是"洋紫荆"，开紫红花的叫"红花羊蹄甲"，被尊为香港市花，上了区徽和区旗；春天开粉红花的叫"宫粉紫荆"；花开白色的是"白花洋紫荆"，分辨起来似乎也简单。

曾经于秋日到访"紫荆花之城"香港数日，原以为会满城

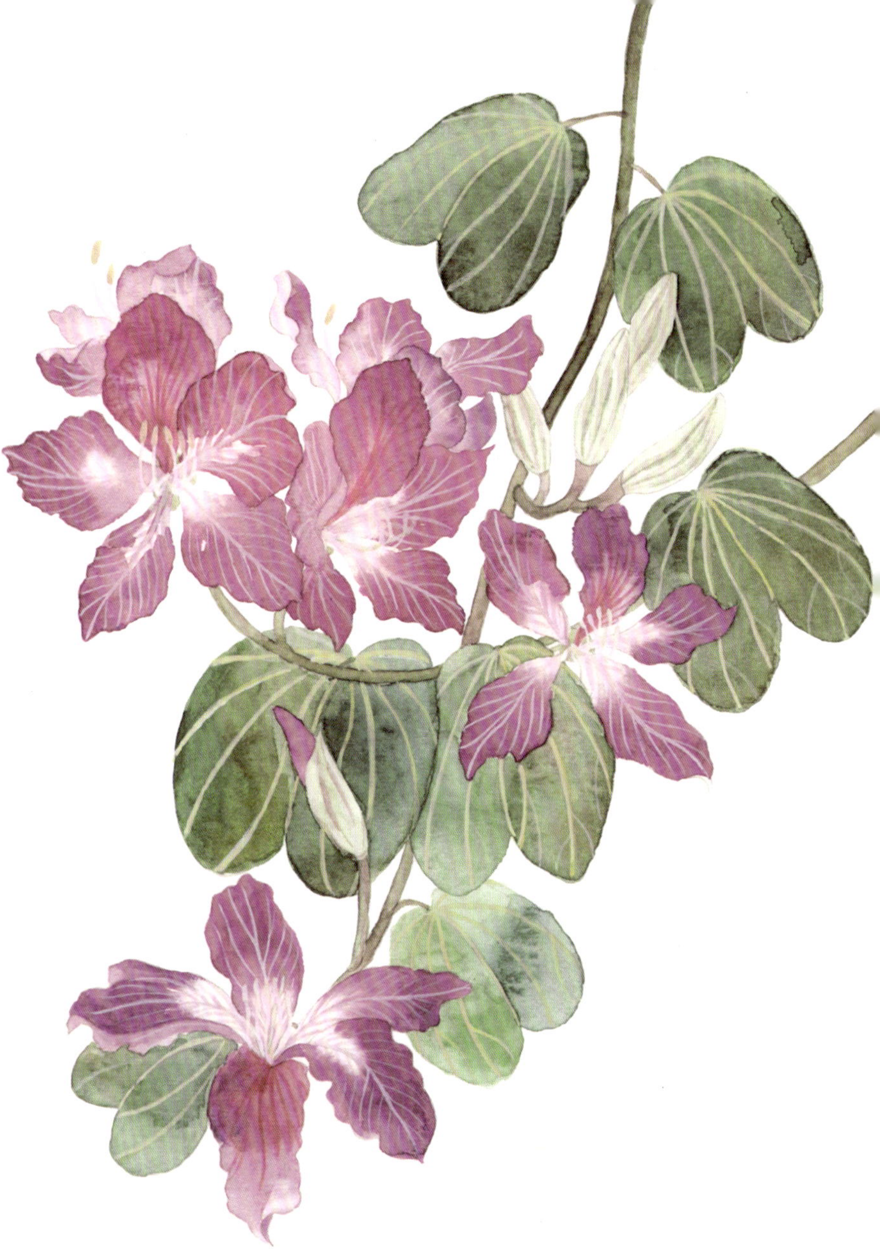

尽是红花开，却只在某些街道的转角以及香港大学的校园里，遇见疏落的几株，并非我想象的繁茂。反而是厦门，整条湖滨南路、湖滨北路，沿途全是开花的羊蹄甲，绿叶紫花，热闹得很，真正算得上满城皆花。而周末有暖阳的下午，去老城区公园西路、华新路一带随意地走，整条林荫道上，花树掩映，阳光在树叶间投下斑驳光影来。老城区的生活闲适，沿路店家和居民在路边树下摆了茶桌仔，闲闲喝一盏茶，聊几句天，悠然度过浮生半日，看着都令人羡慕。

这种西方人最初喻为"穷人的兰花"的花儿，的确是非常慷慨地给予我们美丽的视觉享受。在厦门，羊蹄甲随处可见——其实风景与植物并不懂得人类所谓的贵贱，或者它们本身并无贵贱之分，只要你有懂得欣赏的心与眼。又其实，我们与植物一样，都是大自然的子民，赤条条地来或者去，贵与贱这种标签着实可笑啊。

羊蹄甲属植物的花期也很长。春天的宫粉紫荆和白花洋紫荆开过以后，洋紫荆和红花羊蹄甲就开始了盛放——从春天开始一直到深秋，长到时常令我觉得四季不分，厦门永远是春和景明。还记得某年深秋，有友人自萧索的北地来厦，便让这满眼繁花激发出愉悦的心情，以至于多年一直念念不忘。

而能够念念不忘的，大抵都是一些微小的事情。

最喜欢的小路铺满了雨水打落的羊蹄甲，就会想着去走走。四处都有饭菜香，油葱蒜头的味道稍呛鼻子，这是俗世生活稳妥的味道吧，雨后更是真切。收废品的中年女人打开一把很大的折扇，对旁边她的男人说，可别弄坏了，也许值钱呢。

十年前的深秋，在泉州清源山上看到弘一法师的最后绝笔，"悲欣交集"，山路上落满了洋紫荆的花儿。内心里真正告过永别的痛楚，辗转过几多不眠的夜，别人永远无从得知。也许人的一生，都会有许多悲欣交集的时刻，得以清清朗朗地迈向下一个碧海蓝天，拥抱平安喜乐。

与某一故人常去喝酒的小酒吧附近，也一路开满了洋紫荆紫红色的花儿。某天日暮时经过，在车上远望花树缤纷，似迷蒙的紫雾。突然想起这个朋友，想起一些旧事。这真是心有微痛者的黄昏。一切都不可能重来了吧。也许未来重逢，我们是会报以微笑，擦肩而过？那么我便当这一季的花开也是灿烂的祭奠。少女时代读过席慕蓉笔下的羊蹄甲："等你回过头再望回来的时候，在暮色里，它又重新变成了一个迷漾的记忆，深深浅浅、粉粉紫紫地站在那里，提醒你曾经走过来的、那些清新秀美的春日，那条雨润烟浓的长路。忽然觉得，人生也许真的就是这样了，我们都走在一条同样的路上，走得很慢，隔得很远，却络绎不绝。"

什么是生命的真义呢？是你在某一个瞬间握住过，却又在另一个瞬间满怀眷恋与遗憾不得不放开？是在花树缤纷的暮色里，心存感激那曾经交会的刹那光亮？还是冀望光亮会在漫长一生的某些时刻里给予抚慰？

让花开的力量，也让花枯萎。看见住家楼下几株高大的洋紫荆都被剪去枝条，落花满地，空余枝干。相信植物也有痛感，但为了来年更好地生长，这是越冬的必须。譬如断尾求生，剧痛之后，方有活路。年纪越大，越懂得面对外力伤害，该如何不沉湎不自哀。勇敢而真实地面对伤口，它们才会真正过去。记得在这棵花树下，我曾拥抱过一个虚幻却温暖的过去。虽然明日遥遥不可知，幸好花树依然葱茏。真正心平气和地写一封告别信，似乎这也是不断放下的人生中，必要的结束仪式。

今年春天，每天去超市买菜的路上，都会去看看住家对面某五星级酒店前的一树宫粉紫荆。去年春天就注意到它，今年更加繁盛茂密。在花树下停驻，"我知道永逝降临，并不悲伤／人时已尽，人世很长／我在中间应当休息／走过的人说树枝低了／走过的人说树枝在长"。

竟然想起顾城来。

如果走了很长很长的路，觉得疲累不堪，那么得以在这样的花树下栖息，也是美好的终点吧。我这么想着，满树的花儿似乎应和我，在风中微微摆动枝条……

我们都走在同一条路上啊，即便人生真的就是这样了，还是希望一路上仍有花开不败。就像羊蹄甲一样，从春天一直开，开到冬天。

转角处的

夹竹桃

大概没有几个人不认识夹竹桃吧？在厦门，她们也是四处可见的——这也是厦门最常见的行道树之一了。加上几乎一年四季都开着，在你对城市的嘈杂与拥堵烦躁时，她们就在某一个转角等着你，那一路桃红粉红地开着的，正是她们。

喜欢夹竹桃的季羡林这么写她们："夹竹桃却在那里悄悄的一声不响，一朵花败了，又开出一朵，一嘟噜花黄了，又长出一嘟噜。在和煦的春风里，在盛夏的暴雨里，在深秋的清冷里，看不出有什么特别茂盛的时候，也看不出有什么特别衰败的时候，无日不迎风吐艳。"

但不知为什么，每每看到开得一树树阔达无羁的她们，我却总有"林花谢了春红，太匆匆"之感，多奇特的感受，花儿明明都还在枝头盛放，而且没有一点要凋谢的意思啊！是因为她身带剧毒又格外美丽的缘故么？还是因为我总觉得盛衰各有时？

有部老电影叫《白色夹竹桃》，著名的米歇儿·菲佛扮演一个得不到爱人的女人，她用正在开着白花的夹竹桃树枝去搅拌牛奶，毒死了她的情人。所以这部电影还有个名字叫《毒自美丽》。电影里米歇儿·菲佛的女儿，面对自己无助绝望的人世，独自承受成长的辛酸痛楚，也变成了一朵有毒的花儿。

数年前，我有过很长的一段避世的日子。秋冬时节，每个午后、黄昏或者深夜，走过筼筜湖边，总要走过一大丛一大丛的夹竹桃。最记得夜晚她们的模样——白日里的明艳此时几乎收敛了，月色中花影模糊，暗香浮潜，似卸去妆容的漂亮女子，要以最本初的样子示人。我在她们四散的花香里稍稍晕眩，却也把这黑暗里的香气当作老友心有灵犀的热情招呼。夜色里，湖水中倒映出岸边人家温暖的灯光。而离群索居的我的温暖，竟然来自这有毒、不敢轻易触碰的植物。

也记得雨天走过它们的身边，那终年常绿的、似乎打了蜡的叶子被雨水一浇，更是油亮亮的好看，雨雾中的绿树红花真是赏心悦目。在孤绝荒寒处，在困顿苦厄时，有这么一树花，也是幸会。川端康成说过："假如说，一朵花很美，那么我便会喃喃自语说：'要活下去'。"

"夹竹桃"最初的名字是"假竹桃"，因为其叶细长如竹。除了常见的开红花、白花的夹竹桃，厦门——比如鼓浪屿笔架山的荒地上——还能见到黄花夹竹桃，花似小酒杯，非常可爱，当然也同样有毒。

虽然有剧毒，但夹竹桃同时可以解毒，正是"以毒攻毒"之良药。又还能净化空气，这样看来，她并非只是简单的观赏植物，且要看如何待她用她。

走过那些与夹竹桃相亲的日子之后，偶尔回头看看彼时的人事，是一季已经开过的花而已。从前固执，现在放松；从前迷惑，现在无谓。植物对生离死别如此静默，是淡然接受，也是生长使然。人类虽然学不会这般潇洒，且在与花草的相对无言中，也学一点拿得起放得下吧。

但我很想感谢生命里有一个转角，感谢转角处有如烟霞般的夹竹桃，让逼迫到眼前的种种可以退一步，可以转一个弯，有什么大不了的呢，先让我看完这一片花开再说吧。

寂寞 **扶桑** 艳

  冬至已过，一年将尽。按照闽南人的风俗，吃了冬节圆也就多了一岁。这一年里，几乎日日见到扶桑花开，在墙角篱边，在街道公园，大红的花最多，偶见粉红的、粉黄的和白色的……扶桑的花期，绵延一整年。

  "春天的花朵开出墙外，因此燃着了路人的心"。我每次看到赤焰如火的扶桑花，便会想到穆旦的这一句诗。但不知道为什么，这四处可见的扶桑花，明媚忧伤，时常令我觉得很惆怅。

  记得夏天夜里出去散步，小街道里的扶桑们在黑暗中很沉默，不再轻易流露白日的妖娆。她们暮落朝开，萎缩身子，闭合起白日大大的花瓣。我还能感觉到她们的呼吸，感觉到她们在等待日光的拂照，然后在太阳下开出崭新的艳容来。

  有时候是清晨在小区花园遇到复瓣的扶桑，开出另一种姿态，仿佛另一个季节的来客。她那么安静，又那么肆意，这才是严歌苓笔下命运多舛爱情跌宕的中国妓女。扶桑花，总让我

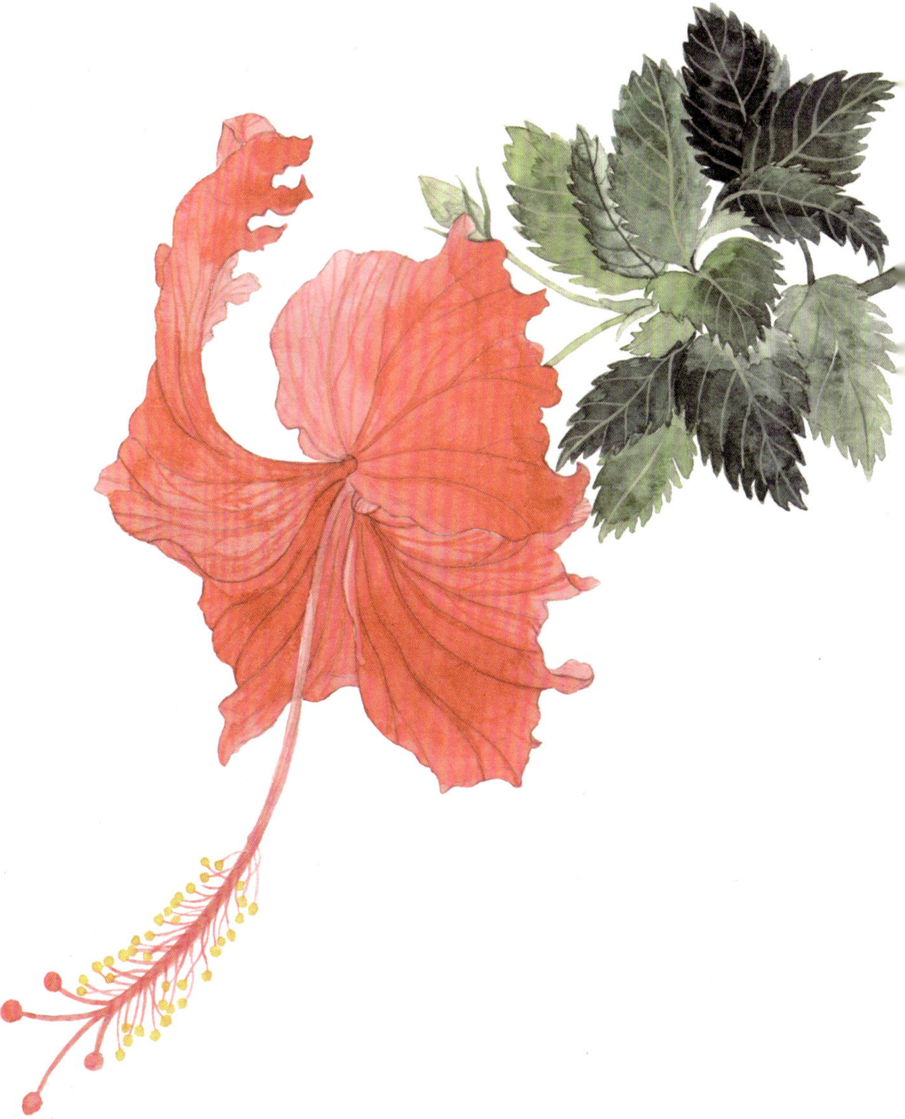

想到一个风尘味很重的香港女明星，犹记得某一日她的鬓边别了这样一朵俗艳的花，却有一种倔强不屈、不合时宜的艳丽。

扶桑又名"朱槿"，别名很多，赤槿、日及、佛桑、桑槿、火红花、花上花、土红花、假牡丹……严歌苓写扶桑："她从原始走来，因此她健壮、自由、无懈可击。"这的确是扶桑的写照，她命贱不贵，随意可活。西晋时的《南方草木状》这么描写她："朱槿花，茎叶皆如桑，叶光而厚，树高止四五尺，而枝叶婆娑。自二月开花，至仲冬即歇。其花深红色，五出，大如蜀葵，有蕊一条，长于花叶，上缀金屑，日光所烁，疑若焰生。一丛之上，日开数百朵，朝开暮落。插枝即活。出高凉郡。一名赤槿，一名日及。"

宋人蔡襄曾在漳州任军事判官，深秋之季于驿馆庭院中见到了数十株花繁叶盛的扶桑，遂作诗："溪馆初寒似早春，寒花相倚媚行人。可怜万木凋零尽，独见繁枝烂漫新。清艳衣沾云表露，幽香时过辙中尘。名园不管争颜色，灼灼夭桃野水滨。"十五年后，他"自汀来漳，复至是驿，花尚依旧"。"追感昔游，因记前事"的他，再在驿馆西壁题诗一首："使轺迢递到天涯，候馆迁延感岁华。白发却攀临砌树，青条犹放过墙花。悲来唯有金城柳，醉后曾乘海客槎。欲问昔游无处所，晚烟生水日沉沙。"此时的他，已不是当年那个刚中进士、初登官场的二十岁青年，这一年，他失去父亲，离开官场。人不似旧时，扶桑花却依旧。

有过几株我忘不掉的扶桑。厦门旧居附近，有一株花开极大朵的粉色扶桑，我经常会特意在中途下车或者专程去看看它的花开。它在一个陈旧的已不热闹的街区转角。仿佛只要它还开着，我便觉得这世间仍有不变的什么，在等待着我。又或者是我可以守着不变的什么。它于我的意义，并非是一树无人注目的扶桑。

有一次，是厦门空城的正月初三，晴日朗朗里，去看它。花朵疏落。过去一年，曾无数次经过它，总要抬头看看那旧屋蓝天映衬下的娇丽。这一日看它，春光明媚中花却只剩一朵。不由得想，月中的旅行要从陕川至江南再北上，回到此城应该是凤凰花满天红，它更退居角落了。在季节变换的每一个时刻里，我与它的感知并无隔阂。

2011年初夏，在大理住着，游洱海时在海子中的小岛上，遇到一朵桃红色的扶桑，艳得好似不真实的纸花，像小时候拿彩色皱纹纸叠成的花一样。可是来来往往的游客似乎都忽略它的存在，哪怕它如此娇艳，在周遭的环境中如此跳脱，它也仍是寂寞的。

离开时常居留的泉州数年后，在一个春天回去采访。的士在开元寺后门停下，我下车，路过一个朋友家门前的小巷。抬头看见东西塔，眼前有粉色扶桑开得好。过马路，走过开元寺正门前的"桑莲法界"，经过西街的旧书店，走一回旧馆驿巷，走到董杨大宗祠——这座城我多熟悉啊，那几年我抛掷了多少时光在这里，我甚至以为它会是我安生的另一个所在，但命运总是不让人太早落根。

也不知道我没来由的惆怅是不是因为扶桑的卑贱,她只开一日的艳红无人欣赏,寂然如斯。但严歌苓笔下的扶桑选择了只属于自己内心的、无边际的自由,因为她意识到爱情是唯一的痛苦,是所有痛苦的源起,爱情是真正使她失去自由的东西。她毫不犹豫地剪断了与爱人之间的关联,让他在余生的回味中领悟这种自由的可贵。

所以,也许让扶桑花进入人工花园、被众人欣赏,还不如让她们在屋檐下墙角边得以解放。唐人李绅有诗云:"瘴烟长暖无霜雪,槿艳繁花满树红。每叹芳菲四时厌,不知开落有春风。"在无严寒霜雪、日光充沛的闽南,且让喜光好暖的扶桑四季开尽吧,何必理会春风何日临幸百花。我在冬寒尚未退离的早春,邂逅了一棵开得极美的黄色扶桑,有着红粉色扶桑所没有的脱俗。查了植物志,原来这个品种名为"雾",美如其名。我又想起我还没看过白色的扶桑呢。

长春

日日 / 日日新

午夜里,想着家中鲜花俱谢,忙得还没有时间去花店买花呢。遂下楼,在小区草丛间折几朵小小桃红的长春花,回来插在小白瓷罐里,置于茶桌上,给家中添几分美意。

夹竹桃科的长春花几乎一年四季不断,在许多荒地角落里见它们蓬勃开着,我甚至会当它们是野花一种,无需人为看顾。这种草本植物最有意思的是叶子对生,一旦长出一片新叶,叶腋间即开出两朵花,所以花朵多花期长,故有别名"日日春""四时春"。其花开五瓣,颜色也多——有红、紫、粉、白和黄等等。

据说长春花是防治癌症的良药,且是目前国际上应用最多的抗癌植物药源之一。但矛盾的是，作为有毒的夹竹桃科的植物，它的茎叶被折断后流出的白色汁液却有剧毒，采摘的时候要小心谨慎。说起来，长春花是我最经常采摘的花朵，记忆中曾经居住过的鼓浪屿的老宅花园里，它们遍地都是，剪了又长，供不应求。

还记得 2005 年的七夕，珊瑚台风来袭，一夜雨横风狂，隔日轮渡停航。没想到暴雨后院子里的长春花依然不败。台风肆虐后的清晨，在被隔绝的孤岛上，在窗下边听雨声，屋子里放着台湾导演侯孝贤的电影《恋恋风尘》的原声音乐，分离的恋人在喃喃诉说她的思念："还有 387 天……一滴雨，两滴雨……" 有些旧日回忆在雨声中如庭院中的长春花，会在某个时刻长出新叶开出花朵来吧，正如电影里说的，"人世风尘虽恶，毕竟无法绝尘离去。最爱的，最忧烦的，最苦的，因为都在这里了"。一起坐在窗下的人也沉默，大家都在沉默中安静无声。

夜里雨声敲窗，小岛却是极静。我想起聂鲁达那些寂静的诗来——"而静寂是静寂 / 黑暗的清凉依旧清凉"，"所有的事物逐一听从于寂静"，"我喜欢你是寂静的，仿佛你消失了一样。/ 你从远处聆听我，我的声音却无法触及你。/ 好像你的双眼已经飞离远去，/ 如同一个吻，封缄了你的嘴。"长春花承接了雨露，隔日开得更艳丽好看，在潮湿的庭院里闪现光泽。

19 世纪法国著名的插画家、漫画家 J·J·格兰维尔所绘、由三个作家共同撰文的《花样女人》里，头顶桃粉色长春花、对生的叶子是身体和裙子的脉络的妇人是整本书中最清纯简单的一个，文字所描绘的花之情愫也最美好——

> 四月的一个美丽早晨，我在大地上醒来。一条小溪在我脚边潺潺流过，鸟儿在我头上唱歌，芬芳的清风吹拂我的头发。""我愿意保留我的幻想。当我回去时，我会要求花仙子让我每年在大地上过上一个小时，在水边照一照自己，呼吸清风，一小时瞬息即逝——犹同春光。

家中有植物清香让我感觉日子笃定安稳。明清后的画家都喜欢画岁朝清供图，想起一个月前在贵州省博物馆看张大千的画展，也看到一幅松萝水仙的岁朝清供图。我每每见到这样有静气、能安抚人心的画，也总愿意多看几分钟。画家们在隆冬百卉凋残时以清供为乐事，画的多是梅花水仙佛手文玩这样雅丽的物件，但我没有那么刻意，有时候就是草地间野花一把，回来往茶碗瓷罐里一摆而已。每日晨间的读书时光，自书页间抬眼时，还可见眼前几朵小花，殊是可喜，便觉得这不太平的人世即便有再大的风雨，我到底还得享这眼前孤独的安宁。那是我自己的日朝清供，不够风雅，却足以使庸常的生活多几分趣致用心的点缀。

汪曾祺写的穷家过年以一盆青蒜代替水仙，或者萝卜樱子也可带来几分悦目。我的案头清供也是如此，和他说的穷家过年也要一点颜色是一个意思吧。这么说来，我得多么感恩长春花啊，它让我的生活日日是好日，让我的茶桌日日新来四时春。

故园的 **黄槐**

  每当风雨交加的天气里，尤其是台风来袭的时候，我就很担忧街道上那些黄槐。它们还安好么？是否被强风刮得东倒西歪？那些鲜亮的小黄花开得那么美丽那么卖力——一开几乎是一整年，偏偏它们扎根不深，经不得风雨的侵扰啊。

  风雨过后的一地狼藉中，黄槐是重度受害者。它们倒在洼地里，细碎的羽状复叶和小黄花掉落一地，让人不免有怜惜之意。我希望园林工人会扶起它们，重新安顿它们回到大地的怀抱里。

  我在一个夏季的末尾里识得黄槐。那一日黄昏，从岛外归来，行车在快速车道上。车流拥堵，望向车窗外，见台风雨过后湿润的土地上落满了黄色的小花瓣。再看落花的树，细弱纤长而姿态仍优雅。当下觉得泥地虽非香丘，但一定是落花最好的归宿吧。

  黄槐总是落英缤纷，扬扬洒洒一天一地，我起初便误以为黄槐是我少女时代读的琼瑶小说里写过的"金急雨"。我记得

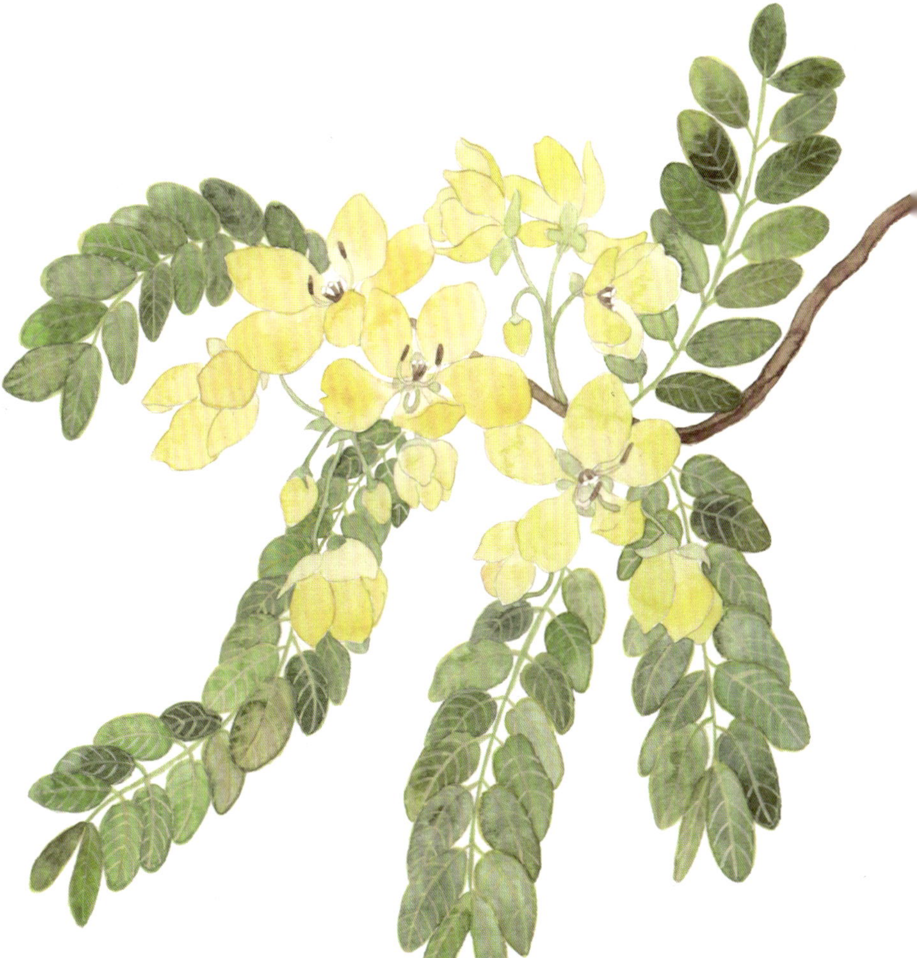

某个小说里写到青春美丽的女主角自长街树下走过,金急雨落了一身,那真是美好的一幕,难怪男主角一见倾心。香港作家亦舒也写过巴黎有这样开黄色小花的树,落花不断,人站在树下,花瓣如泪下。"金色的眼泪",想想都觉得惆怅。黄槐与金急雨同科不同属,错认也可以原谅吧?而且这个错误也不是我一人独犯,台湾作家钟晓阳也曾这样误会:"我最喜欢金急雨了,春夏开得到处欣荣,也叫槐花。风一经过,漫天漫地是腻黄腻黄的碎碎,不是黄叶无风自落,而是有风,因此是曲折,是因果。"

厦门的许多地方都植有黄槐,叶子茂盛,花开绵延四季,尤其那灿灿的花簇拥在树上,看起来比绿叶茂盛得多,这令人心情明朗欢快。怪不得黄槐有英文名为"Sunshine tree"。因为花期久长,叶子常绿,黄槐比金急雨欢乐多了呀。性喜高温的黄槐到了日暮,那小小的叶就会闭合起来,似乎进入睡眠般闭上眼睛。它们喜欢和阳光舞蹈缱绻,那么"Sunshine tree"之名更是来之有据了。

曾经上班的园子角落,也种有一圈黄槐。我在冬季岁末离开彼地,却在春的清明里、夏的烈日下、秋的朗阔中经过那一树树繁花。那个所在令我留恋的人事几乎没有,唯独留恋园中静默的花草树木——黄槐亦是其中之一种。偶尔忆念起那"蒙蒙碧烟叶,袅袅黄花枝"时,不免想到白居易《庭槐》诗里所写的:"人生有情感,遇物牵所思。"那个短暂逗留过一个春夏秋的地方，于我也已是天涯故园了。

偶尔因为别的事情造访故地，亦心平气和。想起从前时常在园子里、在黄槐树下等待我的人。那付出所有，也没能撼动半分的苦楚早已经平复。一定要成为局外人，才能真正心平气和地写出来吧。以及，一定要足够成熟诚恳，才能原谅过去所不能原谅的。的确只有在年轻的时候，才可以不顾一切地去爱，去爱对方多过于自己，去爱爱情多过于生命。

这样的情感，随着年纪的增长，是烈日下的一杯水，渐渐降低水线。

渐渐地，你爱自己多过于对方，爱生命多过于爱情。

不是没有过教训的。为一个人痛不欲生，为一份感情伤痕累累，那都是不会思虑不懂得要爱惜自己的年纪。

如今的我明白，爱情，的确是有条件的。

于是，好似在废墟里重建，我造一个新的所在。那一日装修的油漆结束了，收到短信说，顶好紫，墙好黄，很高更。有黄槐一样的黄，我的眼前出现了色彩浓郁的塔希提岛。想起高更的世外桃源，心里生出盼望。"我们已经穷尽了语言所能表达的，于是我们保持沉默。我看见花儿和我们一样静止不动"。明艳里有陈的旧痕，温暖里夹着冷意，仿佛与世界与人相亲却隔着帘幕，我要退回去，每个人都有每个人的生活。

我必得一砖一瓦地垒起属于我自己的世界。

故园，终究只是故园。

四时花 黄槿

多年前于白鹭洲公园最初得见黄槿。初秋阳光和煦，天气舒服极了，午后走进公园深处，在阳光的碎隙间总能邂逅一地的黄槿花，落在绿草上，衬着湖水蓝天，明黄亮蓝对比得煞是好看。

我总是捡几朵到日日去看书发呆的咖啡馆，它们便在咖啡桌上陪伴我整个下午。黄昏暮色起时，落花也渐渐合拢起花瓣，提醒我白日将尽。

其后的这些年，几乎整个夏天，在厦门四处邂逅黄槿淡黄的花儿，以及那大大肥厚的心形叶子。也不觉春去秋来那样开在绿叶间，仿佛永远不会凋零。是啊，晚唐许浑有诗云："绿琪千岁树，黄槿四时花。"只要我想看花时，黄槿就在枝头等待我目光的停驻。

夏日的某一天清晨，还特地拍下黄槿互生的叶子，发给朋友看，玩笑地说："这是我那常青的心啊。"记得谁写过，这样生长着的心形叶子可寓意"心心相印"。听说在台湾乡间，黄槿的叶子在年节时常作为包裹糕饼之用。我只吃过竹叶垫着蒸出的糕点，也不知道是否有机会能尝到带着黄槿清香的点心。不过，我光是想想美味的糕点下是一"颗"心，就觉得这糕点有郑重的心意，不可囫囵吞下，一定是要仔细品尝才对得起制作者的殷殷心意。

有时候，也习惯捡回一朵黄槿放到办公桌上。偶然自电脑屏幕间抬眼望它，看它殷红的花心，似沉默已久有话要说，却终究无言。这样觉得一朵黄花承载着的情意真如它的叶子般形象贴切。有时候是数日阴凉秋雨后，清晨突然在草地上看到黄槿落下了枯黄的叶。那萎黄的心形叶子也是美的，静静地落在草上，仿佛是一颗受伤的心，但叶片上不染尘埃，仍是倔强坚定的模样，像是骄傲的女子，固然有伤，也要努力保持一种姿态。

而我，却突然自这片黄叶中清晰地领知晚秋的消息。我开始注意到黄槿的树冠上，有绿叶黄花还有黄叶，都生长在一起，好似春秋同在，这也是有意思的一景。闽地的秋意一日日浓了，即时是四时开花的黄槿啊，也是懂得应和季节之变幻的吧。

后来才知道，厦门的黄槿越来越多，那是因为它们防风定沙，适合厦门的海岛天气。在台风不时肆虐的沿海城市，它们柔韧坚强，自成一景了。

刚生完女儿的那个秋天，时常在夜里她睡下后到小区花园里走一走。明月在天，高楼人家的灯火渐熄，黑暗中黄槿在近处的枝头开放，和我一样，静静的。就在那样的黑暗中，我看到草地上有人用黄槿的落花拼了一颗心。孤单的一颗心，被遗忘在无人角落草地上的一颗心，我突然回忆起一些旧日点滴，我的心就像被微风吹开了一个小小的缺口……

如果生命允许有一个出口，允许有片刻的怔忡可以令灵魂出窍，我希望是某一个秋风起的夜晚。黄槿的心，和我的心，都有各自想要原谅想要记取的回忆。不追问不探究，只愿意随着秋日晚风的吹拂，在庸常生活的汪洋里偶尔撷取一朵黄槿的明黄色。那便已经足够。

而我小小的女儿，因为自咿呀学语起就随我认识植物，她最喜欢捡好看的落叶，装进口袋，带回家中。某一日，她捡了大大的黄槿的落叶，回家说："妈妈，这是爱心的叶子，送给你当礼物。"我微笑地对她说："谢谢你，宝贝。"在那一瞬间，又仿佛生命中所有的离散已经消逝，唯有眼前可爱如花的稚朴孩童。她，以及我也曾抱怨过的琐碎日常已经足以构成人生的全部。

倒春寒的季节，阴翳的日子，从曾经熟悉却已经远离了七八年光景的园子里返家。忽然看到门口一株开花的黄槿，枝条摇曳，花朵躲在大大的叶片下，也仍是醒目。在黄昏的风中站立了一分钟，想起了纪伯伦的诗句——

当你咀嚼一个苹果，心中要对它说：你的种子将活在我的体内，你未来的蓓蕾将在我心中开放，你的芳香将是我的气息，我们将一起欢度四季。

和我一起度过春夏秋冬的黄槿啊，我人生里那些数之不尽的四季，也是你轮回的四季吧？

随遇而安 三角梅

我曾经并不觉得三角梅是一种花。

在我眼中，作为厦门市花的她是再寻常不过的植物了；那花儿——怎么能叫花儿呢，根本就是三片叶子的组合嘛，不过颜色艳丽些——何况有的还不艳丽，得要凑很近了才能看到三片"花瓣"中小小白色的花。她们，哪有花朵的风姿呢？

一直到十几年前的秋冬，搬到鼓浪屿赁屋而居。我这个异乡人，每日里在巷弄里海边上游游荡荡，看老屋观日落，随处可与三角梅遇见，看她们在废弃的院落里、民居的窗台上、小巷墙角边……单瓣复瓣、大红桃红粉红粉白浅紫米黄，就那么蓬蓬勃勃地、自由自在地开着，仿佛生命就是那样的随意快活。我看着她们，也不由的受到感染，觉得这天气真美妙生活真快乐啊。

最喜欢三角梅在某户人家的窗边上伸出一枝来，艳艳的指向蓝天，那是唱歌的陈升写过的："开了几簇鲜红色的花朵赖在菩提树上，在湛蓝的天里非常的醒目。"鼓浪屿内厝澳民房的那些

三角梅，有的是在那些颓败的门楼上和飞来榕长在一起，悠然自得地开出花来。植物才是自然界永远的主人啊，她们哪里管这座岛百年的沧桑悲欢，不过要一点可以植根的土壤罢了。最惦记的是笔架山上祈祷石旁那些三角梅，她们陪伴我多少独自坐山崖上看落日的黄昏？彼时，那里是我的秘密花园，安静荒芜，而石头罅隙里长出的三角梅，虽无人种养，却生机盎然。它们像是倾听我心事的老友，与我与落日无言相对，直至夜色深浓，鹭江对岸灯火渐渐亮起，我起身下山。

闽南人日日可见三角梅，生活在鼓浪屿的诗人舒婷有一首写三角梅的诗《日光岩下的三角梅》，写于1979年的8月，这首诗可算是它最完美的写照了：

是喧闹的飞瀑/披挂寂寞的石壁/最有限的营养/却献出了最丰富的自己/是华贵的亭伞/为野荒遮蔽风雨/越是生冷的地方/越显得放浪、美丽/不拘墙头、路旁/无论草坡、石隙/只要阳光常年有/春夏秋冬/都是你的花期/呵，抬头是你/低头是你/闭上眼睛还是你/即使身在异乡他水/只要想起/日光岩下的三角梅/眼光便柔和如梦/心，不知是悲是喜。

三角梅别名不少，我还喜欢它的台湾名字——"九重葛"。它先是从南美的巴西到了英国，再引种到台湾。厦门最早的三角梅大约是20世纪30年代从台湾引种而来，种在厦门港或厦大一带。现在的厦门，哪里没有它的踪影？

造访闽南乡间，时常能在普通人家的房前屋后看到开得肆无忌惮的三角梅，真是小美无言。秋冬日天气好的时候，我会走很远的路，漫游这个城市。三角梅随处可见，我也与它们相看两不厌。泉州的三角梅，有红砖建筑的背景，似乎更有风情。但是三角梅也是不经风雨的，风一吹雨一打，就落了满地。

去热带地区也经常会遇见三角梅。在云南开远，停运的小火车轨道里，废弃的小铁轨，生锈的小火车头，空无一人的火车站，20世纪的遗存，三角梅在墙边葱茏无限，似乎只有草木是不败的。建水古城的三角梅也开得好，在古老的文庙和西门外大板井边的人家墙檐，红艳艳的，很欢悦。新加坡的三角梅也多，红黄白橙，交错盛开。

就这么觉得三角梅一定是最随遇而安的花儿了，——它也是生命力旺盛、繁殖能力强且耐旱粗生的灌木。可喜爱三角梅的父亲在闽东老家总是养不好它，不能让惧冷的它度过寒冷的冬天。我见父亲努力了几年，但他的三角梅不是冻死，便是只能开出瘦小干瘪的花，后来也作罢了，知道气候不适合，便不能强求了。父亲来厦门过春节，我便领他去三角梅全国品种最多的厦门植物园、厦门市花园过足眼瘾，反正三角梅的花期从秋越春，可以观赏很久呢。

冬日去深深的山里，少有人迹的果园，芦苇，蓝天，一路有野花与红色三角梅，乡村美食，午后的清甜好茶，雾气笼罩的郊外水库，还有可爱的朋友们——这是生活中美好的东西，是朋友说的我们该来谈谈的美好的东西。刚远游归来的我，回味起在别处的疏离感，以及归来的瞬间幸福感，这些对于我来说，都是无法抵挡的诱惑。

走在尘土飞扬的山路上，看到路边的三角梅，它随遇而安，我也随遇而安。我们都在各自的荣枯里，各有喜乐，甘之如饴。

马樱丹

泼泼辣辣

最难忘的马樱丹开在哪里呢?

是那一年春天的时候,当导游,带着杭州来的好友及父母游玩,在厦门大学的上弦场外看到一整面墙的紫色马樱丹。花儿虽不大朵绚烂,然而这样无拘无束地开成一道花墙,也是鲜见。对面的白城海面吹来温暖湿润的风,让马樱丹的成长有了天然的适宜条件。

身为常绿灌木的马樱丹,花期从春越冬,然而在闽南,它几乎开放整年,在山野和公园的角落,它们都生长得快快活活,很愿意回报气候所给予的优越环境。马樱丹颜色丰富,黄、红、紫……有时甚至一丛花中有多种颜色,所以有别名"五色梅""五彩花"。不过,马樱丹说来其实不是讨喜的植物,先是它的枝叶有一种特别的刺激气味,它有"臭草""臭金凤"的名字。再是马樱丹有毒,它的茎叶果实会破坏代谢,误食后会慢性中毒。这种繁衍极快的植物并不太择地而生,深具侵略性,它的茎上

生有倒刺，排斥动物走过，也排斥其他植物生长。

马樱丹这样的特性，使我想起一部同名电影。电影悬疑的剧情仿佛一座开满了马樱丹的回旋迷宫，每个人都迷失其间，每个人身上都生着倒刺，看似互相伤害，其实是互相爱着的。

电影所要展露的是关于爱情和家庭、关于猜忌和怀疑的思考。然而，生活和电影的结尾一样，其实并没有明确的结论。

我所见的马樱丹基本是野花，蓬勃泼皮，一副难剪难管的模样，只好任它们长啊长，长满一面山坡，或者长成迈不进去脚的一片——当然，其中已经没有其他植物的踪迹。

你说它多蛮横呢？

在蛮横之中，马樱丹从从容容，自有规则。像是我经常步行的铁路公园沿路，马樱丹从来都是这么肆意，占领了整面的山坡，野趣盎然。谁说它们不能成为风景呢？偶尔自花坛下见到大概是种植的马樱丹，似乎失去了那种野性的美。我不知道为什么想起生性喜欢流浪的吉普赛人，热情浪漫，不喜羁绊。

有毒的花儿，也并不影响它拥有魅惑的美。我想，马樱丹就是这样的植物吧。

昨日上鼓浪屿，发现岐黄山房边的马樱丹开得灿烂，想起原来住在屋里那个种草药、研究岛屿文史的老人。山房对面巨大的摩崖石刻下，当年拜访过的平房已经荡然无存，记得里面住着牧师的后代，却日日对着记载妈祖信仰的石刻。马樱丹也开在被夷为平地的角落里。历史有波澜宏阔的情节，亦有凡人细微之故事，总都在野花的开落里被记取了吧？

开得又跋扈又安然的马樱丹，好像谁都不能将它们驱赶，它们所及之处，便是它们的领地。这是自然的秩序吧，也是人为所难改变的秩序。

软枝黄蝉的问候

最早知道"软枝黄蝉"这种花儿,是十多年前读龙应台的《上海男人》一书,书里收有一篇《软枝黄蝉》,"几朵蓓蕾像细小的海螺似的层层窝卷着,只有一朵盛开着。不必伸出手,我也知道那花瓣的质感类似最柔软的金丝绒布;花瓣的蒂处呈深杯形,里头刚好容得下三只最肥胖的蜜蜂。花的淡淡的香味,闭着眼,给我一百种花我都喊得出:这个,这个就是软枝黄蝉……"

这承载着台湾外省人乡愁的乳鸭色的软枝黄蝉,彼时我尚未见过,只觉得在眷村少年的情思里,这种花儿悲欢交织,有别样的美。我先是在南湖公园认识了硬枝黄蝉,常绿的灌木,小小的漏斗形的黄色花朵,花期不短,后来也时常在街角和公园里得见。

今年春天,见上班的园子里许多地方开了大朵大朵黄色的花,柔软的枝条中花儿也很茂盛,尤其是办公室楼下那一大片。

特意拍了照片去请教植物专家，他告诉我，这是软枝黄蝉。突然，龙应台笔下那婉转地开在篱笆上、开在墙头、开在铁轨旁的、热热烈烈的比太阳还温暖的花儿，就从读书的记忆里变为眼前的一片黄色，我竟然觉得软枝黄蝉也是老朋友了呀。

遂去查植物资料，说黄蝉是引入植物，原产巴西，品属不少，但中国常见栽培就是硬枝和软枝两种。书上警告说黄蝉的乳汁、树皮和种子都有毒，妊娠动物食之还会流产。看来这属于夹竹桃科的植物，也是不能大意轻松地去接近呢。

在鼓浪屿废弃的院落墙头，看见软枝黄蝉和入侵的五爪金龙交织在一起，把院墙和曾经华美的廊柱包围得密密实实。回头看见日光岩下的古榕旁，也点缀着那一丛黄。那是夕阳余晖里的亮色，在小岛回眸的某一个瞬间，像一支钢琴曲，当当，当当奏响一个黄昏。

女友自北京来鼓浪屿，我上岛与她相会。午夜，送她回酒店后，我穿过半座小岛，回岛屿的另一边我定的酒店。在黑暗无人的坡道上，软枝黄蝉开着。路过曾经住的宅子，一片漆黑，可鼓浪屿的家庭旅馆啊小店啊越来越多，那些到了夜深还不肯消停的灯火结束了小岛过去的安宁。

和龙应台的愁思忧虑一样，有些情感，触动不得。一碰有毒，一念疼痛。而软枝黄蝉们，兀自开成一片风姿，看多了也觉得不过是平凡的女子，更像是熟识的邻居，遇见的时候会这样打个招呼："你好吗？吃过饭了吗？……"是如此家常的问候，

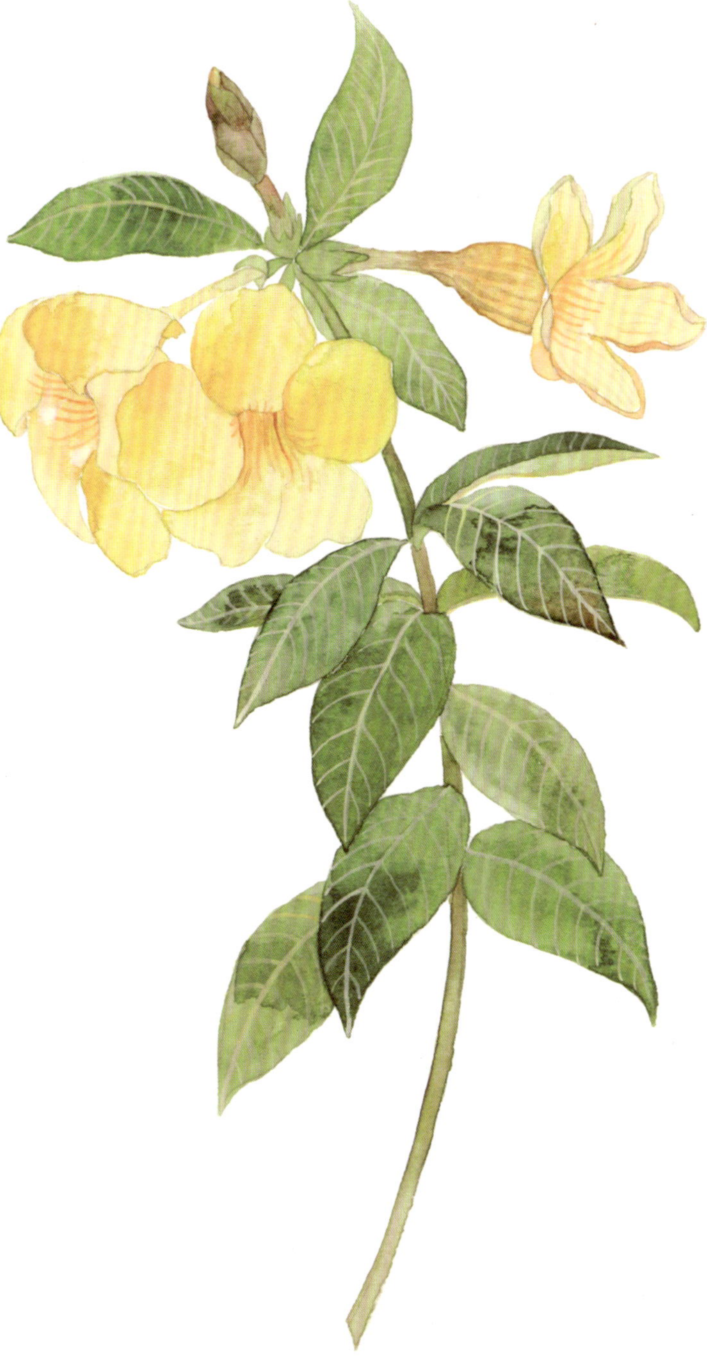

如此清淡的善意。出外的日子里，十天半个月未见，回来再见了，也是如老邻居，说一声："好久不见啊……"看它们尚未开败，也觉得欢喜。

花草也是她的友朋："软枝黄蝉有个英文名称叫黄金喇叭；种在栏杆旁，热带的阳光和雨水日日交融，会让面山的这片阳台很快布满黄金喇叭，每天太阳一探出山头，一百支黄澄澄的喇叭就像听到了召集令的卫兵号手一样，'噔'一声挺立，向大武山行注目礼。"她在花草里看见了时间。时间的机密"泄露在软枝黄蝉的枝叶蔓延里，枝叶沿着我做的篱笆，一天推进两厘米"。

软枝黄蝉蓬蓬勃勃，从春一直开到现在，花期还将至冬。向晚的时候，被尘世俗务扰攘大半日，下楼去走走，只见湖水荡漾中高楼林立，身边大楼里都是领先概念的互联网公司，日日有泡沫升起灭去，唯有这一片黄色的花儿，静静地开放，入世又出世。它们可以教我平衡地走在中间么？如林语堂所写的，既懂得生命的大道，也有世俗的智慧。

我感念和软枝黄蝉互致问候的时刻，那是龙应台形容的"纯洁完美的世界"。

炮仗竹

的祈祷

炮仗竹还开着，在并不显眼的地方，从初夏开始，还没有消停之意。

有时候走过最常见的那一丛，因久在都市的灰尘中"呼吸"，那蒙尘的绿叶红花，看起来像是放过的鞭炮纸屑，又让我想起有一句歌是这么唱的："胭脂沾染了灰……"

胭脂灰，似乎也不能形容炮仗竹的花色。然而在冬日的厦门，人们的目光不由自主地被吸引的，却是另一种和"炮仗"有关的花——"炮仗花"。沸腾在小区围墙的炮仗花，金黄色泽，一开成片，热闹惹眼。

花开小小碎碎的炮仗竹，比起橙黄色的、开满围墙的炮仗花，它低调得多，却在本应呼应名字的热闹之外，有几分寂寥之味。在夏季里觉得它们有几分不合时宜，而阴郁冬日，又觉得细碎的叶与花，不够有热气。萧索的冬日里，总要开出一片大红大紫的才够醒目啊。

有一年初春，到广东的客家县城大埔旅行。行车许久，去到乡间，风华尚在的百年洋楼里，有楼里子孙海外归来祭祖，在偌大的花园院子里堆放一圈又一圈长长的鞭炮来放。擅自闯入的我，被噼噼啪啪震耳欲聋的炮声堵在了厅堂里，看着一瞬又一瞬的火光，直到响声结束。走出院子，只见一地厚厚的鞭炮碎屑，虽红艳却破碎，就有这样的寂寥况味……

玄参科的炮仗竹，别名"爆竹花""吉祥草"，也是"舶来"的植物，它的家乡在墨西哥。花期在春夏的它，尤其是在垂直绿化的天桥上,坐车途中能见到它们纤细的枝条和纤细的花儿,看起来就是细细的绿竹枝干上,开出的细细的红花,其中几朵又形成聚伞花序,像是孩童时春节挂在门上的一挂挂鞭炮。

三伏天炎热的中午,走过鼓浪屿的宁远楼,墙头的炮仗竹开得真欢欣,与夏的热闹对应着。在日光和热气里,炮仗竹的红仿佛更淡了,它把自己退守到配角的位置,并无夺艳的野心。但是,这一百多年的老宅会铭刻属于炮仗竹的流年吧?一花一叶,风雨晴日,荫护一墙,守候一屋,它才是老屋最忠实的护卫。老屋珍藏它,它珍惜老屋,一年一年,才繁衍成这样一墙的红绿来。但我想起老宅红砖依旧,住客几经迁徙,有过名人,也有过常人,如今院落零乱,不知炮仗竹是否也看出几分寂寥?

但炮仗竹自有其丰美的生,你再疏慢它,它还是开得繁茂。它不想和看花人有太多的客套,它就是寻常简单的植物而已。这兴许是它信奉的美德。

在温暖湿润的厦门,炮仗竹好生好养。它的花期变长了,几乎能开一整年,好似要把对年节的等待延长再延长,期许新的一年万事更新。我也理解它吉祥的祈意吧。也许如它的花一般,一旦愿望纤小,便更真实,也更容易实现吧。

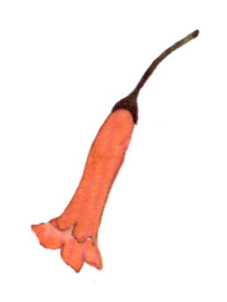

旱金莲

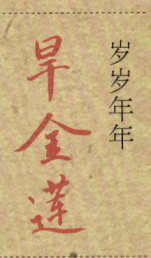

岁岁年年

2011年春日，去台湾的金门访友工作时，在乡间的闽南传统民居聚落里，遇见成片成片的旱金莲。暮春的午后静静悄悄，村庄里渺无人影。红砖古厝的燕尾脊整齐斜出，仿佛要剪破春日的青空。而石头墙边的寂寞荒野里，旱金莲开出最旁若无人的灿烂。

我原只见过被种养在狭小花盆里的旱金莲，袖珍可人，哪知这一片金黄的蓬勃倏尔跃入眼帘，我甚至怀疑它是不是我所见过的旱金莲了。

旱金莲那似碗莲般的茎叶虽纤弱，然而在野地里却顽强得很。闽南民居的墙多由出砖入石堆砌而成的，看似零乱，却有着独特的美感。而一旁大片的旱金莲仿佛是野地里零乱的呼应，却也有它自己的时序流转。墙与花，各有各不被破坏的秩序啊。

传统民居附近，是几幢"土洋结合"的洋楼。那些映衬着主人昔日荣光的繁华屋宇，已经人去楼空，院落颓败，飞来榕

在女墙生根，成为暂时的主人。长巷深深，我只听见自己的脚步，空空敲响从前，如陌生过客。唯有这成片的金黄旱金莲迎我，绽开最热情的花容。

再隔一年的暮春，某一日路过海沧的石室禅院。仍旧是红砖老宅之下，有一片旱金莲，在鲜艳盛开的红玫瑰边上，却有遗然世外之感。闭上眼，在微风拂过的瞬间，我以为自己置身高山之巅，在金色灿灿的包围之中，而天空高远，莫可抵达。

旱金莲花期几乎可全年——至少从初夏开至秋末，然而我想我大概没有机会在金门与它们重逢。关于金门的一些记忆随着那项工作的结束，已逐渐远去，远去的也包括同行的人。石室禅院外的那一丛应该还开着吧？但如果我下一次去看花，陪伴我的，大概也不会是同一人了。

2013年的早春，经过重庆。在城外的路孔古镇逗留了半日。走进古寨门，走过镇上的明清古街，烟雨巷，十八梯，湖广会馆和书院、宗祠仍在，雕花门窗柱础精美，宽阔院子成为孩童们嬉闹的好所在。旱金莲在街巷墙角的破搪瓷脸盆里，开得很好看。喜欢午后时分居民们将店铺半掩，端着大盖碗茶，在河边的茶馆里喝茶打牌，平民生活之乐莫过于此。石板铺就的大荣古桥，有人钓鱼，有人围观。居民们也在河滩的大石头上摆开桌椅，聊天喝茶。这是一个几乎没有游客的所谓景区。我租了一艘小船，游河。我半躺在小船上，看天上云卷云舒，岸边白鹭栖息，两岸山野青青。

当年"湖广填四川"的移民们，在这个小镇繁衍生息，像脸盆里的旱金莲一样，择地开花。哪里是故土呢？安居安心之处便是。"已识乾坤大，犹怜草木青。长空送鸟印，留幻与人灵。"此刻我所见的所感受到的清风流云，都与沉重的历史无关。

这一趟出行带着的书，是一个老先生怀念妻子所写的《平如美棠》。书中有这样一句："山形依旧，流水潺潺，江月年年，星汉灿烂，原都不是为了要衬得人世无常的。"在旱金莲的花开里，在茶馆打牌喝茶的居民眼里，在替我撑船的船工眼里，重山流水，巷陌人情，年年如故，哪里有什么无常？

260

清浅寻常 狗牙花

虽然有点厌烦厦门这座城已被游客过度追捧，但我仍觉得在某些时候，我的确幸运地居留在独属于我的小小天堂里。定居此城多年，生活由几乎固定的细节构成，比如自己固定的散步路线、爱去的咖啡馆饭馆，以及看花观植物的路线。

一直很喜欢莲花附近的一条小路，十几年来，我在一天之中的每个时刻都走过它：清晨的光温柔浮潜，路边小菜摊的果蔬是平实生活的写照。午后光影细碎，树叶明暗变换，走在其间并不觉得暑气袭人。黄昏晚霞的颜色投进来几分，那些摊贩又来了……

从夏天到秋天的几个月，这条路的一侧，开满了狗牙花。绿树白花，清浅寻常，就在一些人家的窗户下，或者荒地里，灿灿地开着。附近的崇仙宫戏台边上就有很高大的一树，总是开得非常尽情。崇仙宫是热闹城市里另一种饶有趣味的存在。一年到头，宫庙前的戏台常请附近漳州的戏班子来演戏，都是小庙的信众们还愿酬神而捐演的。农历六月开始，神仙们的诞辰多，宫庙里请来唱戏的戏班子也多。有时候一连好几日都有戏可以看。唱的都是歌仔戏，唱词有趣，这种家班戏最可爱的地方是跑龙套的来来去去就那么几个，一会儿见她是丫鬟，一会儿又成了集市上的摊贩。一会儿是店小二，过一会儿就成了衙门的衙役。我很爱站在路边，站在白发老人堆中看一段。在繁华闹市水泥高楼之下，还能保留几分民间生活的欢喜热闹，在大都会里实在难得。午夜回家途中再路过，戏已经散了场，台下观众散尽，一片零乱。一辆大货车停在台边，男人们抬着重物，女人们还梳着舞台上的高髻，妆尚未卸尽，一起帮着收拾。这一辆车，人货混装，就要把他们带走，也是大篷车般的谋生旅程。每次看到这样的戏班子，总想到侯孝贤的电影《戏梦人生》。

我总觉得戏台边的狗牙花听过那么多出戏，花好月圆儿女情长、兵戈铁马乱世情怀，指不定看戏的人散去之后，夜深人静时，它也能开口唱几句？又或者像聊斋里的故事，它看多了来求生拜佛的众生，从旁领受不少的香火，也沾得灵气几分，可以化身为花神，满足这些求福求荣求平安的人？不唱戏的日子，戏台边总有许多人打麻将，稀里哗啦的声音此起彼伏，真是娱乐的烟火人间啊。还有个夏夜，见一个老爷爷端了张小板凳，坐在戏台另一边的狗牙花下，摇着扇子，怀抱着一台放着久远闽南语小调的小录音机。仿佛他就是国王，坐拥着他自己的王国。我很羡慕他。这一树树狗牙花，可是这些人间悲喜剧最耳聪目

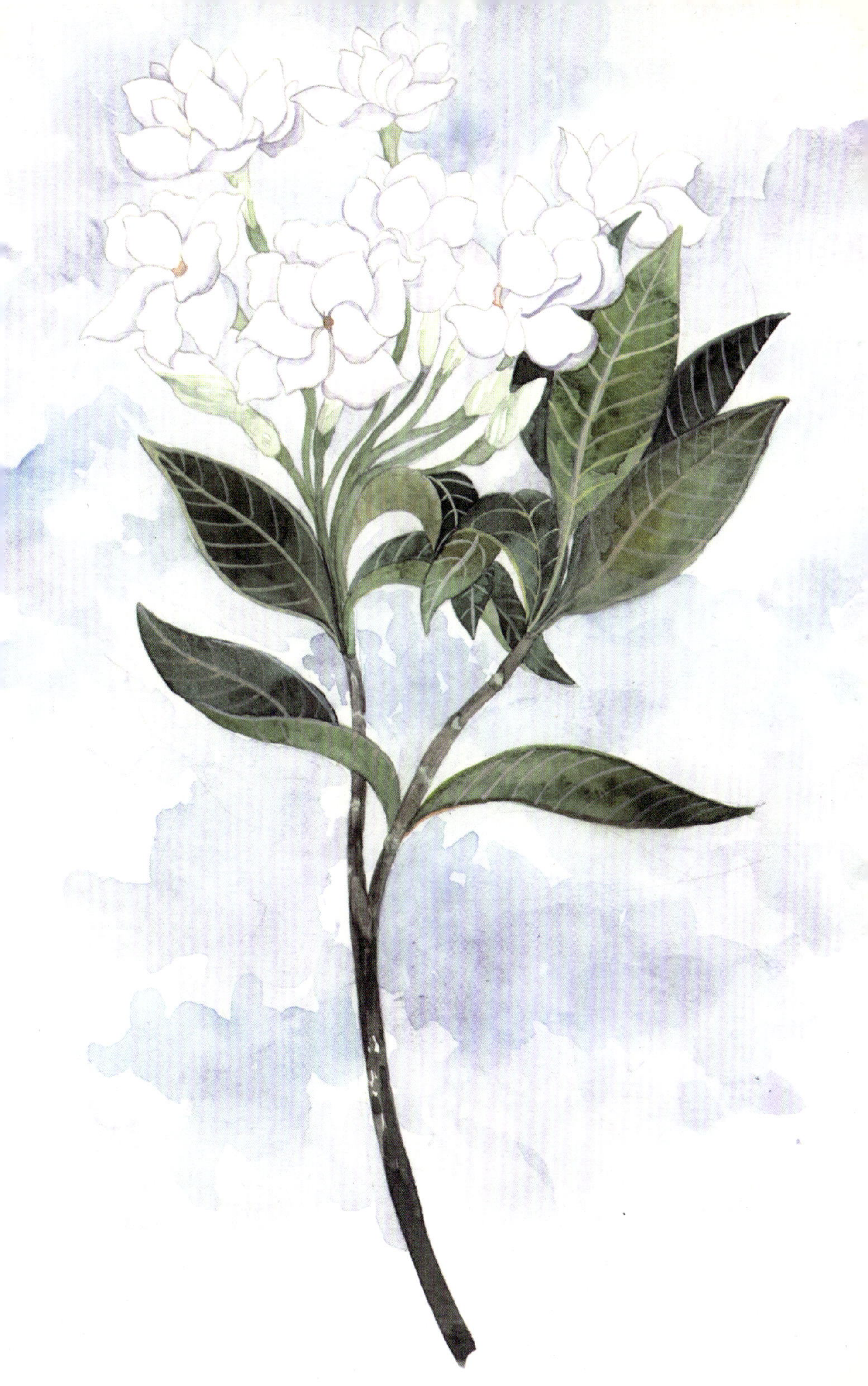

明的旁观者了。而我，时常觉得自己是个沉默的城市漫游者。

所以看似轻贱的狗牙花，却是最日常最市井的陪伴。它是厦门常见的夹竹桃科植物，终年常绿，花期也长。它与栀子花有几分相像，但花色比栀子白，花朵也小，花瓣单薄些，也并没有栀子花那么浓厚的香气，它的香浅淡轻忽，即使花开一大树，恐怕也要凑近了才能闻见。

开在夏日的狗牙花，叶子采做药用可清凉解暑，利尿消肿，植物最懂得顺应天时和地利，这也是它们的智慧吧？狗牙花这么普通的名字——它的别名如白狗花、豆腐花，听起来也都极市井，就像是农村里的孩童小名，"狗剩"啊"狗蛋"之类的，为的是好养大也好叫。然而这样喊起来，却有家人朴素却浓厚的爱在里面。比起城市里孩子那爱娇的叠字小名，虽土得掉渣，但有天生天养之意。想起我小时去乡下亲戚家玩，总不喜欢自己有个城里孩子做作的名字，这好像是一个分界，使得村里的孩子自动与我划清界限。

所以，洁白美丽芳香的狗牙花，它们长在野地里，开在普通人家的窗台下，随夏夜的晚风送几丝清香给路人或者到屋内，那也算是植物最好的生活方式吧。

悬铃花 的晨与昏

朱槿和扶桑都不算是陌生的花,不过在它们的名字前加上"南美"或者"灯笼"——南美朱槿、灯笼扶桑,恐怕就有许多人觉得陌生了吧。这是悬铃花的别名。厦门的人行道边,山间,公园里，常绿的茂密叶子中开满了红红的、像是小风铃一样悬挂下来的花朵，那便是悬铃花。

这一树树的红花儿，开过了冬，又开到了春，一年四季都静静开着。这来自南美洲的植物，在闽南的亚热带温暖土壤里生活得似乎很惬意。它活得不费什么劲儿，满树的"小风铃"，随着风儿轻轻摆动，在繁盛绿叶间舒放自如，就连凋萎也是慢慢的，不急不失的，很适合厦门这个慢慢的岛城。

悬铃花多见是大红色，也有花开粉红的——但我只在植物园里见过。而它是什么时候进入我的视野，我其实也忘记了。想来也一定没有初见惊艳，才会如此淡漠，只觉得已经是熟识的朋友了，这几年总习惯处处遇见它。但正如爱情永远不可能如初见般天旋地转，到了可以携手成为伴侣的时候，再惊艳的花儿也是寻常模样了。又或者可以说，锦绣情侣总抵不过柴米夫妻的踏实。在我私人的草木谱系里，悬铃花便是这样可亲可爱的花，日日相见，如尘世中相依相随的普通夫妻。

悬铃花花瓣五片，呈螺旋状聚在一起，略微向左旋，开放时花瓣并不开展，好像一直含苞着，判断它是否正开花，是看花蕊有没有长长地伸出来。因为这样含羞包裹的开放，悬铃花也被称为"永不开放的花",甚至还有别名"大红袍"或"卷瓣朱槿"。将悬铃花的花蕊拔出,就能吮吸到甜甜的花蜜,据说这是不少闽南人甜蜜的童年记忆。

不过我每每看着悬铃花,又总觉得它那不彻底开放的花儿里似乎包裹着秘密,或许只有与她日夜相伴的绿叶才知道吧?又或者,谁也不曾明晓花心里所隐藏的种种。我俯身仔细看它的时候,甚至想着倘若我侧耳倾听,它是否愿意告诉我,与我分享它的欣悦与感伤呢?在我们熟视无睹的草木的躯壳里,大概有一个我们人类无从知晓的世界吧?草木不言不语,它们有自己的悲欢生灭,离散聚合,哪里需要我们操心?

而人类呢,可以把心事藏在哪里?可悲的是我们最终还需要借助草木,比如一个树洞。

但总会有找不到树洞的时候。

比如我也曾经历过:似乎有很多烦恼事。又似乎都不值得一提。

停下来看着悬铃花的时候,也看看从前,又想想未来。觉得不过如此,人生不过如此。原来我已经丧失很多东西。并且,很难再找回来。必然都要经历这样的过程吧:犹豫,焦躁,平静,然后决定。一切就都水落石出,亦风平浪静了。

读北岛的《失败之书》，最后一页，那是早年在《书城》已经看过的一篇访谈。采访人问北岛：如果你现在给"幸福生活"下一个定义，会是什么？

　　北岛回答："记得年轻的时候读普希金的诗：没有幸福，只有自由和平静。我一直没弄懂。直到漂泊海外，加上岁月风霜，才体会到其真正含义。没有幸福，只有自由与平静。"

　　只有自由与平静。我想我如今也是这样理解幸福的。有些东西你永远无法得到，那么仰望不如平视。囚禁不如解放。

　　看着悬铃花，我想起罗大佑有首意有所指的歌里唱："不变的你伫立在茫茫的尘世中，聪明的孩子提着易碎的灯笼，潇洒的你将心事化进尘缘中，孤独的孩子你是造物的恩宠……"每种草木都是造物的恩宠吧，悬铃花提着它的小灯笼，不变的、潇洒的开开谢谢，在每一个早晨黄昏……

　　我开始幻想再过一两年，我可以开个小店，养老度日，与花花草草以及简单清澈的人做伴，度过我的每一个早晨黄昏。

栾树，树树秋色里的无限

明明是秋天的天，秋天的风了，为什么温度还停留在夏天呢？

在别的很多地方，秋天一瞬间就到来。然而在厦门，秋天的气息只会是慢慢浓郁起来，你要懂得去分辨风的味道，以及早晚空气中那一丝丝爽利。不过，当我看到台湾栾树那满树的黄黄红红，还夹杂着绿绿的叶，就知道秋天已经悄悄抵达这个亚热带城市了。又到了台湾栾树粉墨登场、唱起花与果同在的歌谣的季节了。

曾经十分迷恋北方辽远寥阔的秋，如今那些印记倏忽而迢遥。到底是台湾栾树在南方并不明显的秋色里，给予我一季的富足秋光，我不免要深深感激它们。南方的秋天没有金黄的银杏，嫣红的枫树，也没有沙漠腹地的胡杨，但有台湾栾树所献出的秋色。

台湾栾树的原生故乡就是台湾。身居无患子科落叶乔木的它，为台湾原生特有种，生命力强，生长速度快，耐旱抗风，是优良的行道树种，且名列世界十大名木之一。因叶形似苦楝又被称为"苦楝舅"；又因为叶子会经历从绿至黄，再从红褐色到褐色的四色过程，也被称为"四色树"。这四种颜色在它们身上演绎整整一年，也算是给有心观赏它们的人额外的奖赏吧？台湾栾树是台湾街头的主要树种之一，据说台湾每年的10月1日都会举办"栾树节"，人们饮酒赏花，乐在其中。而台湾原住民则通过观察树叶颜色来辨识天气，比如鲁凯族人认为台风如果在栾树变红时登临，便很严重。这一点来自民间的自然智慧，据说也得到了气象记录的印证。

台湾栾树来厦门的时间并不长，前些年才自台湾引种到厦门，并逐渐成为行道树的一种。闽台两地素来亲缘，植物的迁徙更是没有障碍。台湾特有的植物在闽南一带也没有水土不服，厦门与台湾相似的气候很适合它的生长，所以不过几年，就在许多地方看到它们繁茂高大的身影。台湾栾树是我所

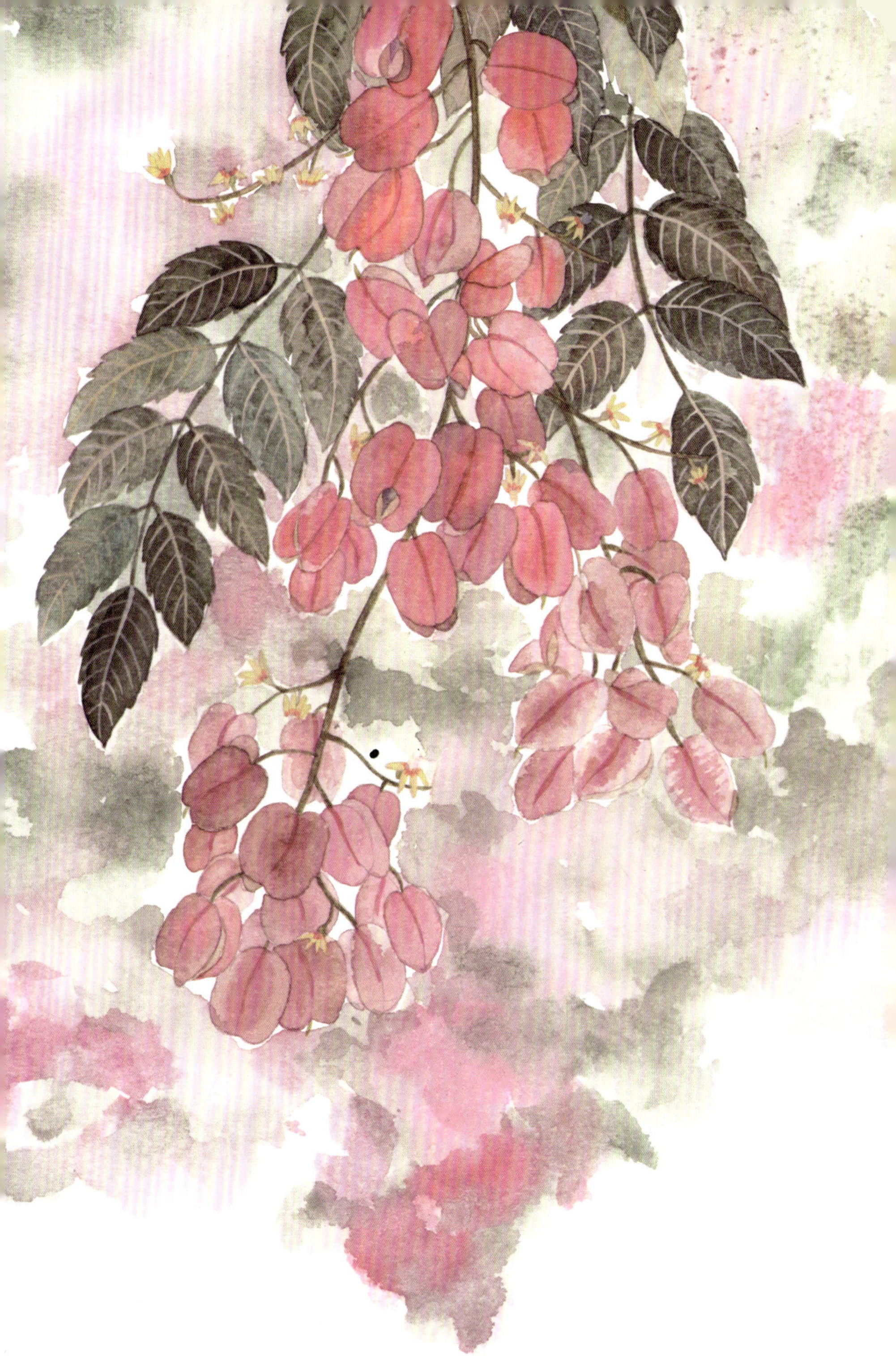

见的不多的花与果同期的植物。9月过后，台湾栾树的树冠上绽放出一簇簇耀眼的黄——这是它们的花，还有红色如花状的蒴果在树梢间，而绿叶则在最下一层陪衬着，颜色的丰富好似春、夏、秋同在一起。

花果皆美的台湾栾树，美的时间占据整个秋天。在城市拥堵的那些交通要道，也许并没有人注意到台湾栾树的风华显露。每年秋天，我都很期待秋风起秋雨落，看一场金色的花雨——台湾栾树风起雨后落下的一地细碎黄花，使它还有"金雨树"之名。台湾作家蔡珠儿在《台北花事》里写，台湾栾树"一年才开一次花，细碎如米、汇聚成串，像头纱一样覆在树顶上，好像怕人碰坏这又碎又难得的花，所以捧得高高的。淡黄栾花开后即逝，渐渐生出满枝的硕果来，转为轻旎的水红色，于是台湾栾树虽一年一花，却拥有浅黄淡红两色颜彩，不能不归功于俭省和小心"。

我倒从这样的俭省和小心里，获得一个视觉上的美丽秋天。

另一个擅写草木的台湾作家凌拂眼中的台湾栾树美得热烈："浓绿到巅峰便又再转黄，入秋更是它美的巅峰，黄花丰登，孟秋仲秋而季秋，黄花与蒴果比例皆大得惊人，长长的好几个月占满树冠顶梢，视觉效果，它成就了整个季节的天空。""树梢细密鲜艳的黄一日盛过一日，飒爽秋天它一直在次第转换中，黄花换成蒴果，苞片似胭脂，霞焰成片，或酒红或深赭，亮丽摆荡，少不了它是当季最灿亮挚烈的植株。"

在凝望台湾栾树的某个瞬间，觉得人活一世，草木一秋，就是这么简简单单。遂想起了台湾诗人周梦蝶的诗：

> 微澜之所在，想必也是
> 沧海之所在吧！
> 识得最近的路最短也最长
> 而最远的路最长也最短：
> 树树秋色，所有有限的
> 都成为无限的了

从每一年必去探看北地的秋，到索居南方几不离城，地域上的隔离是最近的路还是最远的路呢？但是看看台湾栾树红与黄的交辉，那也是我心上无云的明镜般的天空，是无限的树树秋色。从秋天走到秋天，慢慢的收与放之间，过程已经是所有获得，我已无需刻意去寻。

龙船花

龙舟季的

感觉自己越来越像一个穴居动物。对某些人事厌烦的时候，就选择避居在自己的洞穴里，不管不问外界种种，自动屏蔽一些喧扰。这样的日子，每一年的夏天最极致，仿佛是佛家说的"结夏"般，我避开酷暑，只等我最喜欢的秋天到来，再解夏出门远游。在我的"结夏"里，我最感激植物所给予我的宽和心境。时常是居家一日，黄昏才出门接接地气。我也不需要和人说太多话，买简单必要的食物回家，走在路上看看植物草木，这就是我宽解自己的方式之一。

很喜欢看花团锦簇的龙船花。路边篱笆下热闹开放的它们，顶生的聚伞形花序，红红黄黄真好看，看着看着就忘记烦恼了。在温暖湿润、阳光充足的厦门，本来是夏秋才开花的龙船花遇到了它们最适应的气候，开遍整个四季，颜色也多样：红、黄、白、橙……欢快得很。它们也照亮过我幽暗深邃的某些时刻，让我在背对世界的那些时刻里，拥有属于我自己的简单之乐。

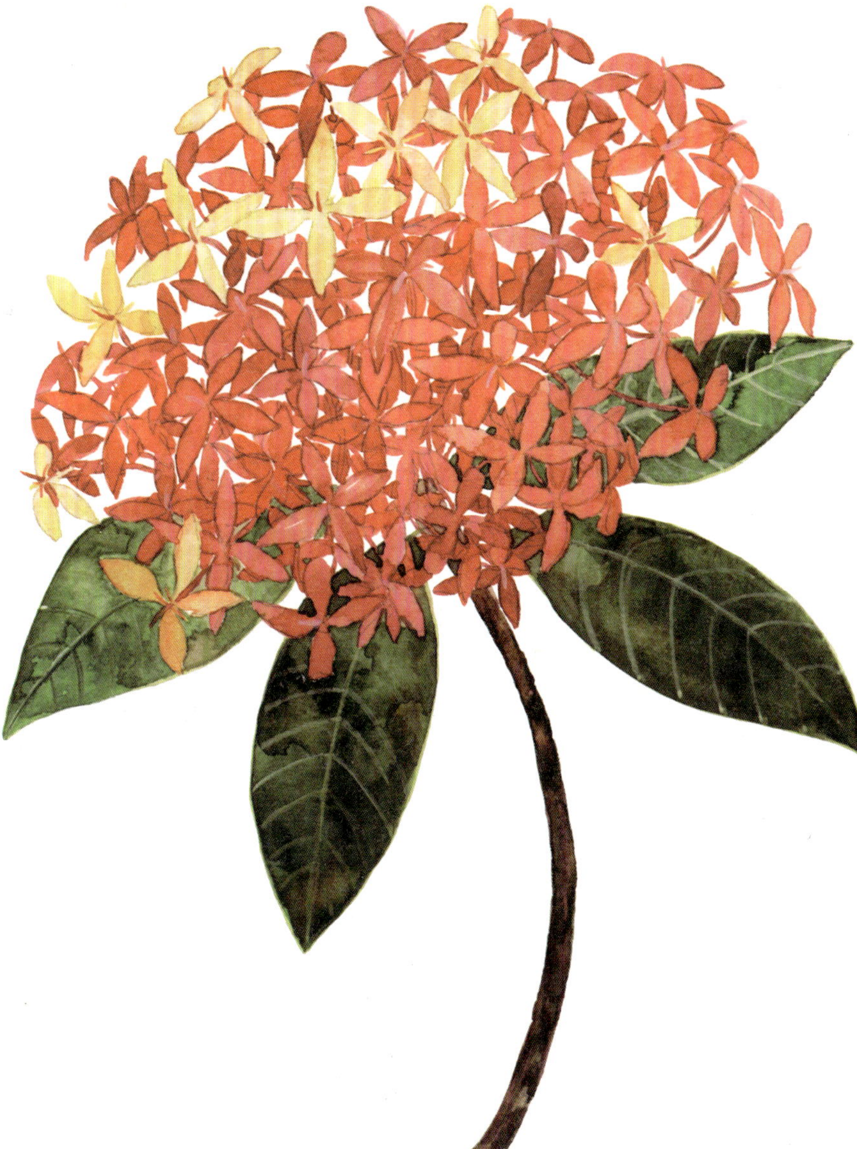

认识龙船花，最初是在鼓浪屿的庭院里。叶子常绿花开长久的它们，是拥有院子的主人们喜欢的植物吧，随便往小花盆或者土壤里一种，也不需要太费心照看，是极好的观赏性植物。寻常的野草闲花，不用着意的铺设，自有天然杂生的野趣。

　　龙船花未开时，花蕾细长，开放时则是四片花瓣平展成一个个十字，花朵聚在一起也像绣球，所以还有个别名叫"水绣球"。龙船花是缅甸的国花，该国自古临水而居的依思特哈族人有一种浪漫的婚俗，父母会在女儿出嫁那一天，让她坐在满是龙船花的小船里，任其顺水而漂，而新郎则在下游等待花船的到来，把船拉上岸后牵着新娘一同回家举行婚礼。光是想想，就觉得这情形美得动人。这顺流而下的花船是父母给女儿最好的祝福吧？那河岸边等待着花丛中美丽新娘的新郎，心中该是多么焦急而甜蜜！

　　中国的南方也是龙船花的原生故乡。因为龙船花花开十字，在古代十字图形代表着避邪驱魔去病瘟的咒符，所以传说古时在每年端午花开之时，百姓们会把龙船花和菖蒲、艾草并插在龙船上——这是龙船花名字的由来。但我看过许多次划龙舟，却只在船上看到菖蒲、艾草，并没有看到龙船花。不知是节日风俗的逐渐流失，还是这本来就是一个传说。不过我记得某一年端午，去漳州九龙江沿岸的村庄里看龙舟赛，那并不宽敞的内河航道上，龙舟竞渡，锣鼓鞭炮齐响，村民的额上扎着大红的布条，喊着整齐的号子，河清海晏，真有一种民间的喜乐在河面上与船桨下荡漾。河岸边和村子里都有盛开的龙船花，它们虽非主角，但也见证了这喜庆的一日吧。

后来连着几年会去这个地方看龙舟赛，知道每一年都会换主办村和参赛村，但村民们每一年都是一样的开怀，和岸边初夏的龙船花一样勃然生动。

出生在赛龙舟附近的村庄里的林语堂曾说："让我和草木为友，和土壤相亲，我便已觉得心满意足。我的灵魂很舒服地在泥土里蠕动，觉得很快乐。当一个人优闲陶醉于土地上时，他的心灵似乎那么轻松，好像是在天堂一般。事实上，他那六尺之躯，何尝离开土壤一寸一分呢？"

龙船花的身躯也没有离开过平实的土壤，它虽是不登大雅之堂的花，最多不过是庭园的点缀，但它接它自己的地气，而我在与它的相亲中也接了地气，那更是一种生命之气的确认。

如果葱兰有秘密

最近很想念大理，想着夏季去住上三个月该多惬意。曾有一年6月在大理，被刚认识的新朋友带着去蝴蝶泉，荒地里有成片的红花葱兰，几个卖旅游商品的白族妇人在花丛边吃着午饭。

常去的健身房中心地下花园里，种植有一片一片的葱兰，点缀在其他花木之下，似是配角。它们一整个夏天都隐藏在绿树下，并不起眼。我去看了几次，花还未开，在草地上很羞怯的样子。长着如葱般细长叶子的它们，纤弱如草，着实平凡，甚至不会令路人多看两眼。石蒜科葱莲属的葱兰，只有在花开的夏末秋初，那整齐的抽茎而出的成片花朵，才风致依依，使人惊喜。

这一日，台风雨刚过，秋风已起，本是清爽美好的季节，却是嘈杂闹哄初歇。电脑上满屏幕的乱相，看了让人不免灰心，遂格外渴望一些美好的微小之事物。雨后的黄昏，约了朋友吃饭喝茶。等人的间隙，看到葱兰开了。白色的花朵，很努力地从绿色的细叶中抽身，顶着六个花瓣，在向晚的风中摇曳着。

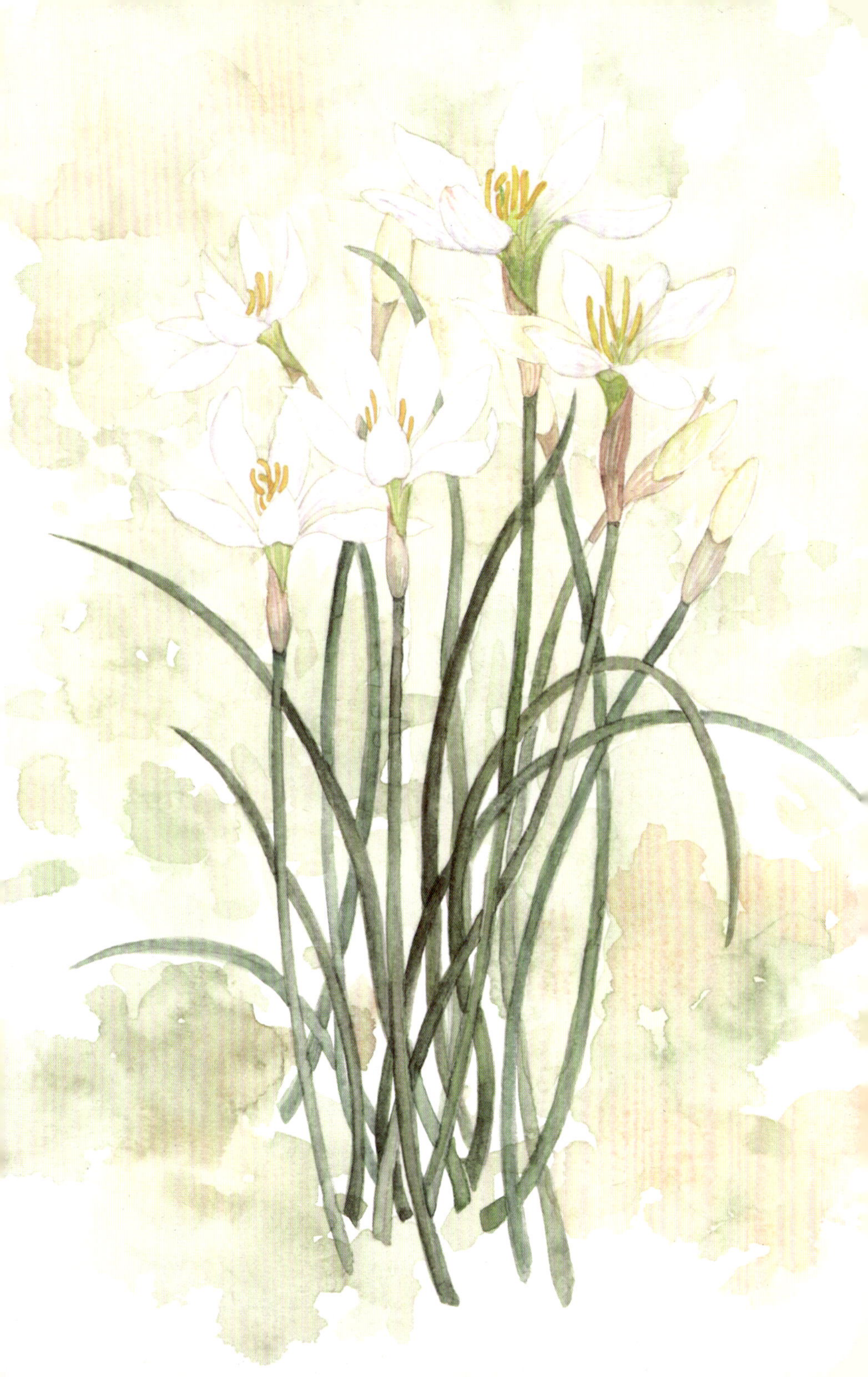

原来啊不知不觉间,葱兰的花季到了,尤其是风雨琳琅过后,最是它们盛放的时候。它们沉默地开着,沉默地张开花苞或者合起,清雅温柔。在与它们的目光交接之时,我想起王开岭的一篇关于草木的短文,"草木乃最安静、最富美德的生物,也是肉体最伟大的保姆:献花容以悦目、果茎以充腹、氧气以呼吸、林荫以蔽日,还承接人之垃圾和秽物……没有草木,我们真是一秒也活不成。"王开岭说,"草木润性,尘沸乱心",所以要多识草木少识人。我赞成这个观点,我们都是凡人,有如蜉蝣之于尘世,心烦意乱时最好去山里林间看看,人类如斯卑微愚钝,草木枯荣中才得见无情岁月中的有情天地。

我拿着相机拍这一片片的白花葱兰,旁边有一个中年女子也拿着手机在拍,然后对我说:"我看看你拍的吧?一定拍得比我好……"很多时候,我会只希望与懂得赏花的人交谈,彼此友善,没有敌意。

这个温和的城市霓虹初起,秋日正来,我仰头望望天看看树,低头赏赏花,当下觉得心神舒缓,这还将是一个明净清澈的秋天吧,我相信。

这一日带在身边等人时看的书是何其芳的散文集《画梦录》。原只读过何其芳的诗集《预言》,他的诗有五四时代的清丽。1938年到延安后,也有一些长诗有革命的抗争意味。我曾喜欢他那《岁暮怀人》二首,"那时我常有烦忧,/你常有温和的沉默"。《画梦录》写成的时间大概是未有抗争之前,与其诗有一脉相承的清丽——"那些寂寞，悠长的日子，有着苍白色的平静的昔日。我已经永远丧失了它们，但那倒似乎是一片平静的水，可以照见我憔悴的颜色。"

"附录"里收的文章大多是写些童蒙物事的，《县城风光》《乡下》《我们的城堡》，平实可喜。怀乡的人总是有一样的惆怅——"但在我的十五岁时我终于像安徒生童话里的那只丑小鸭离开那局促阴暗的乡土飞到外面来了，虽说外面不过是广大的沙漠，我并没有找到一片澄清的绿水可以照见我是一只天鹅。"

我想起我的童年。小时候外婆家院子池塘边极多葱兰，开着红花和白花。我管它们叫"韭菜花"。记得暑假被遣送外婆家，即使没有玩伴，成天被关在大宅里，我也总能找到乐趣：摘花、和小狗青蛙蜗牛蚂蚁玩……

离开了童年，也许我们都没有找到一片澄清的绿水。如果葱兰有秘密，它会说起属于丑小鸭的时光么？

后记
草木有本心

最初其实也是一个植物盲。

居留厦门之后，最先被开得轰轰烈烈的凤凰花、木棉花、三角梅打动，但也仅限于欣赏不多的这几种草木而已。2006年，遇到生命中的晦暗时刻，对人性至为失望甚至绝望。这些日子，恰巧认识在厦门管理一家公园的朋友张（他现在管理着著名的厦门植物园），我经常去公园搅扰他，他带我认识了不少植物。那些不言不语却又似有千言万语的花草树木，成为我孤绝世界里最美好的抚慰。在那些幽暗不能对人言语的时时刻刻里，是草木给予了我无声的宽容和微小的快乐。

记得2007年新年到来的时候，写了一篇《花香满径》给当时的专栏——

"午饭后,在公园里走,认识了许多花。友人教我许多与花有关的知识,我听得入神。我记下了它们的名字:

散尾葵,毛杜鹃,文殊兰,刺葵,鹅掌柴,蓝花楹,仙丹,软枝黄蝉,绿萝,朱蕉,小叶榄仁,旅人蕉,米兰,美蕊花,洋紫荆,花叶良姜……多么美的名字啊。我在园子里,闻着花草香,低头与它们亲近。友人在一旁呵斥踩踏花草的人,我笑了,他对花草的爱护耐心而持久,令人起敬。

……而我在这花香满径的下午,望见了未来生活的一点点影子,因此欢喜而雀跃起来,仿佛一个新的世界为我打开了入口。"

我开始成为植物迷。

2011年10月,从印度行游归来,应邀在厦门晚报开了一个写植物的周专栏《闽南草木》,我从厦门的市树凤凰木写起——彼时正是凤凰木秋日开花的尾声,这一写就是三年多,写了许多闽南街头巷陌、山野公园的常见草木。其实也还是一个门外客,单凭对植物的热爱,莽莽撞撞的一路写下来。如今回头看看,错误不少,然而仍幸运与这些草木的遇见。走过许多地方,它们被我记得,很多时候是因为某一棵开花的树,某一片凋零的叶,某一朵落下的花,这些都在风景之外永存,永存于我人生的四季。

你有没有过凝视花开热泪盈眶的时刻呢?

我有过。

比如这一天,初夏的黄昏,难得在香港坐双层巴士。夕阳在街道和维多利亚港的边角铺陈,突然车窗外有一枝艳丽的凤凰花直伸到眼前，我刚刚自香港历史博物馆看一个古代文物展，从亚述帝国和腓尼基人的世界里抽离，想起文明的更替，想起人类的进化，被这样一枝花感动了。那也是我的山河岁月吧？

再比如在返乡途中，动车转过开阔的海湾，初春的山野美好，远处映山红盛开。暮色中突然想起一个故事，泪盈于睫。人与自然的依托滋养，是我心底最美的风物。

又比如离厦夜半归来，鸡蛋花落了一地，以比白日更盛的幽香迎我。我想这一刻的我心存感激。这么多年来，我或长或短的离开这座城，走时孤独一人，回来仍是孤独一人。在各种关系中，无论被理解与否，孤独是恒常。但如老友们等候我的，除了鸡蛋花，还有七里香，狗牙花，含笑。我在行旅中从未惦念过它们，但它们并不介意，始终以同样的方式对我。这大半生的跌跌撞撞离离散散，都在该刹那得到安放。

后来，与一个人相爱，结婚，生子，几乎隐居，惟有草木，沉默却又洞悉一切地看着我收拾过往迎来新生。人生里重要的那些时刻都有花开花落的见证。草木对我来说，是最好最不会远离的友朋：那些相聚与别离，那些喜悦与悲伤，那些执着与放弃，花儿们都和我一起感受着呢。我那三岁的女儿，从被我抱在怀里，我和她说话这是什么花那是什么树，到她牙牙学语，随我辨认植物，如今已经知道许多草木的名字。她经常还会捡一朵落花或者落叶回家送给我。我望着雀跃的她，便想：她那纯真如水晶的心，最能与植物相通吧。亲爱的孩子啊，希望你的心不会被世俗遮蔽，终你一生都能感受得到植物的单纯美丽。

在草地林荫间，呼吸植物的芬芳，与植物亲近，是最自然快活的事情。彼此不言不语，又似乎互相懂得。比起与人相处，简单得多也明白得多。时常想着，未来是否也可以归田园居，可以"悦亲戚之情话，乐琴书以消忧"。万物有时有候，都有闲暇观之。

我书房的墙上挂着已故的书法家、篆刻家翁铭泉赠予我的一幅小篆扇面，写的是唐人张九龄的《感遇》诗，"草木有本心，何求美人折"，我几乎日日对着这一句，熟稔，会意。画了一辈子植物花鸟、被誉为"中国植物画第一人"的曾孝濂说："花是种子植物渴望生存和繁衍衍化出来的最狂热、最绚丽也最奇妙的表现形式。其实，我们人是自作多情，因为花的本意不是为人开的，但是人却能从花那儿得到了爱和美的启迪。"是啊，见与不见，开与不开，花儿们都在那里。这和画画的老树说的是一个理儿，"花开就开了，没想要人知"，你只是偶然经过花草的开与败，即便它们中有抚慰人心的老友，也有互相欣赏的新知；你也许看到了无言独上西楼的月色，也看到了漫天落霞星子的惆怅，但那在植物的一生里，瞬间也是另一种永恒。

此生只向花低头，在它们的开放萎谢里习惯聚散和无常，与草木同喜同悲，是一种平静的幸福，也是我的理想生活。

希望余生继续赏花望树，来去自由。

希望水流云在,花开花在,美好永在。

谢谢邀请我开专栏的好朋友谢磊,因为这个邀请才有这本书的开始。

谢谢好朋友张巍在忙于她新剧的各种事务中,迅速地为这本书写序,让我深深感动我的拙劣书写原来也有些微意义。

谢谢这么多年来如同植物一般相见欢的好朋友们:中亚,张巍,葛巾,百合,苏霏,静芬,崴崴。谢谢你们始终陪伴,不曾离开。你们都是我心中最美的女人花。